# 윤극사전기

尹克邪傳記

윤극사전기

尹克邪傳記

윤극사전기 2
시하 新무협 판타지 소설

초판 1쇄 찍은 날 § 2003년 12월 5일
초판 1쇄 펴낸 날 § 2003년 12월 15일

지은이 § 시하
펴낸이 § 서경석

편집장 § 문혜영
편집 § 김희정 · 권민정 · 김민정
마케팅 § 정필 · 강양원 · 이선구 · 김규진 · 홍현경

펴낸곳 § 도서출판 청어람
등록번호 § 제1081-1-89호
등록일자 § 1999. 5. 31
어람번호 § 제2-0290호

주소 § 경기도 부천시 원미구 심곡1동 350-1 남성B/D 3F (우) 420-011
전화 § 032-656-4452  팩스 § 032-656-4453
http://www.chungeoram.com
E-mail § eoram99@chollian.net

ⓒ시하, 2003

값 8,000원

ISBN 89-5505-906-X 04810
ISBN 89-5505-904-3 (SET)

# 윤주사 천기

尹 克 邪 傳 記

시하신무협 판타지 소설

Fantastic Oriental Heroes

**2**

심장천명(深藏天命 : 천명을 깊이 품다)

도서출판 청어람

# 윤극사 전기

◎ 윤극사 여정

1. 종남산 제세원
2. 이화유 저택
3. 숭산 백초곡 청동봉
4. 등봉현(순의원)
5. 대파산(수병곡)
6. 사천성 만원
7. 달주, 대죽 거현
8. 화교(가희원)
9. 양가보
10. 남충
11. 성도
12. 아미산
    기운사
    대불암
    남연고도관
    유혼대
    마등곡

목

차

**2** 심장천명(深藏天命 : 천명을 깊이 품다)

# 제1장 달에 홀리다

백초곡은 열흘이 지난 후에야 조용해졌다.

백초곡의 사람으로 살아남은 사람들은 관군이 당도하기 전에 모두 탈출했고 관군은 그들이 다시 돌아오지 못하도록 집집마다 불을 질렀다.

신포 필재의 지시로 의서들은 거두어져 유리광전에 모였으나 거칠고 난포한 관군들에 의해 대부분의 기물들은 파괴되고 불탔다. 그들에게 백초곡은 역모의 무리들이 살았던 곳이다.

신포 필재는 여러 가지 증거가 될 만한 것들을 골라 수레로 옮겨가게 했다.

윤극사는 이청무가 죽은 그날 작은부인과 신포 필재의 도움을 받아 이청무의 무덤을 만들었다. 윤극사가 어릴 때부터 놀던 숲의 양지바른 곳에 그의 무덤을 썼다.

서로의 야망과 꿈이 뒤엉켰던 결과는 죽음과 파괴였다.

제세원도 사라졌고 백초곡도 파괴되었다. 동시에 윤극사가 태어나고 자라며 내면에 간직했던 것들도 사라졌다.

무덤에서 돌아온 후에 윤극사는 심하게 앓았다. 몸에서는 이불을 노랗게 변하게 할 정도로 열이 났고 입술에 물을 축이는 것 외에는 아무것도 먹지 못했다.

낮과 밤을 구분하지 못했고 꿈과 현실을 구분하지도 못하는 날이 이십일 일 동안 계속되었다.

이십이 일째 되던 날 저녁 무렵에야 윤극사는 울긋불긋한 세상이 아닌 회색 천장을 볼 수 있었다. 손가락도 움직일 힘이 없었다. 눈을 뜨고 있기도 힘들어서 다시 감은 채 가만히 있었다. 잊어버린 것은 없었지만 아무런 생각도 나지 않았다.

나른하고 멍했다.

뺨에 부드러운 손길이 와 닿았다.

윤극사는 귀찮아 가만히 있었다. 손이 그의 다른 쪽 뺨을 어루만졌다. 하는 수 없이 윤극사는 눈을 떴다.

언젠가 본 적이 있는 녹색 옷을 입은 부인이 그윽한 미소를 지으며 윤극사를 내려다보고 있었다. 그러나 누군지 기억나지 않았다.

얼굴과 얼굴이 한 뼘도 되지 않는 거리에 있었다.

녹의부인이 온화한 음성으로 말했다.

"다 잘될 거야. 괜찮을 거야, 내 아들아."

윤극사는 벼락을 맞은 듯 전신이 경직되었다.

녹의부인은 윤극사의 뺨에 입을 대고 쪽 소리를 냈다. 윤극사는 몸을 부르르 떨었다. 갑자기 녹의부인이 움찔하다가 윤극사의 가슴에 울컥하며 피를 토했다.

그녀의 가슴 앞으로 피 묻은 칼끝이 나와 있었다.

그녀가 뒤를 돌아보다가 다시 윤극사를 보며 두 볼을 만졌다.

"내 아가, 불쌍한 내 아가."

녹의부인은 등에 박힌 칼을 손으로 뽑아서 바닥에 떨구고 윤극사의 뺨에 뺨을 대고 쓰러졌다.

"불쌍한 우리 아가야……."

숨소리가 들리지 않았다.

윤극사는 그제야 미친 듯이 비명을 질렀다.

"으아악!"

옆에서 누가 당황한 음성으로 외쳤다.

"또 시작됐어요, 어머니! 어쩌죠?"

"꼭 잡아라. 놓치면 자기를 해치려 한단다."

윤극사는 온몸을 흔들며 울었다. 울면서 엄마를 불렀다. 목이 터지도록 엄마를 부르다가 정신이 들었다.

이화유 일가가 총동원되어 그를 붙잡고 있었다.

이화유는 윤극사의 두 다리를 누르고 있었고 큰부인은 오른팔을, 작은부인은 왼팔, 그리고 이화유의 딸 이영은 윤극사의 머리를 누르고 있었다.

눈동자를 굴려봤지만 녹의부인은 보이지 않았다.

이화유가 소리쳐 물었다.

"정신이 드는가?"

윤극사는 입술을 꼭 깨물고 턱을 끄덕인 후 눈물을 주르르 흘렸다. 네 사람이 그를 누르고 있던 손을 풀고 안도했다.

큰부인이 숟가락으로 윤극사의 입술에 꿀물을 묻혀주었다.

"이제 많이 좋아진 듯하네. 빨리 기운을 차려야지."

윤극사는 일어나려 했다. 그러나 힘이 없어서 고개만 들다가 다시 침대에 쓰러졌다. 이영과 작은부인이 그를 부축해서 앉게 했다.

창문으로 바람이 들어와 시원했다. 정신이 맑아졌다. 바깥이 보였고 사물이 뚜렷하게 보였다. 그러나 그런 틈으로도 꿈과 환상은 찾아왔다.

환상도 꿈도 그 속에 있을 때는 모두 현실이다. 모든 것이 생생하다.

"끄윽! 큭큭!"

윤극사는 바보처럼 울었다.

이화유가 손짓으로 부인들과 딸을 밖으로 내보냈다.

윤극사는 좀처럼 울음을 그치지 못했다.

꿈이 잃어버렸던 아득한 기억을 불러 버렸다. 슬퍼하는 마음이 슬픈 기억을 불러 버린 것이다. 조금 전에 보았던 녹색 옷의 부인은 윤극사의 기억에서조차 사라졌던 어머니의 마지막 모습이었다.

한참을 울었다. 우는 동안 이화유는 윤극사의 침대 앞을 왔다 갔다 하면서 서성였다.

몸도 마음도 지쳤다. 윤극사는 침대에 기대어 코를 훌쩍거렸다.

이화유가 빙그레 웃으며 말했다.

"이제 자네가 죽지는 않겠군."

윤극사는 멍한 눈으로 그를 보았다.

이화유가 말했다.

"울음은 아플 때나 슬플 때 나오는 게 아니라네. 모르고 있던 것을 깊이 알게 되었을 때 나오는 거지. 아프다는 것을 알게 되었거나 혼자라는 것을 알게 되었거나 떠나보낸 사람이 소중하다는 것을 알게 되었거나 간에."

윤극사는 묵묵히 들었다.

이화유는 침대 앞의 의자에 앉으며 쓸쓸한 표정을 짓고 말했다.

"세상을 만나기 전에는 세상을 모른다네. 모를 때의 세상은 세상이 아니야. 세상에 대한 환상이지. 세상을 만나고 나서야 세상을 알게 되고 환상은 깨어지지. 알게 된다는 건 다 그런 거지. 많이 울게 된다네."

이화유는 잠시 말을 멈췄다가 다시 이었다.

"환상은 아름답고 현실도 아름답긴 하지만 환상보다는 잔혹하네. 그래서 현실을 인정하기보다는 자꾸만 환상을 지키려 하지. 환상이 깨어지는 순간마다 가슴에 구멍을 뚫고 소매를 눈물로 적시면서 말이야. 그래도… 쉽게 환상을 버리지도 못하고 현실을 인정하지도 못하지. 그래서 한평생을 슬픔과 우울 속에 살아가면서도……."

이화유가 윤극사의 어깨를 툭 쳤다. 윤극사는 몸을 기대고 있지 않았더라면 쓰러질 뻔했다.

"자네는 아주 잘됐네. 실컷 울었으니 앞으로 더 울 일은 많지 않을 거야."

이화유가 호탕하게 말했다.

"세상을 크게 바꾸는 사람은 능력이 있는 사람이라기보다는 현실을 인정하고 현실도 아름답다고 생각할 수 있는 사람들이었네. 많이 울었으니 그만큼 많이 깨달았다는 증거가 아니겠는가? 하하하하!"

이상한 말이었다.

전에 말을 가져와서도 이화유는 이상한 말을 했었다. 그러나 그 말들이 윤극사에게는 이해할 수 없는 안정을 주었다.

머리로 이해할 수는 없어도 마음으로 이화유의 말들은 받아들여지곤 했다.

이화유는 그 몇 마디를 하기 위해서 부인들과 딸을 내보내고도 한참을 기다린 사람인 양 소매를 휘저으며 방문을 열고 나가 버렸다.

잠시 후에 큰부인과 작은부인이 들어왔다.

윤극사는 그들의 보살핌이 고마워서 고개를 숙였다. 그러나 들 수는 없었다. 작은부인이 그의 몸을 눕혀주었다.

"아직 몸을 쓰지 말게."

큰부인이 다가와서 말했다.

"맹자(孟子)께서 가라사대 하늘이 사람을 크게 쓰려고 하면 반드시 몸과 마음에 고통을 주는 법이라고 하셨네. 큰 시련을 많이 겪었으니 이제는 좋은 일만 있을 걸세."

윤극사는 다시 고개를 꾸벅 하고 억지로 일어섰다.

"저런!"

큰부인이 작은부인과 함께 윤극사를 부축했다.

윤극사는 두 사람의 손을 물리치고 침대 아래로 내려왔다. 다리가 후들후들 떨렸다. 억지로 힘을 짜내어 밖으로 나와 우물로 갔다. 발걸음이 흔들려 위태로웠다.

이영이 물을 길어주었다. 윤극사는 이마 꼭지에 물을 부었다. 차가운 물이 머리 뒤와 얼굴을 타고 전신을 치달렸다.

온몸이 싸늘하게 경직되었다. 살아 있을 때의 느낌이었다. 어디에서 그런 힘이 솟았는지는 알 수 없었다. 윤극사는 스스로 물을 길어서 연거푸 세 번이나 뒤집어썼다. 물을 끼얹을 때마다 그의 속에 응어리진 것들이 씻겨 나갔다.

발끝을 타고 흐르는 물을 보면서 윤극사는 두레박을 내려놨다. 후련했다.

젖은 옷을 입은 채로 이청무의 무덤으로 갔다. 가는 도중에 불에 탄

집들의 쓸쓸한 잔해들을 보았다. 그가 앓고 있던 중에 관군들이 태운 것이다.

윤극사는 이청무의 무덤에 엎드려 절한 후 삐쭉 솟은 잡풀들 몇 개를 뽑아버렸다. 그리고 유리광전으로 돌아와 관군들이 한곳에 쌓아놓은 의서들을 읽기 시작했다.

그날부터 닷새 동안은 한잠도 자지 않았다.

의서들을 닥치는 대로 읽으면서 분류했다. 의(醫), 약(藥), 그리고 독(毒)은 백초곡에서 꾸준히 연구해 온 것들이다. 백초곡에 있는 의서들 중에는 세상에 알려져 있는 것보다는 알려지지 않은 것이 더 많았다.

윤극사가 제세원에서 본 것도 있었지만 읽지 못했던 것이 훨씬 많았다.

머리 속을 완전히 비우고 의서를 읽다가 지치면 자기도 모르게 잠이 들었고 깨어나면 다시 책을 읽었다.

배가 고프면 이화유 가족이 가져다 준 음식을 먹었다.

윤극사는 마치 숨을 쉬는 것처럼 한시도 쉬지 않고 책을 읽었다. 그렇게 일곱 달 동안 책을 읽자 윤극사의 머리 속에는 읽었던 내용들과 윤극사가 알고 있는 것들이 융화되고 배척하면서 체계를 이루기 시작했다.

책에 적혀 있지만 잘못된 것들도 있었고 책에는 없지만 윤극사가 옳다고 생각하는 것도 제 형체를 갖춰갔다. 새로 읽는 책들은 제목과 저자는 새로운 사람이지만 그 내용 중에서 새로운 것은 일이 할이 되지 않았으며 그중에서도 전적으로 옳다고 인정할 만한 것은 일이 할의 반이 안 되었다.

갑이라는 책에서는 이렇게 말하고 을이라는 책에서는 저렇게 말하는 것도 많았다.

윤극사는 처음 의술을 배울 때는 그 신기함과 방대함에 놀랐었다.

그러나 체계가 구축되면서 먼저는 의술의 모호함과 부정확성에 놀랐고 체계가 구축되었을 때는 방대한 의술이 다루고 있는 것은 여전히 생명에 대한 지극히 좁은 영역의 한계에 갇혀 있다는 사실을 알았다.

윤극사는 계절이 바뀌고 다시 여름이 돌아올 때까지 이천 권이 넘는 의서를 읽었고 그중에서 삼백여 권의 책은 세 번 이상 읽었으며 또 그 가운데에서 이십여 권은 스무 번 이상 읽었다. 그런 후에 의술의 한계와 자기 능력의 한계를 명확하게 알았다.

의술이 무엇이냐는 물음에 생명이 있을 때는 있도록 돕고 생명이 다했을 때는 편안하게 마칠 수 있도록 돕는 것이라고 스스로 답할 수 있게 되었을 때 의서를 놓았다.

기껏 찾아낸 답이 이청무와 제세원의 사숙들이 흔히 하던 그 말이었지만 직접 발견해 내는 데는 그만큼 긴 시간이 걸렸다. 그러나 그동안의 시간이 한순간처럼 느껴졌다.

윤극사는 일 년 만에 유리광전을 나왔다. 백초곡은 불탔던 집들이 풍상을 겪으면서 더욱 초라해져 있었다.

이청무의 산소를 살펴본 후 윤극사는 바구니에 향과 차, 그리고 소도와 침을 담아서 조사동으로 갔다.

조사동은 두 개의 절벽이 마주 보는 협곡 속에 있었다. 아무도 관리하지 않아 조사동으로 가는 길에는 잡초가 무성했다.

문이 떨어져 나간 조사동 안은 향화(香火)가 끊어진 지 오래였다.

조사 의성자의 초상화는 빛이 바랬고 의성자가 사용했던 기물들은 어지럽게 흩어져 있었다. 위패는 보이지 않았다.

원래 백초곡 출신 의원들의 이름이 적힌 목패(木牌)들로 가득했을 벽면에는 흔적만 남아 있을 뿐 행하니 비어 있었다. 작년 백초곡에 난리가 났을 때 사람들이 도망가면서 이름을 남기지 않기 위해 챙겨간 것 같았다.

조사동을 깨끗이 청소한 후 윤극사는 나뭇조각을 깎아서 먼저 사부 황혼의 이름과 이청무의 이름을 써서 벽에 걸고 다른 나뭇조각들에 제세원 구신의의 이름과 제자들의 이름을 차례대로 새겨 걸었다.

마지막 나뭇조각에 자기의 이름을 새긴 후 윤극사는 조사의 초상 앞에 향을 피우고 차(茶)를 바쳤다.

제세원에서 이청무에게 침을 받음으로 의원이 되었지만 조사 앞에 고하진 못했었다.

윤극사는 조사 앞에 이제 스스로 의원이 되었음을 고하고 자기의 목패를 가장 낮은 곳에 걸었다. 그리고 천지신명에게 의업(醫業)을 도와달라는 뜻으로 사방에 절한 후 의식을 마치고 조사동을 나왔다.

늦은 여름날의 햇살이 따가웠다. 눈이 부셔 손등으로 빛을 가리고 유리광전으로 돌아왔다. 풀벌레 우는 소리와 이따금 산바람에 나뭇가지 흔들리는 소리와 새소리가 들릴 뿐 백초곡은 적막강산이었다.

점심때가 되었다. 배가 고팠다. 책을 읽던 곳으로 돌아오자 언제나처럼 음식이 탁자에 놓여 있었다.

깨끗한 옷 한 벌도 의자에 놓여 있었다.

윤극사는 옷을 갈아입고 점심을 먹었다. 그런 후 침대에 누워서 잠을 잤다. 아주 편안한 잠이었다.


깨어났을 때는 한밤중이었다.

창문으로는 달빛이 쏟아져 들어오고 밤하늘은 낮의 하늘보다 더 짙고 푸르렀다. 밤바람이 비단결처럼 넘실거리고 별들은 흑단 탁자 위에서도 반짝거렸다.

윤극사는 홀린 듯이 일어나 밖으로 나갔다.

둥근 달이 백초곡 오른쪽의 청동봉(靑童峰) 꼭대기에 걸려 있었다. 달이 은과 금을 버무려 만든 커다란 거울 같았다.

달이 윤극사를 홀렸다. 고요한 여름 밤의 적막과 산들거리는 미풍과 휘황한 은광이 윤극사를 홀렸다.

윤극사는 달을 향해서 걸었다. 숲을 지나고 내를 건너고 바위를 타넘고 절벽을 기어갔다. 가고 또 가다 보니 더 갈 곳이 없는데 달은 여전히 높은 곳에 있었다.

청동봉 정상에서 윤극사는 달을 보며 자기를 잊었다. 달을 보며 달이 되었고 찌르레기 소리를 들으며 찌르레기가 되었고 바람을 느끼며 바람이 되었다.

문득 바람이 거세지더니 사방이 어둑어둑해지고 남쪽에서 검은 구름이 하늘을 치달리기 시작했다.

우르르릉!

은은한 우레 소리가 뒤를 이었다.

쏴아아아아!

달은 아직 가리워지지도 않았는데 장대 같은 비가 쏟아졌다. 먹구름이 낮게 달리며 세상을 덮는다. 이내 달은 구름에 희미해졌고 천지는 칠흑 같은 어둠에 묻혀 버렸다.

꽈르르릉! 꽝!

근처 어딘가에 벼락이 떨어졌다. 천지간에 빛은 오직 뇌전(雷電)뿐이었다.

휘이이잉!

강한 바람에 윤극사의 몸이 흔들렸다. 아무것도 보이지 않는 어둠 속에서 윤극사는 손과 발을 더듬어 바위틈으로 숨었다.

눈은 뜨나 감으나 마찬가지였다. 요란한 북소리마냥 천둥 소리가 귀청을 때린다.

번쩍!

번개가 짧은 순간 어둠을 나누었다. 분명히 달에 홀려 산꼭대기에 올라왔음에도 그 순간에는 물로 가득한 바다 같은 세상만 보였다.

천지가 개벽을 시도하는 것 같았다.

꽈당!

근처에 또 벼락이 떨어졌다. 얼마나 가까운 곳에 떨어졌는지 윤극사가 숨어 있는 바위가 흔들린 것 같았다.

윤극사는 더 이상 바위틈에 웅크리고만 있을 수 없었다. 바위틈에서 나왔다. 좀 더 안전한 장소를 찾아야 했다.

한데 바위틈에서 나오자마자 거짓말같이 비가 뚝 그쳤다. 천지는 여전히 암흑이었지만 바람도 이내 잦아지고 비는 전혀 내리지 않았다.

천둥, 번개도 멈췄다.

괴괴한 암흑 속에서 비에 씻긴 맑은 바람이 온화하게 흐른다.

윤극사는 사방의 암흑을 둘러보았다. 암흑 속에서 빛이 아닌 다른 빛이 보이기 시작했다. 삼라만상의 다른 모습이 보이고 있었다.

빛이 없는 암흑 속이었지만 모든 빛이 없는 것은 아니었다. 일곱 가지의 또 다른 빛이 공간을 가득 채우고 있었다. 사람이나 생명체의 몸에서 볼 수 있었던 기운의 빛과 같은 종류의 빛이었다.

윤극사는 마치 다른 세상에 들어선 것 같았다.

형형색색의 빛들이 윤극사를 환영하듯 넘실넘실 너울거리고 빙글빙글 돌았다. 윤극사는 말을 잃었다.

근 일 년 동안 말을 한마디도 하지 않았기 때문에 혀가 굳어 있기도 했지만 어떤 말도 내뱉을 수 없었다.

황홀하고 장엄한 빛의 축제를 앞에 두고 몸은 허공을 부유하는 듯했다. 달에 홀리고 어둠과 바람에 놀랐던 윤극사는 빛에 취해서 걸었다. 땅도 보이지 않고 하늘도 보이지 않았지만 흐르는 바람을 보았고 숨 쉬는 바위를 보았으며 춤을 추는 나무들을 보았다.

십독십이약을 얻을 때 많은 환상을 경험했었다. 윤극사는 마치 그때와 같은 느낌에 빠졌다. 그러나 그때의 고통들은 없었다.

달콤하고 감미로운 빛만이 있을 뿐이었다.

윤극사는 휘황찬란한 빛을 뿜어내는 커다란 나무 밑에 이르렀다. 나무의 종류는 무엇인지 알 수 없었다. 나무가 보인 것이 아니라 나무의 빛이 보인 까닭이다.

그 나무의 높이는 삼십여 장이고 밑동의 굵기는 윤극사가 안으면 세 아름이 될 정도였다.

나무의 빛에 이끌려 오게 된 윤극사는 나무 둥치에 손을 갖다 댔다. 나무의 빛이 윤극사에게로 흘렀다. 형언할 수 없는 감격에 윤극사는 눈을 감고 숨을 몰아쉬었다. 심장이 터질 듯이 급하게 뛰었다.

정신을 가누려고 했지만 머리 속마저 빛으로 찼는지 아롱어롱 어지러웠다. 자는 줄도 모르고 깜박 잠이 들고 말았다.

잠이 다 깨기도 전에 윤극사는 지극한 평화 속에 자기가 누워 있음을 알았다. 눈을 떴다. 그런 후에 놀라서 벌떡 일어났다.

하늘에는 먹구름이 가득하고 별도 하나 보이지 않았다. 그런데 구름을 뚫고 한줄기 달빛이 오직 윤극사가 있는 곳을 비추고 있었다.

윤극사는 멍하니 있었다. 달은 윤극사만을 비추었고 윤극사는 달만을 바라보았다. 이윽고 구름이 벗겨지고 달도 기울기 시작했다.

윤극사는 문득 청동봉의 어느 깊숙한 골짜기에 들어와 커다란 가문비나무 아래에 서 있는 자기를 발견했다.

달빛과 윤극사가 보는 다른 빛이 함께 어우러져 세상은 더욱 아름다웠다. 가문비나무 속에는 나무를 빛나게 만드는 빛의 근원이 있었다. 윤극사는 그 부분을 손으로 어루만졌다. 마치 무언가가 손바닥을 잡아끄는 듯한 느낌이 전해졌다.

윤극사는 소도를 꺼내서 나무의 그 부분을 파보았다. 나무가 아닌 뭔가가 그곳에 있었다. 손가락으로 끝을 집어 당겼다.

윤극사는 엉덩방아를 찧었다. 힘을 크게 썼는데 그것은 너무 쉽게 나무 속에서 빠져나왔다. 윤극사는 얼떨떨했다.

그의 손에 들리어진 것은 푸르스름한 빛을 발하는 고대(古代)의 검(劍)이었다. 짧은 손잡이까지 해도 길이가 두 자 두 치쯤이고 전체적인 검신(劍身)의 모양은 두툼하면서도 난초 잎을 연상시켰다. 한데 모양에 비해서 가볍기는 젓가락을 든 것 같은 착각이 들 정도였다.

날은 세워져 있지 않았으나 끝은 뽀족했다.

검에서는 가문비나무에서 보았던 그 빛이 뿜어지고 있었다. 가문비나무를 보니 이미 보통 나무와 다를 바 없이 약한 빛만 뿜는다.

'보검(寶劍)이구나!'

윤극사는 속으로 외쳤다.

검을 품었던 나무가 오히려 검의 기운으로 더욱 크고 푸르고 무성하게 자랐다. 검으로 나무줄기를 눌러보았다.

날이 무딘 것을 눈과 손으로 확인해 보았음에도 불구하고 손목 굵기의 나무줄기는 아무런 저항도 없이 절단되었다.

윤극사는 검끝으로 천천히 바위를 찔러보았다. 역시 별 저항 없이 바위 속으로 검이 뚫고 들어갔다.

금석(金石)을 무 베듯 한다는 고대의 보검이 틀림없었다. 손가락 끝으로 검날을 다시 만져 봤지만 여전히 두루뭉술하여 무엇도 벨 수 있을 것 같지가 않았다.

윤극사는 바위에 앉아서 검을 무릎 위에 올려놓았다.

'검을 얻다니······.'

의원이 되었음을 조사와 천지신명께 고한 후 이상한 일을 겪고 검을 얻었다. 윤극사는 어른들에게서 의원이 되면 가끔 신통한 일이 있기도 한다는 말은 들은 적이 있었다.

의원도 크게는 신과 통하는 제관(祭官)이나 마찬가지이기 때문에 성심으로 의술을 익히고 천지신명에게 구하면 침을 얻기도 하고 때로는 신안을 얻어서 환자를 보면 병이 바로 보이는 경우도 있다고 한다.

그러나 의원이 검을 얻었다는 이야기는 한 번도 들어본 적이 없었다. 의원에게 대체 검이 무슨 소용이란 말인가?

어쩌면 나무를 관통하고 있었으면서도 그 나무를 싱싱하게 만들 수 있는 힘을 가지고 있다는 사실이 의술과 통하는 데가 있는 것 같기도 했다.

한동한 생각한 후에 윤극사는 검을 품 속에 넣었다. 길이가 짧아서 품에 넣어도 전혀 어색하지 않았다.

윤극사는 밤 짐승들 소리를 들으면서 물이 불은 계곡을 지나 백초곡으로 돌아갔다. 새들의 노랫소리와 함께 동녘이 밝아오고 있었다.

제2장 불귀연자(不歸燕子)

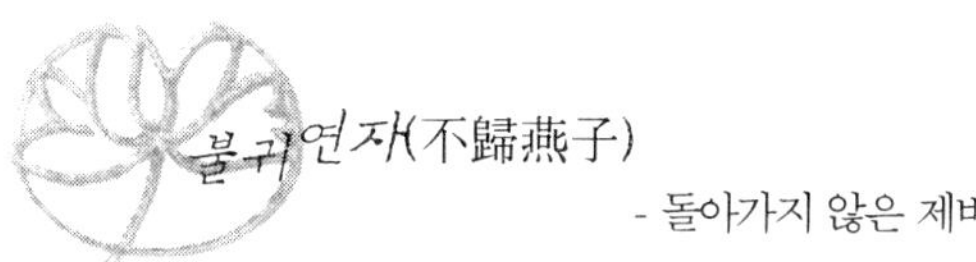

# 불귀연자(不歸燕子)
- 돌아가지 않은 제비

이청무가 가르친 대로, 이청무처럼, 어쩌면 그가 바랐을 것일지도 모를 삶을 살 준비가 윤극사에게는 되어 있었다.

세상은 넓지만 한 사람이 차지하는 곳은 좁고 사람이 많지만 한 사람이 평생 동안 만나는 사람은 얼마 되지 않는다.

하루에 새로운 사람을 백 명씩 한 번도 거르지 않고 만난다고 해도 일 년에 삼만 육천 명 좌우, 그렇게 백 년을 산다고 해도 사백만 명에 미치지 못한다.

살아가는 세월에 견주어본다면 개인에게 주어진 세상은 좁은 방이나 마찬가지가 아니할 수 없다.

윤극사는 이청무의 유언처럼 자기의 방을 자기가 원하는 것, 죽어간 의원들이 바라는 것으로 채우리라 생각하고 있었다.

원래는 의술 공부가 끝났으니 바로 세상에 나가 의술을 펴려고 했다. 자기가 할 수 있는 것, 해야 할 것은 그것 외에는 없었다.

그러나 청동봉에서 이상한 경험을 한 후 윤극사는 마음을 바꾸었다.

아침이면 산과 계곡으로 들어가 약초와 독초, 그리고 광물들을 직접 보고, 만지고, 맛보았다. 그렇게 하여 그것들이 몸속에서 어떻게 움직이는지와 그것이 가졌던 기운의 색깔과 모습을 비교했다.

십독십이약을 얻은 몸이기 때문에 어떤 독도 윤극사를 해치지는 못했다. 윤극사는 하루에도 수십 가지에서 백여 가지의 약재를 맛보고 그 기운의 성상과 효능을 세세하게 기억했다.

저녁이 되면 백초곡으로 돌아와 준비되어 있는 음식을 먹고 잠자리에 들었다.

마음속을 백지처럼 깨끗하게 하고 오로지 일심으로 약초와 독초, 광물을 시험하고 정리하였다. 그렇게 여름이 가고 가을이 가고 겨울이 되었다.

백초곡에 들어온 후 두 번째로 맞는 겨울에 윤극사는 그동안 채집했던 약재들과 백초곡에 남아 있던 약재들을 정제하여 여러 가지 환단(丸丹)을 조제하면서 봄을 기다렸다.

청동봉에서 달에 홀리고 검을 얻었던 날의 기억은 윤극사의 가슴속 깊은 곳에 소중하게 간직되어 있었다. 누구도 말해 주지 않았지만 그것은 어떤 확신과 사명을 윤극사의 가슴속에 새겨놓았다.


백초곡에도 봄이 왔다.

산과 계곡을 덮었던 눈은 녹고 개울의 얼었던 물이 풀리며 맑은 소리를 내기 시작했다. 처마 끝에 달렸던 고드름이 떨어지는 소리에 새와 다람쥐가 놀라서 달아나고 산비탈에서는 땅이 풀리면서 가끔 산사

태가 났다.

눈이 남아 있는 풀밭에서도 파란 새싹들이 돋아났고 나뭇가지들도 훈훈한 바람에 눈을 틔우기 시작했다.

산천의 초목은 겨울의 긴 잠에서 깨어나 기지개를 켰다. 햇빛이 드는 곳마다 아지랑이가 피어올라 어룽어룽한다.

윤극사는 환단을 만드는 일을 하다가 창문가에 와 뾰롱뾰롱하는 새들의 노랫소리에 귀를 기울였다.

따스한 햇살에 녹은 눈이 섬돌에 떨어지며 똑똑이는 소리에 윤극사는 환단을 병에 담은 후 창가로 갔다.

낮이 유달리 따스한 날이다. 볕이 손등에 닿아서 간질거렸다. 완연한 봄이었다.

윤극사는 밖으로 나와 볕을 잘 받는 자리에 앉아 온몸으로 볕을 받았다. 따스하고 나른하고 포근했다. 그러나 살아 있는 것들은 바쁘게 움직이고 있었고 살아 있지 않은 것은 빠르게 변하는 봄이었다.

한 시간가량 볕을 쬐고 들어갔다. 밝은 곳에 있다가 들어간 실내는 먹물을 군데군데 뿌려놓은 것처럼 얼룩덜룩한 것같이 보였다.

책 상자 하나를 찾아내어 그 속에 약과 의술을 펼치는 데 필요한 기구들을 차곡차곡 챙겨 넣었다. 그리고 난 후에야 이화유 가족을 찾기 시작했다.

그동안 신세만 지고 한번 보지도 못했던 그들이다. 그들이 의복과 음식을 챙겨주지 않았더라면 아마도 윤극사는 굶어 죽거나 짐승 같은 몰골이 되고 말았을 것이다.

백초곡에서 사람이 살 수 있는 곳은 유리광전뿐이었다. 그러나 유리광전의 이곳저곳을 기웃거렸지만 이화유 부부와 그 딸의 흔적은 보이지 않았다.

윤극사는 의아한 생각이 들었다.

불과 두 시간도 되지 않았다. 언제나처럼 준비되어 있는 점심을 먹었고 아침에는 음식과 함께 놓여 있는 옷을 갈아입었다.

이화유 가족이 아니라면 누구도 그렇게 정성 들여 음식을 만들고 의복을 챙겨줄 사람이 없다. 한데 그들 가족은 아무 데도 보이지 않았다.

윤극사는 얼떨떨했다. 마치 귀신에 홀린 것 같았다.

해가 질 때까지 백초곡 안을 돌아다니며 타버린 집들까지 살펴봤지만 사람의 흔적조차 없었다. 다시 유리광전에 돌아와 보니 그를 놀리기라도 하듯이 저녁상이 준비되어 있었다. 기분이 섬뜩했다.

음식은 금방 가져다 놓은 것인 듯 따뜻했다.

윤극사는 음식 냄새에 섞여 있는 사람의 냄새를 맡았다. 익숙한 냄새, 좋은 마음씨의 냄새, 이화유 가족에게서 맡았던 냄새고 백초곡에 있는 동안 계속 맡았던 냄새다.

윤극사는 희미해지는 그 냄새를 따라서 걸었다. 냄새는 유리광전의 지하로 이어졌고 곡주가 의술을 연구하던 작은 방에서 그쳤다. 그 방에는 원래 몇 권의 의서들과 함께 기구들이 있었지만 윤극사가 넓은 곳으로 옮겨놓았다.

가운데는 환자를 눕힐 수 있는 돌침대가 있었고 벽에는 텅 비어버린 선반들이 있고 한쪽에는 곡주가 사용했을 석탁과 나무 의자가 있다.

윤극사는 냄새가 멈춘 석탁 앞으로 가 자세히 살펴보았다. 석탁에는 사람이 손으로 만진 곳에 기름이 묻어 있었다.

기관 장치가 되어 있는 것이 틀림없다는 생각이 들었다. 제세원에 있던 이청무의 방에도 비밀 기관이 장치되어 있었다.

윤극사는 두 손으로 기름이 묻어 반질거리는 부분을 잡았다. 그러나 아무런 일도 일어나지 않았다. 옆으로 돌려보려 했지만 미동도 하지 않았다.

밀어도 보고 당겨도 봤지만 요지부동이었다. 그러나 그 석탁이 바로 열쇠라는 생각에는 변함이 없었다.

윤극사는 혹시 석탁을 들어서 옮기면 되지 않을까 하는 생각이 들었다. 무게가 적어도 수백 근은 나갈 것 같았지만 꼭 자기 힘으로 들 수 있을 것 같은 기분이었다.

윤극사는 석탁을 잡은 손에 힘을 불끈 주어 위로 당겼다. 한데 설마 들리랴 싶었던 석탁은 정말로 그의 손에 들려 올라왔다.

윤극사는 가슴까지 들리어진 석탁을 보면서 얼떨떨한 표정을 지었다. 석탁만 들린 것이 아니라 마치 석실 전체를 들어버린 것 같았다. 석실의 벽들도 위로 들리고 있었다.

그렇게 보였다.

윤극사가 서 있던 자리가 천천히 밑으로 가라앉는 중이었다. 석탁과 석실은 그대로 있었다.

캄캄한 곳에서 바닥은 멈추었다. 윤극사는 어둠 속에서도 빛이 아닌 다른 빛으로 사물을 지각할 수 있었다.

사십여 평 남짓 되는 넓은 공간에 윤극사는 서 있었다. 앞으로 한 걸음을 내디뎠다. 그러자 그를 밑으로 내려주었던 바닥은 다시 올라가고 동시에 천장과 바닥에서 희미한 빛이 새어 나오기 시작했다.

야명주(夜明珠)였다. 수십 개의 야명주가 천장과 바닥에서 빛을 발하자 이내 그곳은 환하게 밝아졌다.

서고(書庫)였다. 윤극사는 가슴이 쿵쿵거렸다. 즐비하게 늘어선 서

가에는 책들이 빼곡했다. 윤극사는 그동안 자기가 보았던 책들이 의서의 전부는 아니었구나 싶었다.

대충 보아도 그가 읽은 것보다 일고여덟 배는 더 많은 책들이 서가를 메우고 있었다. 먼저 서고의 전체를 둘러보았다.

아홉 개의 커다란 서가가 놓여 있고 책은 그 양쪽에 꽂혀 있는데 마지막 서가는 반쯤만 책이 있었다.

윤극사는 그중 한 권을 뽑아 들었다. 화산매화옥검결(華山梅花玉劍訣)이라는 제목이 눈에 들어왔다. 놀라서 책을 떨어뜨릴 뻔했다. 펼쳐 보니 검술의 동작과 설명이 보였다. 무공비급이었다.

다른 책을 뽑아보았다. 표지에 곤륜이현장공(崑崙弛弦掌功)이라 적혀 있었다. 아홉 개 서가의 책들을 한두 권씩 뽑아봤지만 모두 무공비급이었다. 의서는 없었다. 소림과 무당을 비롯한 구파일방은 물론이고 온갖 군소 방파의 비급들이 그곳에 있었다. 그중에는 이름조차 섬뜩하여 마공(魔功)이 분명해 보이는 것들조차 있었다.

윤극사는 서가에 기대어 몸을 떨었다.

어렴풋이 뭔가 잡힐 듯 잡힐 듯하면서도 잡히지 않았다. 백초곡의 사람들은 의원이면서도 무공을 하는 사람들이 많긴 했다. 그러나 윤극사는 그들이 건신(健身)과 양생(養生)을 위해 조금씩 하는 걸로 생각했지 이처럼 비급을 모아놓고 수련했을 줄은 꿈에도 생각지 못했다.

무서운 생각이 들었다.

비급은 무림인들이 목숨처럼 귀하게 여기는 것이라는 걸 윤극사도 들어서 알고 있었다. 그런 비급이 한두 권도 아니고 수천 권이나 한곳에 모여 있는 것이다.

모였다는 것도 놀라운 일이지만 그만큼 모은다는 것은 이루 말할 수 없을 정도의 노력이 들었을 것임은 재론의 여지가 없었다.

목숨처럼 귀하게 여기는 비급을 얻는 데는 목숨밖에 없었을 것이라는 생각이 들었다. 더불어 곡주는 무엇 때문에 비급들을 이렇게 모았을까 하는 생각도 들었다.

윤극사는 머리를 저었다. 떨리는 손으로 뽑았던 비급들을 다시 원래의 자리에 하나하나 꽂았다.

그때 그의 뒤에서 '아!' 하는 탄성이 들려왔다.

돌아보니 훤칠한 키의 아름다운 처녀가 서 있었다. 이영이었다.

"소신의, 이곳을 어떻게……?"

윤극사는 숨을 들이킨 다음 힘을 내서 말했다.

"전… 이 대인과 당신들을 찾으러 왔어요."

일 년이 넘도록 말을 해보지 않았기 때문에 발음이 서툴고 말이 딱딱 끊어졌다.

이영이 손으로 입을 가리고 살며시 웃었다.

윤극사는 이유없이 가슴이 뛰었다. 그녀의 존재를 몰랐던 것은 아니지만 처음 보는 것 같았다. 이 년 가까운 시간이 지나는 동안 이영도 키가 더 자랐고 완연한 처녀가 되어 있었다.

이영이 가까이 오면서 말했다.

"부모님은 여기에 계시지 않아요, 소신의. 오래전에 떠나셨어요."

"그럼 이 소저 당신이……".

윤극사는 말을 자꾸 더듬었다. 음식을 마련하고 옷을 씻고 새옷을 다려서 주었느냐고 물으려 했으나 힘들었다.

이영이 수줍게 살짝 웃었다.

"네."

윤극사는 고맙다는 말을 하고 허리를 꾸벅했다. 그 다음에는 아무런 할 말이 떠오르지 않았다.

이영이 윤극사에게 말했다.

"이리로 오세요."

윤극사는 이영의 앞으로 걸어갔다. 이영이 그의 소매를 끌고 서고와 붙어 있는 방으로 들어갔다.

백 가지도 넘는 무기들이 보였다. 연공실이었다.

연공실에 딸린 또 다른 방에는 침구를 비롯한 여러 가지가 준비되어 있었다. 이영은 그동안 그곳에서 혼자 살았던 것이다.

윤극사에게 자리를 궈하여 앉게 한 후 이영은 옷장의 시립을 열어서 두 마리 학이 수놓인 새하얀 비단 장삼 한 벌을 꺼내 내밀었다.

윤극사가 두 손으로 받았다.

이영이 부끄러운 표정을 지으며 말했다.

"내일 아침에 입으세요. 두 분 어머니께서 떠나시기 전에 지은 것이 랍니다."

윤극사가 물었다.

"그분들은 언제 떠나셨어요? 인사도 드리지 못했군요."

"오래전에요. 소신의께서 의서를 읽기 시작하고 한 달쯤 되었을 때 입니다."

이영이 말했다. 이영은 윤극사가 떠날 것을 알고 있는 것 같았다. 윤 극사는 그녀에게 어떻게 할 거냐고 묻지 못했다.

이영의 다소곳하면서도 단정한 태도가 그녀에 대한 것을 묻기도 어 렵게 하고 있었다. 이영은 침대 밑에서 옷과 패물이 들어 있는 보따리 를 꺼내며 수줍은 미소를 지었다. 미소 짓는 그녀의 턱이 가늘게 떨리고 있었다.

윤극사는 그녀가 너무 가련해 보여서 가슴이 뭉클했다. 마치 한겨울에 처마 밑에서 떨고 있는 돌아가지 못한 제비 같았다.

이영이 보따리를 안은 채 윤극사를 응시하며 파르르 몸을 떨었다. 얼굴은 억지로 웃고 있었지만 금방이라도 눈물이 쏟아질 듯 눈자위가 빨갛게 보였다.

윤극사는 그녀가 자기와 함께 가려 한다는 것을 알았다. 입 안이 바싹바싹 타 들어갔다. 어떻게 해야 좋을지 알 수 없었다. 그녀에게 무슨 말인가를 해야만 했다.

윤극사는 작은 소리로 말했다.

"봄이 왔어요."

이영이 입가에 긴 미소를 지었다.

윤극사는 가볍게 한숨을 쉬면서 한 손으로 그녀의 품에 있는 보따리를 잡아당기고 다른 손으로는 보따리 밑에 그녀가 숨기고 있던 비수(匕首)를 빼앗았다.

"다시는 이러지 말아요."

이영이 어색하게 방긋 웃으며 고개를 푹 숙였다.

윤극사는 그녀의 손을 잡고 밖으로 나왔다. 살구꽃이 흰 달빛에 연분홍으로 익고 있었다.

유리광전 바깥의 대리석 난간에 기대어 윤극사는 이영에게 비수를 돌려주었다. 이영은 비수를 손바닥에 놓고 쥐었다가 다시 폈다. 비수가 감쪽같이 사라져 버렸다. 그녀는 기분이 좀 좋아진 것 같았다.

윤극사는 그녀에게 아무것도 묻지 않았다.

백초곡 봄 밤을 가끔 별똥이 가르고 지나간다.

이영은 윤극사의 곁에 서서 함께 밤하늘을 보았다. 윤극사가 어떻게 해주는 것도 아니지만 마음이 든든했다.

이영은 백초곡에 온 후 얼마 되지 않아 열여섯 살이 되었고 황산이가의 전통에 따라서 자기의 앞날을 결정해야 했었다.

황산이가의 딸들은 열여섯 살이 되면 자기의 운명을 자기가 정할 수 있었다. 이영은 자기의 운명으로 윤극사를 지목했다. 그 말은 황산이가의 딸이긴 하지만 더 이상은 황산이가의 사람이 아니라는 것을 뜻했다.

이영은 태어난 고향 황산을 열두 살 때 떠나서 부모와 함께 여러 곳으로 옮겨다니며 살았다. 처음에는 그 이유를 몰랐지만 조금씩 나이가 들면서 그 이유가 전적으로 자기 때문이라는 것을 알았다.

이영의 부모는 그녀의 짝이 될 만한 사람을 찾고 있었던 것이다.

대대로 황산이가에는 남자는 인물이었고 여자는 재인이었다. 그래서 무림에 황산이가라는 큰 이름을 세울 수 있었지만 황산이가의 딸들은 아버지나 숙부, 오라버니들보다 뛰어난 남자를 강호에서 찾기 어려웠다.

여자는 나이가 들면 시집을 가야 행복하게 살 수 있는데 황산이가의 딸들은 쓸쓸하게 혼자서 늙는 경우가 많았다. 그래서 황산이가에서는 딸들을 열두 살부터 바깥으로 데리고 나가 키우면서도 무공을 가르치지 않았다. 뛰어난 무공을 갖게 되면 짝을 찾기가 더욱 어렵기 때문이었다.

세상을 돌아보고 따를 만한 사람을 만나지 못하게 되면 황산이가의 딸들은 집으로 돌아가 무공에 평생을 매진하곤 했다.

황산이가의 뛰어난 무공들 중 상당수가 그러한 딸들에 의해 이루어
졌다.

이영은 어릴 때부터 혼자 사는 고모들과 친척 언니들을 여럿 봤다.
그들은 대부분 무공을 연구하거나 책을 읽고, 그림을 그리고, 음악을
연주하면서 하루하루를 보내고 있었다. 함께 놀아주기도 하여 그녀들
이 좋았지만 조금씩 철이 들면서 그녀들이 쓸쓸하고 불행하다는 것을
알게 되었다.

부모님과 함께 강호로 나온 후 이영은 여러 곳을 옮겨다니며 사는
중에 자기도 그녀들처럼 살게 될 거라고 생각하고 있었다.

세상은 넓었지만 진정한 인물은 찾기가 어려웠다.

아버지 이화유가 대문을 활짝 열고 시인묵객과 재인이사들을 손님
으로 맞이했지만 그들 중에 이영을 감탄하게 할 만한 사람은 없었다.

그러던 중 이영은 항아리 속에서 나온 윤극사를 보았던 것이다.

키는 훤칠했지만 윤극사가 처음 구리 항아리에서 나왔을 때는 우스
꽝스럽기까지 했다. 바보 같았고 어리숙했다.

그러나 그가 복거동을 쓰러뜨리고 큰어머니와 작은어머니를 구했을
때는 조금 놀랐다. 그리고 도검이 난무하는 가운데로 달려가 자기가
사숙이라고 부르는 정광조의 목을 졸라 죽이며 우는 모습에서 이영은
큰 충격을 받았다.

그에 대해서 아는 것이라고는 제세원의 소신의라는 것밖에 없었는
데도 그가 어떤 사람인지 알 수 있었다.

이영은 그때 내색하지 않았지만 마음에 그를 담았다.

백초곡에 와서 열여섯 번째 생일을 맞았을 때 아버지 이화유는 윤극
사를 일컬어서 대장부라고 했다.

그 말에 이영은 아주 기뻤다. 아버지가 대장부라고 말한 사람 중 아직 세상에 살아 있는 사람은 한 명도 없다.

아버지도 은근히 윤극사를 마음에 두고 있는 것 같았다.

큰어머니는 윤극사에 대해서 큰 사람이라고 했으며 작은어머니는 윤극사가 어진 사람이라고 했다.

이영은 어른들이 빙빙 둘러서 말하는 것을 들은 다음 부끄러움을 무릅쓰고 자기의 결심을 말했다. 윤극사를 따르겠다고.

그녀는 그렇게 자기의 운명을 결정지었다.

큰어머니와 작은어머니는 그날 저녁 윤극사와 그녀가 입을 옷을 한 벌씩 만들었다. 이영이 결정했지만 그 결정으로 인륜지대사가 나 이루어지는 것은 아니었다. 이영은 다만 자기의 운명만을 결정한 것뿐이었다.

옷을 지으면서 두 분 어머니는 간혹 눈물을 비쳤고 이영에게 여자로서의 도리를 말했다.

큰어머니가 말했다.

"여자의 일생은 한번 결정했으면 다시는 돌이키지 말아야 한다."

이영도 당연히 그렇게 느끼고 있었다.

"남자의 사랑은 바람결 같단다. 묶어놓을 수도 없고 따라다닐 수도 없으며 나만 바라보게 할 수도 없단다."

작은어머니가 말했다.

"항상 참고 기다려야 한단다. 여자의 마음은 풀잎처럼 휩쓸리는 것이지만 이 여자의 마음이 굳을 때는 바람도 붙잡을 수 있단다. 한자리에서 변함없이 기다리면 남자는 기어코 돌아와 여자의 굳은 기둥에 매이지. 변함없는 사랑을 이길 수 있는 것은 없어."

큰어머니가 말했다.

"가슴에 고통이 쌓이고 한이 맺히는 것을 슬퍼해선 안 된단다. 여자의 삶이란 원래 그런 것이란다. 아주 많은 여자들이 그렇게 살다가 죽는단다. 어진 남자를 만나면 기쁨과 행복을 쌓으며 살겠지만 세상에 어진 남자가 과연 몇이나 되겠느냐? 여자로 났다면 반드시 고통과 한을 각오하고 있어야 한단다."

이영이 물었다.

"어머니, 여자만 그런가요?"

큰어머니가 '풋' 하고 웃으며 말했다.

"세상이 그런 거란다. 남자는 큰 남자면 큰 남자라서, 보통 사람이면 보통 사람이라서, 소인배라면 소인배라서 겪어야 하고 당해야 하며 울어야 하는 일들이 있단다. 가족을 부양해야 하고, 지켜야 하고, 싸워야 하고, 대를 이어야 한단다. 남자들이 모두 능력이 뛰어난 것도 아니고 부유한 사람들만 있는 것도 아니니 해야 할 것을 하지 못하고 하고 싶지 않은 것을 해야 하며 소중한 것을 지키지 못해서 빼앗기고 잃을 때의 고통은 여자들의 한보다 작다고 할 순 없을 거야. 그래서 이미 여자가 주인을 정하고 따르기로 했으면 자기의 고통과 한만을 생각하고 주인을 대해서는 안 된다는 거야. 한번 생각해 보거라. 장부가 세상일로 힘들고 고통스럽다고 여자에게 그 짐을 지우겠느냐? 미인이 종종 남자의 노리개로 여겨지다가 가을 부채처럼 버려지는 것은 여자답지 못했기 때문이야."

이영이 '휴' 하고 한숨을 쉬고 말했다.

"전 여자답다는 말은 부끄러워하고 행동거지를 조신하는 건 줄만 알았어요. 남자답다는 것도 대범하고 호탕한 걸 말하는 줄 알았죠. 제가 아주 잘못 알고 있었던 거군요."

작은어머니가 깔깔 웃었다.

"교태를 부리는 것은 기녀들의 일이고 허세를 부리는 것은 경박한 사내들의 일이란다. 경박한 사내들의 허세를 알아보지 못하여 일생을 그르치는 여자도 아주 많지. 그런 허세 부림이 대장부처럼 보여서 말이야."

작은어머니는 이영을 놀리듯 빙글빙글 웃으며 말했다.

"그만큼만 알아도 우리 영아가 시집가서 잘하겠구나."

이영은 부끄러워서 작은 소리로 말했다.

"아직 시집가는 거 아닌 걸요, 작은어머니."

그 말이 두 분 어머니와 그녀를 침울하게 했다. 차라리 시집을 가는 것이라면 두 분 어머니를 그처럼 안타깝게 하지는 않았을 것이다.

세상을 까맣게 잊어버린 채 미친 듯이 책만 읽는 한 사람에게 운명을 걸기로 정한 것일 뿐이었다. 더구나 그 사람은 어린 나이에 큰일을 겪었고 무엇도 거들떠보지 않는 사람이었다.

이영도 자기의 삶이 힘들 것임을 알고 있었고 그녀의 두 어머니는 더욱 잘 알고 있었다. 그러나 말릴 수도 없었다. 딸이 혼자서 늙어가는 것을 보는 것만큼 부모의 가슴에 못을 박는 일도 없다.

작은어머니가 침묵을 깨고 말했다.

"소신의는 큰 사람이란다."

이영은 고개를 끄덕여 알아들었다는 표시를 했다.

작은어머니가 큰어머니와 눈빛을 서로 교환했다.

큰어머니가 무거운 어조로 말했다.

"큰 남자는 여자를 지킨단다. 하지만 더 큰 남자는 여자가 지켜줘야 한단다."

이영은 묵묵히 들었다. 아버지도 이영이 알기에 큰 사람이었다. 그러나 아버지는 무공이 없었다. 그런 아버지를 지키는 사람은 큰어머니와 작은어머니였다.

큰어머니가 가라앉은 음성으로 계속 말했다.

"소신의는 너를 지켜주지 못할 수도 있단다."

"네, 어머니."

이영이 대답했다.

작은어머니가 말했다.

"너는 네 손으로 그와 너를 지켜야 한단다."

이영이 고개를 끄덕였다.

작은어머니가 이영에게 손을 내밀었다. 이영은 그녀의 손을 잡았다. 어머니의 손이었다. 그녀는 어머니가 둘이었다. 어느 어머니가 자기를 낳은 어머니인지는 그녀도 몰랐다. 알 필요도 없었다.

작은어머니의 손에서 한 뼘 길이의 비수가 이영의 손으로 전해졌다.

"강호는 험난하단다. 뜻대로 되지 않고 어쩔 수 없는 경우를 만나지 않을 수가 없단다. 비록 무공이 강하다 할지라도 무공만으로 되지 않는 때도 있다."

큰어머니가 말했다.

"우리가 지난번에 겪은 일이 좋은 예가 되겠구나. 소신의가 아니었더라면 우리 일가는 모두 땅속에 묻혔을 수도 있었다."

작은어머니가 이영의 손에 비수를 꼭 쥐어주며 말했다.

"이 비수는 네가 자라면 주려고 간직했던 거란다. 네 능력으로 어쩔 도리가 없을 때 이것으로 너와 그의 마지막을 지키거라. 그를 지키지 못했을 때는 이것으로 네 목숨을 끊어서 그에 대한 의리를 다하고 너를 지킬 수 없을 때도 이것으로 네 목숨을 끊어 그의 이름을 깨끗하게 하거라. 그리고… 경우에 따라서는 네가 그를 죽임으로써 지켜야 할 때도 있을 것이다."

이영은 비수의 차가운 감촉보다는 어머니의 말에 몸을 떨었다.

작은어머니가 비수를 숨기는 법과 쓰는 법을 가르쳐 주었다. 황산이가에서 여자들에게 긴 세월을 두고 전해진 수법으로 다른 사람은 비수를 찾아낼 수 없도록 숨길 수 있었으며 어떤 상황에서도 비수를 쓸 수 있는 것이었다.

황산이가의 딸이지만 황산이기의 사람은 아니게 될 이영이 배울 수 있는 유일한 황산이가의 무공이 바로 그 수법이었다.

며칠 후 아버지와 두 어머니는 조용히 백초곡을 떠났고 이영은 아버지가 찾아준 지하의 서고(書庫)에 딸린 연공실에 거주하며 윤극사를 보살폈다.

윤극사가 약을 만들기 시작할 때 백초곡을 떠날 준비를 하는 것임을 알았다. 그때부터 이영은 마음의 준비를 하고 기다렸다.

윤극사가 떠날 때 함께 가야 하지만 그가 자기를 조금도 생각지 않는다면 아무런 자신이 없었다. 어머니는 한마음으로 참고 기다리면 된다고 말했지만 이영은 그렇게까지 생각지 않았다.

처음 그 말을 들었을 때도, 윤극사가 자기를 모른 척한다면, 자기의 마음을 조금도 받아들이지 않으면 죽어버리겠다고 생각하고 있었다.

지하 석실에서 이영은 그에게 비단옷을 주고 자기도 보따리를 들었을 때 이미 자기의 마음을 다 보였다고 생각했다.

그래서 윤극사가 자기를 난감해하고 싫어한다면 죽어버리려고 비수를 감추고 있었던 것이다.

이영은 자기가 비수를 숨기고 있다는 사실을 윤극사가 어떻게 알았는지 신기했다. 윤극사에게는 이상한 재주가 있는 것 같았다.

"소신의."

이영이 살며시 윤극사를 불렀다. 윤극사가 돌아본다.

이영이 작은 소리로 물었다.

"다시 이곳으로 돌아올 건가요?"

윤극사는 천천히 고개를 저었다.

백초곡에서의 마지막 밤이었다. 밤바람을 쐬고 이영과 윤극사는 각기 침실로 돌아갔다.

다음날 이영은 지하 서고를 불태우고 윤극사와 함께 백초곡을 나섰다.

윤극사가 열아홉 살 되는 해였고 이영이 열여덟 살 되던 해의 봄이었으며 윤극사와 이영이 강호에 나서서 의업(醫業)을 시작한 첫 해였다.

# 제3장 약을 팔다

백초곡에도 우마가 없지 않았었다. 그러나 난리가 났을 때 백초곡에
남아 있던 우마는 관군들이 끌고 갔다.

윤극사는 약이 든 상자를 등에 지고 이영은 옷 보따리를 안고 걸었
다.

점심때가 되었을 무렵 중악의 자락을 벗어나 등봉현에 이르렀다. 객
점에서 점심을 먹고 윤극사는 약을 팔려고 객점 앞에 나섰지만 아무도
사는 사람이 없었다.

이영이 가로세로 각기 한 자씩 되는 천에 약(藥)이라고 써 깃발을 만
들어 세웠지만 지나가는 사람들은 이영의 얼굴만 힐끔거릴 뿐이었다.

저녁때가 되어갈 때까지 약을 사겠다는 사람은 한 명도 없었다. 그
러나 윤극사는 무표정하게 상자를 앞에 두고 앉아 있었고 객점의 점원
들이 기웃거리긴 했으나 그들이 농을 걸 만큼 윤극사와 이영이 속되어

보이지 않아 입도 떼지 않았다.

윤극사가 한겨울 동안 애써서 만들었던 온갖 진기한 약들은 가격도 정하지 않은 채 내놓았지만 하나도 팔리지 않았다.

손에 들고 있던 침통은 열어보지도 못했다.

이윽고 해 그림자가 이영과 윤극사를 덮었다. 윤극사와 이영은 서로 마주 보고 웃었다. 서로 생각이 비슷했던 것이다.

사람들은 윤극사와 이영을 구경하고 약은 보지도 않고 지나갔고 윤극사와 이영은 사람들을 구경했다.

봄날 담벼락 앞에 앉아서 볕을 쬐며 보낸 반나절이 그다지 나쁘진 않았다. 두 사람은 개점으로 들어가 저녁을 먹었다.

점원이 불쌍해 보였는지 시키지도 않은 볶음 요리를 하나 더 가져다 주었다.

윤극사와 이영은 방을 두 개 구하지 못했다. 침대가 두 개 있는 방 하나를 구했다. 윤극사는 원래부터 돈이 없었고 이영은 얼마간의 돈과 패물이 있었지만 앞날을 짐작할 수 없는지라 함부로 쓸 수 없었기 때문이다.

윤극사는 방에 와 밤늦게까지 생각에 잠겨 있다가 자기가 만든 약들을 다시 살펴보고 냄새를 맡아보다가 글을 썼고 이영은 깃발이 좀 더 잘 보이도록 오색 실로 글자를 수놓았다. 가슴속 한곳에는 '약 장사를 하다니!' 하는 생각도 없지 않았으나 어차피 그에게 맡겨 버린 삶, 그와 나란히 앉아 있는 게 싫지는 않았다.

이영은 그가 무엇을 하든 묵묵히 따르고 돕는 것이 자기의 도리라고 생각했다. 수를 놓으면서 한 번씩 그를 볼 때마다 가슴이 두근거리고 기뻤다. 자라면서 꿈에도 생각지 못할 일들을 하게 될지도 모르지만 어떤 것이든 망설이지 않고 다 하겠다고 다짐했다.

윤극사는 다음날 아침 일찍 깃발을 들고 나가 객점에서 조금 떨어졌으며 사람들이 더 많이 왕래하는 곳에 깃발을 세우고 손님을 기다렸다.

한쪽에는 약(藥), 다른 한쪽에는 의(醫)가 오색으로 수놓여진 깃발은 봄바람을 타고 펄럭였다.

제세원에 있을 때는 밀려드는 환자들 때문에 쉴 틈이 없을 정도였다. 몇 년이 지났고 천 리 남짓한 곳에 있을 뿐인데 상황은 많이 달랐다.

거리에는 윤극사처럼 나와서 과일을 파는 사람도 있었고 바구니에 꽃을 담아서 들고 다니며 파는 사람도 있었으며 등(燈)을 파는 사람도 있었다. 그러나 그들에게는 손님이 있었어도 윤극사와 이영에게는 손님이 없었다.

가까이 다가오는 사람조차 없었다. 그날도 약을 하나도 팔지 못하고 환자 한 사람도 받지 못했다.

천 권이 넘는 의서(醫書)를 읽었고 열여섯 살에 소신의라고 불렸던 윤극사지만 함께 있는 이영만이 그를 알 뿐이었다.

이영은 윤극사의 곁에서 지루한 표정도 짓지 않고 싫은 내색도 하지 않았다. 가끔 시선이 마주치면 미소를 지어서 그의 마음을 편하게 해 주려고 했다. 그러나 애초부터 윤극사의 마음은 그다지 불편한 것 같지도 않았다. 그래서 그에게 미소를 짓고 나면 오히려 이영은 자기가 마음이 편안해졌다.

재주가 있어도 드러내지 않으면 세상은 조금도 모른다는 게 어떤 것인지를 이영은 보고 있었다.

그날도 약은 하나도 팔지 못한 채 서로 눈빛과 미소를 주고받으며 사람 구경만 하다가 하루를 보냈다. 두 사람 다 점심도 걸렀다.

객점으로 돌아갈 때는 다리도 아프고 등도 아팠다.

저녁을 먹은 후 윤극사는 어제처럼 또 약을 살펴본다. 마치 약에 문제가 있어서 사람들이 사러 오지 않기라도 한 것처럼. 이영은 윤극사 몰래 패물과 노리개, 옷을 꺼내놓고 가치가 얼마나 될까를 생각해 보고 남아 있는 은전도 헤아려 보았다.

얼추 생각하기에 이삼 년 동안은 먹고 살 수 있을 것 같았다. 다시 챙겨 넣은 후에 책을 펼치고 붓을 드는 윤극사에게 조심스럽게 물었다.

"소신의, 약은 돈을 받고 팔 거가요?"

바보 같은 질문이지만 이영은 알아야 했다. 윤극사가 제세원에서 했던 대로 한다면 환자를 치료하는 데는 물론이고 약을 주는 데도 돈을 받지 않을 것이기 때문이었다.

약을 그냥 줄 가능성도 충분했다.

윤극사가 겸연쩍게 웃었다.

"아무도 사지 않는걸요."

'돈은 받을 생각이구나.'

이영은 안도의 한숨을 내쉬었다.

떠돌이 의원이든 떠돌이 약장수든 평생 하려면 생계를 유지할 수는 있어야 한다. 의식주를 걱정하며 하루하루를 살더라도 마련할 길조차 없이 살 수는 없다.

윤극사의 곁으로 가서 보니 종이를 묶어서 만든 빈 책에 글을 쓰고 있는데 편지인지 일기인지 구분이 가지 않는 글이었다. 윤극사는 그녀가 곁에 있는데도 신경 쓰지 않고 적어 내려갔다.

사숙님, 한 지방에 어떤 작물이 잘 자라고 어떤 약초가 특정한 산이나 계곡에서 자라는 것처럼 지방에 따라서 자주 생기는 병도 있을 것이고 어떤 병은 특정한 지방에서 주로 나타날 수도 있다고 봅니다.

책에 적혀 있기를 북방의 사람은 몸과 말이 거칠고 단순하지만 그 마음 씨는 순박하며 부드럽고 남방 사람은 말이 노래하는 듯하여 듣기에 좋고 움직임도 느린 듯 꾸준하여 눈을 편하게 하지만 속마음은 종종 잔혹한 일을 태연하게 할 정도로 강포하다고 합니다.

인심의 좋고 나쁨은 의원이 알 것이 아니지만 병 중 열에 일곱은 마음이 만들고 마음이 치료하니 마음과 관련하여 땅을 둘러보지 않을 수 없다고 생각하였습니다.

오늘도 이곳 등봉현에서 오가는 사람들을 보았습니다.

그들을 보면서 등봉현의 물과 땅의 기운을 짐작하고 산물의 특점을 알아보려 했습니다. 오늘 보았을 때는 이곳의 주민과 외지인을 구별할 수 있게 되었습니다만 아직도 이 연구는 시작인지라 제 생각의 옳고 그름을 판단할 수가 없습니다.

적어도 이곳의 환자를 오백에서 일천 명은 만나봐야 실 끝이나마 잡을 듯합니다.


이영은 의서를 읽은 적이 없었다.

윤극사의 글을 읽으니 호기심이 생겨서 눈을 떼지 못하고 다음 글이 적히기를 기다렸다.

윤극사가 계속 적어 내려갔다. 그러나 그 이후로는 이영이 한 번도 본 적이 없는 어려운 말들이 나왔기 때문에 봐도 알 수가 없었다.

윤극사가 다 적고 나서 책장이 마르기를 기다리더니 덮었다.

"힘들었지요?"

뜻밖에 윤극사가 이영에게 나직한 소리로 물었다.

이영은 고개를 저었다.

"전 가만있기만 한 걸요."

윤극사가 말했다.

"나는 아마 이렇게 살게 될 거예요."

윤극사와 이영은 이틀 동안 별다른 말을 주고받은 것은 아니지만 마음으로 서로를 의지하고 가까워져 있었다.

이영은 고개를 숙이고 조그맣게 말했다.

"전 이렇게 살 수 있어요. 어떻게든."

윤극사가 말했다.

"난 돈이 없어요. 장사를 할 줄도 모르고 농사를 지을 줄도 몰라요."

"알고 있어요."

이영이 방긋 웃으며 말했다.

윤극사는 한숨을 쉬면서 말했다.

"나와 함께 다니면… 난 영에게 지분 한 통도 사주지 못할 거예요."

이영은 기뻐하며 속으로 말했다.

'이미 마음으로 받았답니다.'

윤극사가 머뭇거리며 이영의 손을 잡았다.

이영은 부끄럽고 떨렸지만 뿌리치지 않았다. 윤극사의 손은 야위었지만 컸다. 이영의 손이 윤극사의 손 안에 모두 감싸졌다.

"그래도 나와 함께 다니겠어요?"

윤극사의 소리가 귓가에서 소곤거리듯 들렸다.

이영은 고개를 끄덕였다.

윤극사는 그녀의 손을 잡고 한참 동안 가만히 있었다. 이영은 윤극사가 잡은 손으로 마음이 녹아들어 가 그와 일치감을 느꼈다. 견고하게 하나가 된 것 같았다. 앞날이 아무리 험난하더라도 조금도 흔들리지 않고 견딜 수 있을 것 같았다.

그날 밤은 좋은 꿈을 꾸면서 잤다.

여자는 남자보다 늦게 자고 남자보다 일찍 일어나야 한다는 어머니의 말씀대로 이영은 윤극사보다 일찍 일어났다. 단정하지 못한 모습을 남자가 보면 속에서 저절로 업신여기는 마음이 자라기 때문에 여자가 조심하여 남자의 마음에 그런 업신여김이 자라지 않도록 해야 한다.

마음으로 몸을 쉽게 추스르지 못할 나이가 되면 각방을 써서라도 단정함을 유지해야 남자의 존경과 사랑을 잃지 않는다.

윤극사가 일찍 일어나기 때문에 이영은 그보다 더 빨리 일어나야 했다.

씻고 나서 이부자리를 정리하고 그가 입을 의복을 손질해 놓고 씻을 물을 준비한 다음 윤극사의 침대 곁에 단정한 자세로 앉아서 그가 일어나기를 기다렸다.

남자가 눈을 떴을 때 그 눈 안에 가장 먼저 들어가는 존재가 되기 위해서였다. 윤극사가 일어나기를 기다리면서 이영은 오늘은 포목을 한 필 끊어놓아야겠다고 생각했다.

윤극사와 이영은 어제와 같은 자리로 약 상자를 들고 나가 깃발을 세웠다. 긴 담장 아래에 자리를 펴고 검은색 상자를 앞에 놓고 윤극사와 이영은 조금도 흐트러짐없는 자세로 앉아 있었다.

깃발이 날렸지만 손님은 아무도 오지 않았다.

오히려 무심코 오던 사람들도 윤극사와 이영이 있는 것을 발견하면 돌아서 가는 것이 보였다. 날씨가 풀려서 놀러 나온 꼬마들도 '와! 와!' 소리를 지르며 몰려다녔지만 윤극사가 전(廛:점포)을 펼쳐 놓은 근처로는 오지 않았다.

멀리서 이영과 윤극사를 보는 사람들은 많았다.

어제처럼 한 사람의 손님도 맞지 못한 채 점심때가 되었다. 이영은 아침에 객점에서 준비해 온 음식을 꺼내서 윤극사와 함께 먹었다.

운명이란 것은 참 모를 일이라 생각되었다.

무뤅에서 누구나 두려워 마지않는 황산이가의 딸로 대이나 작은 고을에서 약을 팔기 위해 손님을 기다리게 될 줄을 누가 알았으랴 싶었다.

오후에도 손님은 없었다. 어제처럼 윤극사와 이영은 전을 걸어 객점으로 돌아갔다. 밤에는 봄비가 추적추적 내렸다.

아침에 보니 땅이 젖어서 전을 펼치기에 마땅치 않았다. 하늘도 찌푸려 있어서 비가 더 올 것 같기도 했다.

윤극사는 비가 오더라도 젖지 않을 만한 처마 밑을 찾아보았다. 마땅한 곳이 없었다. 염려대로 이내 부슬비가 내리기 시작했다.

이영이 큰 우산을 하나 사 왔다.

나무토막을 젖은 바닥에 놓고 그 위에 약 상자를 얹은 다음 윤극사와 이영은 한 우산 아래에서 담벼락에 등을 기대고 앉았다.

비가 오니 주민들은 밖으로 나다니는 사람이 없었다. 행상을 하던 사람들도 전을 걷어서 돌아가 버렸다.

여러 점포의 비에 젖은 깃발들이 흔들리고 거리에는 이따금 마차와 우장을 한 사람들이 지나갔다.

우산 바깥은 비였다.

윤극사와 이영은 어깨를 붙이고 서로의 체온을 느꼈다. 그날도 하루 종일 그렇게 있다가 객점으로 돌아갔다.

객점에서 저녁을 먹는 중에 갑자기 '쿵!' 하는 소리가 들리며 '아이쿠!' 하는 비명 소리가 뒤따랐다.

윤극사와 이영은 일층의 한쪽 구석에서 두 가지 음식을 시켜놓고 먹는 중이었다.

한눈에 보기에도 파락호 같은 사나이가 소매와 바짓단을 걷어 올리고 들어오면서 발길질로 연신 점원을 찼다.

점원이 굴러가 쓰러졌다가 일어나려면 발로 차고 일어나려면 발로 차고 하면서 탁자들 사이로 왔다.

"아야! 아이쿠! 아구구구!"

점원이 얼굴이 피 범벅이 되어 비명을 지르자 탁자에 앉은 사람들이 놀라서 이리저리 피했다. 파락호사내의 발길질이 묘해서 점원은 굴러가도 꼭 동그랗게 말려서 굴러갔다.

어디선가 '왕빡대다' 하는 소리도 들렸다.

객점 안은 난장판이 되어버렸다. 객점 주인이 연락을 받고 헐레벌떡 달려오고 있었다.

그러자 난장판을 일으킨 그자는 다시 힘껏 내질러서 점원을 일어서지도 못하게 했다. 점원은 윤극사와 이영이 있는 탁자 가까이로 와서 큰대 자로 뻗었다.

그자가 악이 받친 소리로 외쳤다.

"내 밥그릇에 재를 뿌린 놈이 누구야! 당장 나와!"

입에 담기 힘든 욕설이 뒤섞여 얼굴이 화끈 달아오를 정도였다.

주인이 달려와 애걸하며 말했다.

"이보게, 왕벌대(王伐岱)! 재를 뿌리긴 누가 뿌린다고 그러나. 함께 술이나 한잔하면서 찬찬히 말해 보세."

이름이 왕빽대가 아닌 왕벌대였다.

왕벌대는 손가락으로 코를 후비면서 '킁!' 하고 코웃음을 쳤다.

"강 영감이 그놈을 머물게 해준 죄는 저놈을 팬 걸로 대신하겠소. 더는 간섭 마시오."

왕벌대가 버럭 고함쳤다.

"어떤 놈이 야을 팔았어?"

말보다 욕이 몇 배나 길었다. 이영은 왕벌대가 약장수라는 걸 알았다. 그리고 왜 여태까지 사람들이 한 명도 가까이 오지 않았는지도 이해가 되었다.

윤극사는 벌써 일어나서 쓰러진 점원을 살펴보고 침을 놓는 중이었다.

왕벌대가 윤극사를 발견하고 잘 걸렸다는 듯이 소리쳤다.

"오호라! 바로 네놈이구나!"

윤극사는 살기등등하게 다가오는 왕벌대는 본 척도 않고 점원에게 세 대의 침을 놓았다. 기가 통해서 점원이 '푸우' 하고 한숨을 내쉰다.

이영은 윤극사의 앞을 가로막아 섰다.

왕벌대가 '이건 또 뭐야?' 하는 듯이 이영의 아래위를 훑어보았다. 객점 주인이 왕벌대의 팔을 잡아끌면서 말했다.

"젊은 사람들이네. 아직 약을 하나도 팔지 못했으니 신경 쓰지 말게. 곧 여길 떠날 거야."

왕벌대가 팔을 휙 내두르자 객점 주인은 뒤로 벌러덩 넘어졌다. 다른 점원들이 달려가 그를 일으켰지만 이미 인사불성이었다.

왕벌대는 불 맞은 곰처럼 씩씩거리며 다가들었다.

"이것들이 감히… 죽을려고……!"

이영은 왕벌대의 눈에 음심이 가득한 것을 보았다.

이영은 나직하고도 단호한 음성으로 말했다.

"물러서요!"

왕벌대가 뜻밖의 저항에 멈칫했다.

이영은 말했다.

"이곳에서는 우리가 약을 팔면 안 된다는 이유라도 있나요?"

"있지! 있고말고!"

왕벌대는 자기 가슴을 펑펑 치면서 말했다.

"나 왕벌대가 십일 년째 팔고 있는데 어떤 놈이 약을 팔아?"

두 마디를 들어볼 것도 없는 파락호의 억지다.

이영은 싸늘한 눈으로 왕벌대를 쏘아보며 나직한 소리로 말했다.

"그만 가세요. 더 이상 말하고 싶지 않군요."

"으하하하하!"

왕벌대가 큰 소리로 웃으며 주위 사람들을 둘러본다. 자기가 그런 말을 들을 사람이냐고 묻는 듯한 태도다.

왕벌대가 킬킬거리며 말했다.

"여기서 약을 팔려면 방법이 없는 것도 아니지. 남자는 약값의 구할을 내게 바치면 되고 여자는 오 할과 몸을 바치면 돼!"

이영은 속에서 살기가 치밀었다.

왕벌대가 그녀의 눈빛을 보고 흠칫하며 입을 다문다.

그때 윤극사가 일어서면서 이영에게 말했다.

"영, 비켜서요."

이영은 그의 말에 저절로 몸이 움직이는 것처럼 옆으로 비켰다. 윤극사는 키가 컸다. 왕벌대도 기골이 장대했지만 키는 윤극사보다 작았다.

왕벌대는 윤극사의 큰 키에 화가 난 듯이 소리쳤다.

"네놈도 약을 팔면 한가락 하겠구나! 어디 솜씨를 보여봐라!"

윤극사가 왕벌대를 보면서 물었다.

"무림인인가요?"

왕벌대는 또 멈칫했다. 갑작스런 질문이다. 몇 가닥 재주를 배우기는 했지만 무림에서는 삼류에도 끼지 못할 솜씨다. 약을 핑계 삼아 눈요기 할 수 있는 재주를 파는 약장수라면 너나 할 것 없이 다 그런 것이다.

왕벌대가 멈칫하자 윤극사가 이어서 말했다.

"싸우지 말아요."

왕벌대의 어깨가 축 처졌다.

싸우지 말라는 윤극사의 말에 이상하게 힘이 빠져 버린 것 같았다. 윤극사의 눈빛은 자기를 속속들이 꿰뚫어 보는 것만 같았다.

왕벌대는 윤극사가 자기와 같은 부류의 약장수가 아니라는 걸 느낄 수 있었다.

"나, 나는……."

힘이 빠지자 말까지 더듬었다. 왕벌대는 입을 다물어 버렸다. 주위에 있던 사람들이 이상하다는 듯이 서로 얼굴을 마주 본다.

왕벌대는 얼굴이 뜨거워졌으나 엉거주춤한 채 이러지도 저러지도 못하고 고개를 푹 숙였다. 무술을 하지만 무림인도 아니고 침을 놓고 약을 팔지만 의원도 아니다.

사람들이 뭐라고 수군거린다.

윤극사가 말했다.

"돌아가세요."

왕벌대는 그의 허락을 기다리기라도 한 듯 돌아서서 걸어나갔다. 뒷모습이 아주 초라했다. 객점은 바늘 하나 떨어지는 소리도 크게 들릴 만큼 쥐 죽은 듯 조용했다.

왕벌대는 객점을 나가기 전에 윤극사를 한 번 더 돌아본 후 비가 쏟아지는 어둠 속으로 사라져 갔다.

방에 올라가 있을 때 객점 주인과 윤극사가 치료해 줬던 점원이 올라와서 인사하고 갔다. 그들은 왕벌대같이 말이 안 통하고 거친 놈을 말 몇 마디로 쫓아 보낸 윤극사를 사람이 아닌 무엇을 보는 듯이 대했다.

그들이 돌아간 후 윤극사는 평소와 다름없었다. 약 상자의 약들을 살펴보고 냄새를 맞아본 후에 글을 썼다.

이영은 객점으로 돌아오는 도중에 사 왔던 한 필의 천을 가위로 재단하면서 이따금 가슴을 주먹으로 눌렀다. 가슴이 그때까지도 두근거렸다.

큰 사람, 어진 사람…… 아버지와 어머니들이 윤극사를 두고서 했던 말을 이영은 눈으로 확인한 것 같았다.

파락호 한 사람을 쫓아 보낸 것에 불과한 일이었지만 이영에게는 그것이 충격이었다.

"영, 그만 자요."

윤극사가 책을 덮으며 말했다.

"소신의 먼저 주무세요."

하고 말하며 일어서서 이영은 물을 가져와 발을 씻겨주었다.

윤극사는 아주 어색해했지만 이영은 발을 씻긴 후 수건으로 깨끗하게 닦아주었다. 고개를 들어보니 윤극사가 연민 가득한 눈으로 내려다보고 있었다.

이영은 윤극사의 두 다리를 안고 무릎에 얼굴을 묻었다. 윤극사가 그녀의 머릿결을 어루만져 주었다.

윤극사가 잠들고 난 후 이영은 등을 구석으로 옮겨서 옷감을 마저 재단했다.

창가에서 남쪽을 보며 이영은 남쪽 어딘가에 계실 어머니를 생각하며 입속으로 중얼거렸다.

"어머니, 이렇게 산답니다. 전 행복해요."

객점 주인이 깃발을 객점의 깃발과 나란히 길게 해주고 탁자 세 개를 모아 윤극사가 약을 팔 자리를 객점 안에 만들어주었다.

윤극사가 왕벌대를 말 한마디로 쫓아버렸다는 소문이 퍼져 그와 함께 앉아 있던 이영의 귀에까지 들렸다.

이영은 오늘은 약을 좀 팔 수 있겠구나 싶었다. 그동안 왕벌대의 횡포가 무서워서 약을 사지 못했던 사람들이 사러 올 것 같았다.

소문이 모이는 객점에 앉아 있다 보니 작은 고을의 소식을 모두 들을 수가 있었다. 이영은 점심때가 다 되어갈 무렵 왕벌대가 장사를 시작했으며 평소와 다름없이 약이 팔렸다는 말을 들었다.

윤극사도 평소와 다름없기는 마찬가지, 한 명의 손님도 없었다.

이영은 어떻게 그럴 수 있을까 싶었다. 점심을 먹으면서 윤극사에게 물어보았다.

"어제 그 사람은 아직도 약을 많이 판다는군요. 엉터리 약장수가 분명한 것 같던데… 왜 사람들이 우리한테 오지 않고 그 사람한테 가는 걸까요?"

윤극사가 말했다.

"우리가 엉터리 약장수라서 그래요."

이영이 의아한 표정을 지었다.

윤극사가 말했다.

"나도 어제저녁에 그 사람을 보고서야 생각났어요. 전에 사형들이 가끔 강호의 약장수 이야기를 해줬어요. 강호의 약장수들도 계보가 있대요. 어떤 사람은 부스럼에 잘 듣는 고약을 팔고 어떤 사람은 복통을 다스리는 약을 팔아요. 또 어떤 사람은 다쳤을 때 쓰는 금창약이나 남자들의 양기(陽氣)를 북돋우는 약을 파는데 뭘 팔든지 다 만병통치약이라고 하면서 팔아요."

윤극사는 의원이라 의술에 관한 것을 말할 때는 남녀를 가리지 않는 것이 습관이 되어 있었다. 그러나 이영은 윤극사가 태연히 남자의 양기 어쩌고 하는 말을 듣기가 민망스러워 그 부분은 못 들은 척했다.

윤극사가 계속 말했다.

"그런 약도 효험이 전혀 없는 것은 아니에요. 원래 처방에 맞는 병에는 아주 잘 듣는 데다가 병 중에는 마음이 만드는 병이 많아서 그런 약을 먹고도 나을 사람은 많이 나아요."

"아주 엉터리는 아니었군요."

이영이 말했다.

"소신의, 그럼 우리도 그런 약들을 팔아야 하는가요?"

윤극사가 쓴웃음을 지었다.

"그런 약은 다 가지고 있어요. 하지만 우리는 팔 수 없는 게 있어요."

이영이 조금 생각하다가 웃으며 말했다.

"우리는 원숭이도 없고 주먹으로 바위를 깨거나 맨몸으로 철사를 끊는 장사도 없군요."

"그래요."

윤극사가 웃었다.

이영은 속으로 한숨을 쉬었다. 약 팔기는 참으로 요원하다 싶었다.

온갖 정성을 다하여 만든 약을 서툰 재주와 웃음 속에 묻혀서 팔 수는 없는 일이었다. 무엇보다도 윤극사는 의원이지 약장수가 아닌데 약을 팔려 한다는 것이 어려움이었다.

객점에서 탁자 세 개를 펼쳐 놓고 장사를 했지만 그날도 전혀 팔지 못했다. 이영은 잠을 더 줄이고 바느질을 했다.

생산을 하지 않고 살 수 있는 사람은 천한 것들뿐이다. 강도와 도둑과 창녀와 거간꾼 따위.

살아가려면 쉬는 날은 있을지라도 생산을 하지 않을 수는 없다. 이영은 옷을 만들어서 생활에 보태려고 생각하고 있었다.

어찌 보면 약장수 아닌 윤극사가 약을 팔려는 짓이나 바느질꾼이 아닌 이영이 옷을 만들어 팔려는 것이나 매한가지일 수도 있었지만 약보다는 옷을 팔기가 더 쉬울 것 같았다.

다음날도 똑같이 시작했지만 사람들은 이제 윤극사와 이영을 보는데 익숙해졌는지 풍경을 보듯 하고 눈길도 주지 않았다.

약을 사는 사람을 한 명도 보지 못했으니 윤극사가 약을 팔 거라고 생각하는 사람도 없는 듯했다.

그러다가 오후 늦었을 때 처음으로 손님을 맞았다.

왕벌대였다.

제4장 진짜를 알아보는 눈은 가짜에게 있습니다

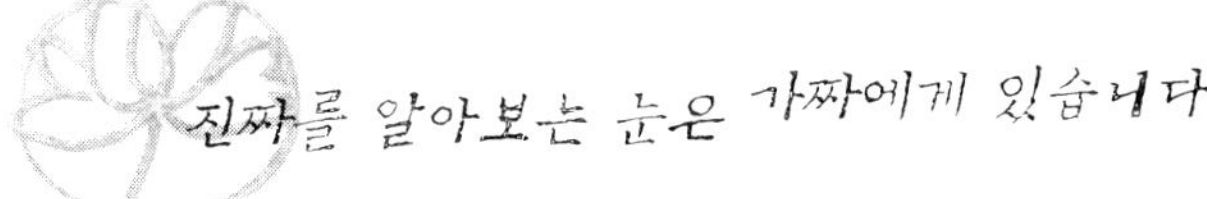


왕벌대는 윤극사 앞에 두 개의 물건을 내려놓았는데 하나는 뭔가가 가득 든 시커먼 가죽 주머니였고 하나는 칠이 벗겨진 금박의 네모난 상자였다.

"왕벌대다!"

"복수하러 왔나 봐!"

하는 소리가 주변에서 들렸다.

이영도 긴장했다. 소란이 일어나는 것은 정말 싫었다.

'이게 무슨 짓이람.'

은근히 속에서 노기가 치밀어 오르는데 왕벌대가 윤극사에게 머리를 조아리며 말했다.

"받아주십시오."

이영은 눈이 휘둥그레졌다.

왕벌대가 가죽 주머니를 가리키며 말했다.

"돈입니다. 소인이 평생 번 것 중에 쓰고 남은 것입니다."

윤극사는 가죽 주머니를 그에게로 밀었다.

"받을 수 없어요."

왕벌대는 급히 마주 밀면서 말했다.

"그냥 드리는 것은 아닙니다. 소인이 만든 약을 한 번만 봐주십사고 드리는 것입니다."

윤극사가 손을 멈추고 왕벌대의 눈을 보았다.

왕벌대가 머리를 조아리면서 간청했다.

"언젠가는 소인이 만든 약을 꼭 고인(高人)께 한번 보이고 싶었습니다. 제발 소인의 청을 거절하지 말아주십시오. 이 돈은 한 푼도 남김 없는 제 전 재산입니다."

윤극사가 한숨을 쉬면서 말했다.

"전 당신이 생각하는 고인이 아닙니다. 의술을 배웠지만 아직 어린 사람입니다."

왕벌대가 애걸하는 어조로 말했다.

"소인은 가짜 의원입니다. 그래서 귀공께서 진짜 고인임을 알 수 있습니다. 소인을 시험하지 말아주십시오. 진짜를 알아보는 눈은 가짜에게 있다고 들었습니다."

이영은 윤극사를 보았다. 그가 어떻게 할지 궁금했다. 객점 안의 사람들도 모두 윤극사를 보고 있었다.

윤극사는 돈을 밀어내고 말했다.

"저도 의원이라 약은 볼 수 있어요. 하지만 돈을 받을 수는 없어요."

왕벌대가 넙죽 절을 하며 고마워한다. 입만 열면 육두문자가 난무하던 그가 고맙다는 말을 연신 내뱉는다.

윤극사는 빛 바랜 금박 상자를 열어보았다. 노란 비단 천 위에 밀랍으로 싸인 세 가지의 약이 있었다.

윤극사가 그중 하나를 들어 보면서 말했다.

"초목으로는 솔잎과 희금자, 산초 가루, 멀위 잎, 마유가 들어갔고 광물로는 황백 가루와 황금 가루가 들어갔군요."

왕벌대가 입을 딱 벌리며 놀랍다는 듯 외쳤다.

"맞습니다! 소인의 약에 황금이 들었다고 해도 아무도 믿어주지 않았습니다!"

윤극사가 말했다.

"솔잎과 산초, 멀위, 마유는 뼈마디와 근육에 모두 좋은 약재입니다. 상처가 나거나 삔 데 주로 작용하지요. 희금자는 뼈가 부러진 골절에 효과가 있습니다. 황백 가루도 삔 데 좋습니다. 특히 황금 가루는 병독을 제거하는 효과가 커서 상처가 여름에도 쉽게 곪지 않도록 합니다. 좋은 금창약입니다."

왕벌대가 기뻐하며 말했다.

"소인이 옛날 사부님께 배울 때에는 금창약뿐만 아니라 마른 기침에도 좋다고 들었습니다. 한데 소인이 실험해 본 바로 그런 효험은 없는 듯했습니다."

윤극사가 잠시 생각하다가 말했다.

"솔잎에 약하긴 하지만 그런 효험은 있습니다. 하지만 이 경우에는 효험이 약하기 때문에 환자는 반드시 돼지고기와 배추, 사과를 먹지 않아야 하며 술에 취한 후에 방사(房事:성 행위)를 해서도 안 됩니다."

왕벌대가 손바닥으로 자기 이마를 철썩 치며 말했다.

"맞습니다. 소인의 무지한 사부도 방사(房事)를 금해야 한다고 했습니다. 한데 소인은 그러면 약이 팔리지 않을 것 같아 말하지 않았습니다."

윤극사가 말했다.

"은행과 살구씨, 그리고 마황을 조금씩 첨가하면 폐장을 편안하게 하고 기침과 감기를 다스리는 데 효과가 있을 것입니다."

왕벌대가 머리를 땅에 찧을 듯이 절을 했다.

"다른 약도 봐주십시오."

하지만 윤극사는 약함을 왕벌대에게 내밀며 말했다.

"나머지 약은 쓰지 않는 것이 좋습니다."

왕벌대가 당황하며 말했다.

"좌측의 것은 소인이 자랑하는 것으로 복통에 즉효가 있는 것이고 우측의 것은 부스럼에 좋은 것입니다."

윤극사가 말했다.

"이 두 가지 약은 금창약을 만든 사람이 아닌 다른 사람들이 만든 것이군요."

"예, 그렇습니다."

왕벌대가 말했다. 겉보기에는 똑같아 보이는 세 가지 약인데 눈으로 한 번 보기만 하고 그 내용과 원래 처방을 낸 사람이 다르다는 것까지 알아보니 눈앞에 있는 윤극사가 귀신같이 생각되었다.

왕벌대는 처음에 금창약을 만들어 파는 사람의 제자가 되었다가 그가 죽고 난 후 부스럼 고약을 만드는 사람의 제자가 됐으며 나중에는 복통약을 만드는 사람을 사부로 모셨다.

처음부터 윤극사를 속일 생각도 없었지만 속였다가는 큰일 날 뻔했다는 생각이 들었다.

윤극사가 말했다.

"해롭습니다. 독초를 썼기 때문에 뱃속에 있는 충(蟲:벌레)을 죽여 복통을 없앨 수는 있지만 거듭되면 원기를 손상하고 얼굴이 노랗게 변합니다. 몸을 크게 해치고 수명을 줄일 수 있습니다."

왕벌대는 놀라서 누가 듣고 있나 싶어서 주위를 돌아본다.

윤극사가 말했다.

"부스럼 약은 노고초(老姑草:할미꽃) 뿌리를 너무 많이 썼습니다. 노고초를 달인 물로 환부를 씻어주는 것은 괜찮겠지만 고약으로 붙인다면 상처가 헐어서 오랫동안 낫지 않을 것입니다. 즉, 두 번째 약은 재료가 잘못되었고 세 번째 약은 용법이 바르지 못한 것입니다. 세 번째 약이 효험이 좋았다면 아마 아이들이었을 것입니다. 아이들은 가려울 때 뜯어버렸을 테니까요."

왕벌대는 그 자리에 주저앉아서 그동안 자기에게 약을 사 갔던 사람들과 사 간 후에 돌아와서 욕을 했던 사람들을 두루 생각했다.

직접 찾아오지는 않았지만 들리는 소문으로는 죽은 사람들도 있었다. 왕벌대의 약을 먹고 죽었다고 할 수 없는 경우들이었지만 왕벌대가 이제 윤극사의 말을 듣고 생각해 보니 자기의 약 때문에 죽은 사람들도 있는 것 같았다.

찾아와서 따지고 항의했던 사람들의 말이 윤극사의 말로 해석이 되었다.

왕벌대는 기어코 윤극사의 앞에 돈을 남겨놓고 돌아갔다.

방으로 올라와 이영이 돈을 헤아려 보니 그 액수가 자그마치 기와집 한 채를 사고도 남을 정도였다.

이영은 그 돈을 보면서 아주 기뻐했다. 윤극사가 번 돈이었다. 약을 팔지는 못했지만 어쨌든 그가 번 돈이었다. 한편으로는 우습기도 했다. 먹을 것도 아닌 돈을 보고 좋아하는 자기가 마치 소인배 같았다.

이영은 자기 눈에도 보이지 않는 곳에 돈을 넣어놓고 옷감과 바늘을 집어 들었다. 내일은 좀 더 나아질 것이란 느낌이 들었다.


다음날 아침, 윤극사와 이영보다 왕벌대가 먼저 그 자리에 나와 있었다. 이영은 큰돈이라서 밖으로 나오며 가지고 나왔던 왕벌대의 돈을 소매 속에서 만졌다.

역시 남에게 쉽게 줘버릴 수 있을 만큼 적은 돈이 아니었다. 왕벌대가 뭐라고 성가신 말을 하기 전에 돈을 꺼내 그에게 주었다.

"가져가세요."

왕벌대가 손사래를 치면서 말했다.

"소인은 돈을 가져가려고 온 것이 아닙니다. 곁에 두고 심부름이라도 시켜주십사 하고 왔습니다."

왕벌대는 윤극사에게 심부름이라도 시켜달라며 떼를 썼다.

이영이 한숨을 쉬면서 말했다.

"우리한테는 손님이 없어요. 그리고 당신까지 먹여줄 만한 돈도 없구요."

왕벌대가 천연덕스럽게 말했다.

"많이 아픈 사람은 지푸라기라도 붙잡지요. 기다리면 틀림없이 누구라도 찾아올 것입니다. 그런 사람은 낫게 해주면 천금 만금을 가리지 않고 내놓습니다. 아무 걱정 마십시오."

"당신도 약을 팔아야 하잖아요."

이영이 속상해서 말했다. 약이 팔리면 좋겠지만 그것보다는 약이 안 팔리더라도 윤극사와 둘이만 있는 게 더 좋다.

왕벌대는 아예 그녀의 말은 듣지도 않고 윤극사에게 대사부라고 부르면서 이영과 함께 방으로 올라가 있으라고 했다. 손님이 오면 모시고 올라가겠다는 것이었다.

등을 떼밀려 윤극사와 이영은 방으로 올라갔다. 윤극사가 약 상자를 그곳에 두려고 했지만 왕벌대는 펄쩍 뛰었다. 그 귀한 것을 아무 데나 놓으면 어떡하냐면서 기어코 가지고 가게 했다.

방으로 들어와 윤극사와 이영은 함께 어이가 없어서 웃었다.

이영이 웃으며 말했다.

"소신의가 가짜 약장수라는 걸 저 사람도 눈치 챘는가 봐요."

윤극사는 빙긋 웃은 후 창가에서 우중충한 하늘을 보며 말했다.

"영, 올해는 비가 많이 올 모양이에요."

이영은 그의 곁에 서서 함께 하늘을 보며 대답했다.

"예, 벌써 여러 차례 비가 왔군요."

임란(林蘭:치자나무) 향기가 창문으로 날아들어 왔다. 함께 일 없이 있는 것도 좋았다.

잠시 후 문을 두드리는 소리가 나더니 왕벌대가 어떤 노파를 데리고 들어왔다.

윤극사와 이영은 멀뚱멀뚱하게 그들을 맞았다.

"대사부, 환자가 왔습니다!"

첫 번째 손님이 아닌 첫 번째 환자였다.

왕벌대가 노파를 탁자에 앉히고 윤극사를 맞은편에 앉게 했다. 왕벌대와 노파는 능숙했고 오히려 윤극사가 서툴렀다.

노파가 불안스레 왕벌대를 보며 물었다.

"의원 맞는감?"

목이 쉬어서 쉿소리가 났다.

왕벌대가 눈을 부라리며 말했다.

"아무 염려 마시오. 대사부께서 제격 낫게 해줄 거요."

노파가 쌕쌕거리며 말했다.

"의원, 난 말이 잘 안 나와. 숨 쉬는 데는 괜찮은 데 말하기가 힘들어."

윤극사가 물었다.

"말을 많이 하면 큰방 머리가 아파오지요?"

노파가 고개를 끄덕였다.

"그래, 가슴도 터질 것 같고 머리도 터질 것 같아. 그렇다고 말을 안 하면 더 답답해."

왕벌대는 어느 틈에 내려갔고 이영은 윤극사 곁에 서 있었다.

윤극사가 약 상자에서 성긴 약초 가루를 이영에게 주면서 말했다.

"창문을 닫고 이걸 태워요."

이영은 접시에 약초 가루를 올려놓고 불씨를 놓았다. 약초 타는 냄새가 코를 자극했지만 독하진 않았다.

윤극사는 노파에게 환약을 하나 주어 입에 넣고 있으면서 삼키지는 말라고 했다.

"쓰지는 않나?"

노파가 걱정을 하면서 입에 약을 물었다.

"괜찮구만. 감초 맛도 나네."

윤극사가 '예' 하면서 웃었다.

노파는 쉬지 않고 주절주절 말을 했다. 옆집 노파와 골패를 놀았던 이야기, 젊었을 때 남편과 같이 먼 강남까지 가봤던 일, 남편이 장사로 돈을 많이 모았지만 자식들이 일찍 죽어서 양자를 맞아야 했던 일, 양자와 뜻이 맞지 않아 살림을 다 떼내주고 혼자 나와서 하녀 하나 두고 산다는 말도 했다.

노파는 말을 잘했다. 음성은 거칠고 듣기 싫은 음성이었지만 이야기가 구수하고 재미있어서 이영도 가까이 와서 들었다.

노파가 한 시간쯤 이야기를 하는 동안 윤극사는 다만 몇 마디를 하는 데 그쳤다. 태우던 약초 냄새가 거의 사라졌다.

윤극사는 노파에게 작은 쌈지 하나 분량의 약초 가루와 세 알의 환약을 주면서 말했다.

"아침에 일어나셔서 약초 가루를 손끝으로 집어서 태워 냄새를 맡으세요. 입에는 약을 물고 계시고요. 나흘째부터 환약이 없으면 약초 가루 연기만 쐬셔야 해요. 그때는 오전에는 말을 하지 마시고 오후에는 말을 해도 괜찮아요. 말을 하실 때 힘들면 하지 마세요. 그러다 보면 점차 마음대로 말해도 힘들지 않게 될 거예요."

"엉?"

노파는 손으로 자기 목을 더듬으며 이상하다는 듯이 말했다.

"지금은 괜찮은데? 아프지가 않아."

"이 약을 다 사용하실 때까지는 무리하지 마세요. 힘들게 억지로 말하지만 않으면 돼요."

윤극사가 말했다.

노파가 웃음을 터뜨렸다. 오랜만에 말을 실컷 할 수 있었고 아프지도 않다. 실컷 말하는 동안 자기의 상태가 아주 좋아졌다는 것도 깨달지 못했던 것이다.

노파는 벌떡 일어서며 이영에게 물었다.

"색시! 의원께 얼마를 드려야 하나?"

이영은 당황해서 윤극사를 쳐다보았다.

노파가 정색을 하면서 말했다.

"난 가진 게 이것밖에 없어. 이것만 받아."

노파는 이영의 손에 파란 주머니를 하나 놓고는 탁자에 놓인 약을 들고 휑하니 방을 나갔다. 따라가며 이영이 불렀지만 노파는 들은 척도 않고 도망치듯 가버렸다.

"품!"

이영은 참지 못하고 웃음을 터뜨렸다. 주머니가 묵직했다.

이영이 윤극사에게 말했다.

"이걸 어쩌죠? 우리 손님들은 모두 주머니째로 주고 가는군요. 이러다가 큰 부자가 되겠어요."

"주는 대로 받아요."

문득 윤극사가 말했다.

이영은 잘못 들었는가 싶어서 '예?' 하고 반문했다.

윤극사가 다시 말했다.

"환자가 느끼는 만큼, 줄 수 있는 만큼만 받으면 돼요."

이영은 조용히 들었다.

윤극사가 말했다.

"우리에게 주고 싶어하는 사람도 있겠지만 받지 않으면 안 될 사람들도 있을 거예요. 치료든 약이든 돈이든 간에. 그 사람들을 위해서 주고 싶어하는 사람들의 것은 받아줘야 해요."

이영은 살에 돋움이 생기는 것을 느꼈다. 윤극사가 약 장사를 하는 뜻을 이제 조금 이해할 것 같았다. 그가 큰일을 하고 자기가 그것을 이해하면서 돕고 함께할 수 있을 거라 생각하고 있었는데 눈에 보이는 것만을 보고 그를 크다고 생각했구나 하는 것을 알았다.

이런 자기 속을 알았다면 윤극사가 얼마나 한심해할까 싶어 부끄러웠다. 크다고 하는 것은 멀리서든 가까이서든 보고 크다고 하는 것이 아니라 그 크기를 알 수 없을 때에도 하는 말이라는 것을 이영은 알았다.

윤극사의 큰 뜻에 자기가 누를 끼치지 않을까 싶어 두려워졌다. 고개를 들어 윤극사를 마주 볼 용기가 생기지 않았다.

기어들어 가는 소리로 '네' 하고 대답했다.

그때 문밖에서 '대사부!' 하고 부르는 소리가 들렸다. 왕벌대의 목소리는 아니었다.

"예!"

대답하며 이영이 문으로 갔다.

문을 열어보니 점원과 어떤 부인이 한쪽 다리가 없는 남자를 부축하고 서 있었다.

점원이 말했다.

"왕뻑대가 대사부께 모시고 가라 해서 데려왔습니다."

이영은 남들은 전부 왕벌대를 왕뻑대라고 부른다는 것을 점원의 말을 통해서 알았다. 얼마나 그의 횡포가 심했는지 짐작이 가고도 남았다.

환자를 방 안으로 데려와 의자에 앉게 했다.

부인의 말에 의하면 남자는 직업이 마부로 지난가을에 마차에 치여

서 다리를 잘랐는데 그때부터 있지도 않은 다리에 통증을 느낀다고 했
다.

"뭐가 있기라도 해야 붙잡아주고 눌러줄 텐데 아무것도 없는 데가
아프다고 아우성이니 옆에 있는 사람이 견딜 수가 없어요."

윤극사가 생활은 어찌하느냐고 묻자 부인은 큰아들이 아버지 대신
마차를 몰고 자기는 그릇을 떼다가 팔아서 사는데 겨우 입에 풀칠은
한다고 했다.

윤극사는 침을 꺼내서 환자의 끊어진 다리 위쪽에 놓았다.

사람의 몸은 하나가 아니다. 보이는 몸과 보이지 않는 몸 중에서 그
마부는 보이는 몸의 다리가 끊어졌을 뿐이다. 보이지 않는 나리는 남
들의 눈에는 보이지 않겠지만 윤극사의 눈에는 그대로 보였다.

환자는 윤극사가 침으로 보이지 않는 다리의 여러 부분을 건드리자
정말 다리를 찔린 듯이 아픈 표정을 지으며 비명을 질렀다.

윤극사가 아쉬워서 한숨을 쉬었다. 그 마부는 자르지 않아도 될 다
리를 잘랐다. 의술이 아주 뛰어난 사람이었다면 잘라졌더라도 이어놓
으면 붙을 수 있는 다리였다. 기능은 원래처럼 될 수 없을지라도 어느
정도 구실은 할 수 있었을 것이다.

도롱뇽 같은 짐승들은 이런 경우에 다시 잘려진 꼬리가 나온다. 사
람의 손가락도 끝에서 뼈 부근까지, 또는 뼈를 조금 상하더라도 짧게
잘렸으면 저절로 복원되는 경우가 있다.

어느 것이나 보이지 않는 몸이 그대로 남았기 때문에 가능한 일이었
다.

윤극사는 환자의 다리를 다시 생기게 할 방법을 가지고 있지는 않았
다. 어쩔 수 없이 그의 잘려지지 않은, 보이지 않는 다리를 그가 잘라

줘야만 환자가 고통을 느끼지 않을 것이다.

윤극사는 침으로 기운을 막고 굳혀서 보이지 않는 다리를 없앴다. 환자는 편안해하고 신기해했지만 윤극사의 마음은 무거웠다.

이전에 그 환자를 치료했던 의원이 자르지 않아도 될 보이는 다리를 잘랐다면 윤극사는 자르지 않아도 될 보이지 않는 다리를 자른 것이었다.

그 의원에게도 그것만이 유일한 방법이었을 것이다. 윤극사에게도 이것만이 유일한 방법이었다. 그러나 그 의원이 했던 것이 가장 좋은 방법은 아니었던 것처럼 윤극사가 한 것도 환자를 위해 가장 좋은 방법은 아니었다.

다만 어쩔 수 없는 일일 뿐이었다.

환자는 방을 나갈 때에는 멀쩡한 사람처럼 나갔다. 다리가 없는 것이 불편하기는 하겠지만 없다는 것 그 자체가 고통일 수는 없었다.

환자의 아내가 아주 미안해하는 얼굴로 얼마간의 돈을 놓고 나갔다.

한 명의 환자가 나가면 연이어 점원이 다른 환자를 데리고 들어왔다. 왕벌대는 아예 그 점원을 졸개처럼 부리는 모양이었다.

이영이 점원에게 물었다.

"기다리는 사람이 많은가요?"

점원이 급하다는 듯이 두리번거리며 말했다.

"백 명도 넘습니다. 야단났어요. 우리 객점에 음식 먹으러 오는 손님들이 앉을 데가 없어요. 이런데도 왕뺙대는 한 사람씩만 올려 보내요. 대사부 정신 어지럽게 해선 안 된다고요."

이영은 믿기지 않아서 물었다.

"갑자기 어디서 그렇게 많이들 왔다지요?"

점원이 말했다.

"왕삑대가… 그 왕삑대가 골패파파(骨牌婆婆)를 데려왔으니까요."

"골패파파?"

이영은 누군지 몰라서 반문했다.

점원이 말했다.

"제일 먼저 온 그 노파가 골패파파입니다. 돈이 많아서 근처의 안 불러본 의원이 없었어요. 밤낮 사람들을 불러서 골패 놀이를 한다고 골패파파죠. 한데 아무도 못 고쳤죠. 그런데 대사부가 한 시간 만에 깨끗하게 고쳤으니 골패파파가 춤을 덩실덩실 추면서 나갔어요."

등봉현에서 터줏대감이나 마찬가지인 왕삑대가 어떻게 해야 윤극사를 알릴 수 있을지 생각해 본 후에 골패파파를 불러들였던 것이 틀림없었다.

더구나 골패파파는 사람들을 많이 아는 데다가 말하기를 좋아하는 사람이니 윤극사에 대한 소문이 벌써 쫙악 퍼져 나가고 있는 중일 것이다.

범상치 않은 모습의 윤극사와 이영이 약을 팔던 것도 사람들에게는 적잖은 화제였는데 그 말들이 이제는 그들이 못 고치는 병이 없는 귀신같은 의원이라는 것으로 바뀌고 있었다.

이영은 어쨌든 한시름 놓았다. 주머니 속의 송곳은 빠져나오기 마련이고 빼어난 재주는 감춰도 드러나는 법이다.

며칠간 담벼락에 앉아서 손님을 기다리며 약장수를 하던 것도 이제는 웃으며 추억할 수 있는 얘깃거리가 되겠구나 싶었다.

제세원의 소신의 윤극사!

그 말이 의미하는 것처럼 어떤 환자든 그에게 왔다가 갈 때는 기뻐하며 돌아갔다.

　이영은 윤극사의 곁에서 그가 환자를 대하는 것을 보면서 수족이 되어 거들었다. 물을 가져다 주기도 하고 먹으로 환자의 가슴에 긴 표시를 하기도 했다.

　윤극사는 환자가 들어오면 이영에게 뭔가를 시키고는 차근차근 환자와 이야기하는 데 시간을 보냈다. 그러다가 이야기를 끝내고 나면 약을 주거나 처방전을 써주어 내보냈다.

　점원이 본연의 임무를 했다.

　"왕뻑대가……."

　하면서 손님 대신 음식을 가지고 들어온 것이었다. 불만이 단단히 쌓인 모양이었다.

　"고마워요."

　이영이 말하자 점원은 헤벌죽하여 꾸벅 절하고 달아나듯 가버렸다.

　이영은 윤극사와 점심을 먹으면서 말했다.

　"소신의, 오전에만 열일곱 명을 만났어요."

　윤극사가 슬며시 웃으며 말했다.

　"제세원에서는 백 명도 넘게 만날 때가 있었어요."

　"밖에 백 명도 넘는 사람들이 기다리고 있대요."

　이영이 웃으며 말했다.

　"왕뻑대가, 아니, 왕벌대가 한 사람씩만 올려 보낸다는군요."

　점원이 왕뻑대, 왕뻑대 하다 보니 듣던 이영도 왕뻑대라는 말이 더 자연스럽게 나왔다.

　윤극사가 눈을 휘둥그레 떴다. 백 명이라는 말에 놀란 것이다. 그러다가 갑자기 젓가락을 내려놓고 방을 뛰쳐나갔다.

이영도 허둥지둥 뒤따랐다.

계단에서 보니 아랫층에서는 난장판이 벌어져 있었다. 왕뺙대가 원래의 탁자에 앉아 있고 객점 안은 사람들로 득실거렸다. 탁자 위에 누운 사람, 의자를 겹쳐 놓고 누운 사람, 벽에 기대앉은 사람, 바닥에 드러누운 사람, 위태롭게 사람들을 넘어서 걸어가는 사람, 음식이 가득 든 쟁반을 들고 곡예를 하며 나르는 점원들…….

왁자지껄한 웃음소리와 신음 소리. 전쟁터도 아니고 시장 바닥도 아니었다.

이영은 그렇게 혼란스러운 것을 처음 보았다. 그 혼란이 위층으로 오르는 계단 바로 아래에서 딱 그쳐 있었다.

왕뺙대가 뛰어내려 오는 윤극사를 발견하고 벌떡 일어서며 외쳤다.

"대사부!"

찬물을 쫙악 끼얹은 듯이, 먼지가 물에 젖어 가라앉듯이 일순간 객점 안이 잠잠해졌다. 그들이 주고받던 화제 속에 있는 귀신같은 솜씨를 가졌다는 의원이 눈앞에 나타난 것이다.

윤극사는 사람들의 시선이 어색해서 고개를 숙이고 빨리 걸었다. 그가 가는 길목에 있는 사람들은 물길이 갈라지듯 좌우로 나뉘었다.

왕뺙대가 그를 맞자 윤극사가 빠른 음성으로 말했다.

"환자들을 어떤 순서로 올려 보냈어요?"

왕뺙대가 말했다.

"먼저 온 순서대로 표를 나눠 주고 차례로 올라가게 했습니다."

윤극사가 둘러보면서 물었다.

"용태(容態)가 심상치 않은 환자들은 없었어요?"

왕뺙대가 대답했다.

“금방 죽을 듯이 보이는 환자는 아직 없습니다.”

윤극사는 안도의 한숨을 쉬었다. 객점 안에 제멋대로 누워 있는 환자들을 살펴봐도 왕빽대의 말처럼 위독한 환자는 보이지 않았다.

대부분이 오랫동안 지병을 앓고 있는 사람들이었다.

윤극사는 왕빽대에게 급한 환자는 먼저 올려 보내라고 일러주었다. 방으로 돌아온 후 윤극사는 이영과 마주 앉아 점심을 마저 먹으며 말했다.

“환자들은 아픈 사람들이에요. 아픈 만큼 하소연하고 싶은 것도 많고 남들이 알아주길 원하는 것도 많아요. 만약에 의원이 그 말들을 들어주지 않으면 환자들은 자기의 병도 자세히 모르면서 대충 진단하고 약을 쓴다고 생각해요. 오랫동안 앓은 사람들일수록 더 그래요. 낫기를 원하지만 정작 자기의 말을 들어주지 않은 의원의 말과 의술은 믿지 않아요. 어떤 환자들은 이야기만 잘 들어주면 손쓸 것도 없이 저절로 나아버리는 경우도 있어요.”

“꼭 어린아이들처럼 환자들도 투정하는군요?”

이영은 정말 환자들이 그럴까 싶은 생각을 하면서 웃었다.

윤극사가 말했다.

“보살핌을 필요로 하는 사람은 모두 똑같아요. 나이로 구분해서는 안 돼요. 의원은 사람을 아픈 사람과 아프지 않은 사람으로 나누고 환자는 급한 사람과 급하지 않은 사람으로 나눠서 보죠. 이 구분을 먼저 하지 않으면 아무리 의술이 고명해도 소용없어요.”

윤극사는 저녁을 먹은 후에도 늦게까지 환자를 보았다.

왕벌대가 늦게 온 사람은 받지 않았기 때문에 그 정도에서 그칠 수 있었다. 마지막 환자를 돌려보내고 나자 왕벌대가 방으로 들어왔다.

이영은 그에게 그날 환자들이 두고 간 돈을 보여주었다. 왕벌대가 입이 찢어질 듯이 웃으며 좋아했다.

"대사부!"

왕벌대가 윤극사를 불렀다.

"예."

"집을 하나 사서 크게 의원을 여는 것이 어떻습니까? 올라오면서 여기 주인 강 영감을 보기가 좀 미안하더군요."

왕벌대의 말에 윤극사가 고개를 저었다.

"안 돼요."

윤극사가 손가락을 꼽아보더니 말했다.

"오늘 본 환자가 일흔여섯 명이군요."

왕벌대가 고개를 끄덕였다.

"그쯤 됩니다."

윤극사가 말했다.

"그중에서 같은 병을 앓고 있는 사람이 열아홉이었어요."

이영과 왕벌대가 윤극사의 말에 귀를 기울였다.

윤극사가 말했다.

"병을 만드는 것은 크게 보면 몇 가지 안 돼요. 첫째는 병독(病毒:바이러스)이 만드는 병이고, 둘째는 마음이 만드는 병이고, 셋째는 다친 것이고, 넷째는 몸을 잘못 써서 생기는 것이고, 다섯째는 이치를 거슬러서 생긴 병이고, 여섯째는 날 때 타고난 병인데 이건 팔자가 만든 거라고 할 수 있겠지요."

왕벌대가 물었다.

"다섯 가지가 다입니까?"

윤극사가 대답했다.

“예.”

왕벌대가 물었다.

“그럼 잘못 먹어서 생긴 속탈은 어느 것에 속합니까?”

윤극사가 말했다.

“평소 먹던 것을 먹었는데 탈이 생겼다면 병독이 만든 병입니다. 하지만 생소한 것이나 이물을 먹어서 병이 생겼다면 이치를 거슬렀기 때문에 생긴 병입니다. 오늘 열아홉 사람은 모두 병독에 의한 병이었습니다. 그 병독에 의한 병은 병 중에서 가장 범위가 넓고 일반적입니다. 그리고 제가 생각하건대 아마 지방색(地方色)과 큰 관련이 있는 것 같습니다.”

왕벌대는 속으로 그게 의원을 열고 안 열고와 무슨 상관이 있느냐고 생각했다. 왜 윤극사가 의원을 열지 않겠다는 건지 이해가 되질 않았다.

윤극사가 말했다.

“환자를 천 명 정도만 살펴보면 이곳 풍토로 인해 생기는 병들은 대개 알 수 있을 것 같습니다.”

“그럼 의원은 열지 않을 것입니까?”

왕벌대는 앞뒤가 맞지 않지만 다시 물었다.

윤극사가 ‘예’ 하고 대답했다.

왕벌대는 속으로 그럼 평생 돌아다닐 테니 고생이 적지 않겠구나 하고 생각했다. 그러나 윤극사에게 몇 가지 큰 재주를 배워서 쓸 수 있다면 자손대대로 호의호식할 수 있을 것이란 확신이 거듭 들었다.

내일 아침 일찍 오겠다고 인사한 후 왕벌대는 돌아갔다.

윤극사는 즉시 책을 꺼내 기록하기 시작했다. 일기도 아니고 편지도 아닌 그 책이 아니라 새 책이었다.

이영은 그가 글을 쓰는 것을 옆에서 도왔다. 윤극사는 그날 치료했던 환자의 나이와 증상, 사용한 약의 종류와 분량, 침을 놓은 위치와 깊이를 정확하게 기록했다. 그중에서도 풍토병이라고 그가 생각한 환자들에 대한 내용은 다른 책에 기록했다.

이영은 침대에 누워서 잠들기를 기다리며 자기도 의술을 배워야겠다고 생각했다. 허탕 친 날은 그래도 함께했다는 뿌듯함이 있었는데 윤극사가 일을 시작하자 자기가 한 일은 아무것도 없는 것 같았다. 하루 종일 한 것이라고는 하녀들이 할 수 있는 것과 똑같은 것뿐이었다.

제5장 운심(雲心)

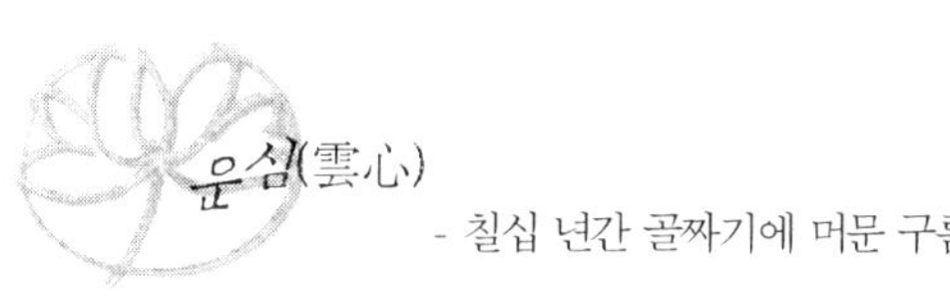


- 칠십 년간 골짜기에 머문 구름

객점 주인 강 노인의 권유에 따라 윤극사와 이영은 객점의 후원 별채로 옮겼다. 환자들은 별채 앞으로 모여서 차례를 기다렸다.

윤극사는 왕벌대를 불러서 어제 별도로 기록한 풍토병에 관한 내용을 보고 외우게 했다. 왕벌대도 아주 무식한 사람은 아니어서 조금 노력하자 틀리지 않고 외울 수가 있었다.

윤극사가 말했다.

"물어봐서 다른 증상은 없고 다만 그렇다고만 하면 그 처방대로 하세요. 제게 보낼 필요 없어요."

왕벌대의 입이 찢어질 듯 벌어졌다.

"대사부!"

제자가 된 지 하루 만에 이런 횡재가 있나 싶다.

왕벌대는 환자들 앞에서 입이 근질거렸다. 환자들마다 물어봤지만 열 명이 넘도록 그가 기다리던 환자는 없었다. 김이 팍 샜을 즈음에 암기하고 있던 증상을 가진 환자가 한 명 왔다.

왕벌대는 즉시 처방을 내려줬지만 그 환자는 들은 척도 하지 않았다. 왕벌대를 완전히 무시하고 오직 윤극사에게 가봐야겠다는 것이었다.

하는 수 없이 왕벌대는 그 사람을 윤극사에게 보낼 수밖에 없었다. 속으로 부글부글 화가 치밀었지만 꾹 참고 다시 한 사람 걸려들기만을 바랐다.

그때 윤극사에게 갔던 그 사람이 나오면서 한마디를 던졌다.

"왕벌대, 뭘 알긴 좀 아는 모양이구려. 귀신같다는 그 의원도 당신하고 똑같이 말합디다."

그 소리를 듣고 자기 순배가 돌아오기를 기다리던 환자들 중에서 조급한 사람들이 왕벌대에게 말했다.

"왕벌대, 나도 한번 봐주시오."

왕벌대는 오만하게 코웃음을 치면서 말했다.

"당신은 봐줄 수 없소. 대사부께 직접 물어보시오."

아는 척 거만을 떨었지만 배우지도 않은 걸 가지고 함부로 입을 놀렸다간 큰코다칠 수도 있기 때문에 뒤로 뺐다.

그렇지만 사람들이 한번 봐달라고 부탁하는 일은 하루 종일 계속되었고 왕벌대는 그중에서 서른네 명의 병을 아주 티를 내면서 봐줄 수 있었다.

'허참, 왕벌대가 진짜 의원이 됐구먼' 하는 소리가 간혹 들려서 왕벌대를 우쭐대게 만들었다.

윤극사는 환자들과 이야기를 하면서 주로 무엇을 먹고 무엇을 하면서 사는지에 대해서 물었다. 환자들은 의원이 별걸 다 묻는다 싶어하면서도 사철 나는 먹거리를 말하고 어떻게 요리하는지도 말했다.

그날은 급한 환자도 여럿 되었다. 제세원의 급환청에서 일을 시작했던 윤극사는 어떤 환자든 즉시 처치했고 이영은 그의 솜씨가 정말 귀신같다고 생각했다. 군더더기 하나 없는 동작은 절정고수(絶頂高手)의 솜씨를 연상시켰다.

밤이 되어 환자들이 모두 돌아가자 이영은 한 일도 없이 녹초가 되어버렸다. 사람이 사람을 상대한다는 것이 얼마나 힘든 것인지 톡톡히 알게 되었다.

왕벌대는 자기가 본 환자들이 놓고 간 돈을 모두 가지고 왔다. 그것도 적지 않은 돈이었다.

이영은 힘든 몸으로도 윤극사의 수발을 다 한 후에 바느질을 하다가 잤다. 바느질하며 조는 바람에 손가락을 몇 번이나 찔렸다.

아픈 몸으로 왔다가 낫거나 낫게 될 거라는 희망을 가지고 돌아간 사람들을 생각하니 자기가 한 일이 아닌데도 가슴이 뿌듯했다.

왕벌대는 새벽같이 달려왔다. 그가 기대했던 대로 윤극사는 전날 받은 환자들 중 풍토와 관련된 병을 앓는 사람들의 증상과 치료법을 알려주었다. 왕벌대는 한 구절도 틀림없이 다 외웠다는 것을 확인받은 다음 환자들을 받을 준비를 했다.

그렇게 한 달이 지나갔다. 윤극사에게는 누군가 먹물을 먹은 사람이 순의(順醫)라는 별명을 달아주었다.

그가 치료하는 모습이 마치 물이 흐르는 것처럼 부드럽고 거침없었기 때문에 생긴 별명이었다.

그동안 윤극사는 처음에 예정했던 오백 명에서 천 명의 환자가 아니라 네 배가 넘는 사천여 명의 환자를 보았다.

귀신처럼 병을 알아보고 낫게 해준다는 소문도 크게 도움이 되었지만 얼마를 주든 말하지 않고 심지어 치료비가 없어도 꾸짖지 않는다는 소문이 더 큰 작용을 했다.

그 정도의 환자를 보고 나자 윤극사는 등봉현 곳곳을 마치 자기가 가본 것처럼 훤하게 머리에 떠올릴 수 있었다.

한 환자에게 그 이웃에 있는 다른 환자의 안부도 물어볼 수 있을 정도가 되었던 것이다.

왕벌대는 처음엔 윤극사가 준 처방대로 환자를 보는 것을 즐겼지만 열흘이 지나자 그가 암기하는 것도 한계에 이르러 환자를 보기보다는 밤낮으로 윤극사가 써준 처방을 암기하는 데 골몰했다.

오히려 옆에서 듣던 이영이 그것들을 훤히 기억해서 그런 환자들이 오면 자기가 처방을 주곤 했다.


“영.”

윤극사는 붓을 내려놓고 이영을 불렀다. 이영은 자기 손으로 만든 첫 번째 옷을 완성시키는 중이었다.

“네.”

이영이 고개를 들며 대답했다.

윤극사가 말했다.

“우리 떠나요.”

기다리던 것이 왔다.

이영은 ‘예, 소신의’ 하고 순순히 대답했다. 한 달 동안 머물렀지만 두 사람의 짐이 늘어난 건 거의 없었다.

왕벌대를 시켜서 돈을 바꾸어놓은 전표(錢票) 다발과 채 바꾸지 못한 돈만 수북하게 늘어나 있을 뿐이었다.

이영은 짐을 꾸리기 시작했다.

윤극사가 머뭇거리며 말했다.

"영, 영이 만든 옷을 왕벌대에게 줄 수 없을까요?"

이영이 웃으며 말했다.

"저도 그럴 생각이었는걸요."

진심은 아니었다. 자기 손으로 만든 첫 번째 옷은 윤극사에게 주고 싶었다. 그러나 윤극사가 그걸 왕벌대에게 주고 싶어하니 자기도 그렇다고 생각했다. 왕벌대에게도 항상 고마운 마음을 가지고 있었다.

윤극사는 왕벌대에게 편지와 함께 옷, 그리고 얼마간의 전표를 남겨놓고 이영과 함께 방을 나왔다.

백초곡을 처음 떠나올 때처럼 윤극사는 등에 약 상자를 졌고 이영은 옷 보따리를 품에 안았다.

음력으로 삼월 열이레. 달이 아직 이지러지지 않고 둥글게 보였다.

거리로 나와서 이영이 윤극사에게 말했다.

"소신의, 성문이 닫혀 있을 거예요."

"알고 있어요."

윤극사가 이영의 손을 잡고 끌면서 말했다.

"우린 성문이 열린 후에 나갈 거예요."

"그럼 우린 어디서 기다리죠?"

이영이 물었다.

윤극사가 이영에게 작은 소리로 말했다.

"춘궁기래요. 굶는 사람들이 많다고 해요."

윤극사는 등봉현의 성안을 마치 자기 손바닥 들여다보는 것처럼 훤히 아는 것 같았다. 가다가 발을 멈추고 은량을 꺼내서 담장 안에 던져 넣곤 했다.

성문을 나서기도 전에 다리가 지칠 정도로 성안을 돌았다. 성문 앞으로 왔을 때는 성문이 열릴 시간이 거의 다 됐을 무렵이었다.

성문이 열리길 기다리는 사람들이 여럿 보였다.

그때 문득 군관 한 사람이 두 필의 말을 끌고 윤극사에게 다가오더니 허리를 숙이며 말했다.

"소관(小官)은 본 등봉현의 이름도 없는 자입니다. 혹 두 분께서 이 말이 소용되지 않을까 싶어 가져왔으니 받아주십시오."

그 군관은 윤극사가 던진 돈이 이웃집에 떨어지는 소리를 듣고 도둑이 들었는가 싶어서 나왔다가 윤극사와 이영이 가난한 집을 찾아서 돈을 던지는 것을 보았던 것이다.

군관은 두 사람을 몰래 따라다니다가 그들이 세간에 소문이 자자한 순의(順醫) 부부라는 것과 그들이 떠나려 한다는 것을 알고는 자기가 아끼던 말 두 필을 가지고 나온 것이었다.

윤극사와 이영은 받을 수 없다고 했지만 군관은 의인(義人)을 그냥 보낼 수가 없다며 성문이 열렸을 때 성 밖까지 나와 두 사람을 말에 태워 전송했다.

윤극사와 이영은 성 밖의 등봉현을 며칠 동안 돌면서 돈을 나눠 준 후에 서쪽으로 갔다.

윤극사와 이영이 등봉현을 떠난 후에 왕벌대는 그의 편지를 읽고 그의 별명을 딴 순의원(順醫院)이란 의원을 차린 후 그가 가르쳐 준 비방에 따라서 환자를 치료했다. 치료비와 약값은 윤극사가 있을 때처럼 정하지 않고 받았으며 매년 봄마다 그 돈을 풀어서 춘궁기의 구휼(救恤)에 사용했다.

　길을 가다가 윤극사는 군관이 주었던 두 필의 말을 팔고 나귀 한 마리를 사서 짐을 싣고 이영을 태웠다.
　이영은 왕벌대가 없는 마당에 다른 곳에 가면 또 등봉현에 처음 갔을 때와 비슷한 상황이 반복되지 않을까 걱정했다. 그러나 기우에 지나지 않았다.
　간혹 객점에 들르면 윤극사에게 의원이냐고 묻는 사람들이 있었고 그렇다고 대답하면 병을 봐달라며 청하곤 했다.
　나귀의 등에 실린 약 상자와 길을 가면서 채집한 약초들이 건조되면서 내는 냄새가 그를 의원으로 보이게끔 했던 것이다.
　윤극사는 마치 유람하듯 하며 환자를 만나면 치료하고 약재를 보면 채집했다. 누구에게도 자기가 제세원의 소신의 윤극사라는 말도 하지 않았고 막 소문이 나기 시작한 등봉현의 순의라는 말도 하지 않았다.
　시골의 용의(庸醫:흔해 빠진 평범한 의원)처럼 행세하며 병만 치료하고 상대방이 선심 쓰듯 주면 주는 대로 받았다. 등봉현에서마냥 자리를 정해놓고 하는 것이 아니라 가는 길에 의술을 펴는 것인지라 소문이 반짝 났다가도 그가 떠나면 사그라지고 먼 데 의원은 다 용하다는 말로 그에 대한 이야기는 덮혀 버렸다.
　사람이 많은 곳으로 가면 그만큼 많은 환자를 보았고 사람이 적은 곳에서는 환자도 적었다. 길을 가고 환자를 보고 하다 보면 바쁜 날도 바빴고 한가한 날도 바빴다.
　그렇게 몇 달을 여행했다. 찌는 듯한 여름이라 매미 소리는 가는 곳마다 귀청을 뒤흔들었다.

윤극사와 이영은 한곳에서 이틀 밤을 지새는 경우가 없었다. 그러나 환자를 보면서 천천히 움직였기 때문에 칠월 하순경에 호북성(湖北省) 경내의 무당산(武當山) 근처에 이르렀고 가을이 완연한 구월 중순경에는 사천(四川)으로 가기 위해 대파산(大巴山) 중에 들어섰다.

활엽수들은 단풍이 들기 시작했고 산 열매들은 제 색깔을 내고 있었다. 계곡에는 맑은 물이 흐르고 빨갛고 노란 나뭇잎들이 물 위를 맴돌며 내려왔다.

물가 나무에 나귀를 매어놓고 윤극사는 이영과 함께 대파산의 가을 풍경을 완상(玩賞)했다. 한낮이었다.

윤극사는 다리를 걷고 냇물에 발을 담갔고 이영은 윤극사에게 비스듬히 기댔다. 영기를 담은 가을 해가 삼라만상에게 겨울을 지낼 수 있는 힘을 골고루 뿌린다.

햇살이 좋았다. 이영은 긴 여행에 지쳐 자기도 모르게 윤극사의 어깨에 기대 깜빡 잠이 들었다.

윤극사는 이영의 머리를 무릎에 옮기고 그녀를 편하게 했다. 그녀가 잠든 모습을 보기는 처음이었다.

이영은 꾸벅꾸벅 조는 경우는 있어도 눈을 비비며 윤극사보다 늦게 잠자리에 들었고 일찍 일어났다.

새벽마다 단장한 얼굴이었지만 여로에 지쳐 얼굴이 거칠어졌다. 뺨 아래에 숨기듯 받친 그녀의 손도 손가락 끝이 매끄럽지 못하다.

윤극사는 이영의 손을 쓰다듬었다. 애처로웠다. 이영은 그가 손을 꼭 잡아도 깨어나지 않았다.

갑자기 윤극사의 귀에 부드러운 음성이 들려왔다.

“몇 살이냐?”

윤극사는 주위를 두리번거렸다. 나귀가 꼬리를 흔들고 있다. 다시 음성이 들렸다.

“몇 살이냐?”

윤극사는 그제야 나무들 사이에서 낫을 들고 서 있는 한 노인을 볼 수 있었다. 노인은 낡은 마의(麻衣:삼베옷)를 걸쳤는데 파란색 끈으로 묶은 상투 아래로는 머리카락이 삐죽이 나와 있었다.

또 대답할 순간을 놓쳐 버렸다.

마의노인이 똑같은 어조로 물었다.

“몇 살이냐?”

“열아홉 살입니다.”

윤극사가 대답했다.

마의노인이 낫으로 나뭇가지를 밀며 말했다.

“열아홉 살 된 아이가 어떻게 열 살 먹은 아이 같은가?”

“예?”

윤극사는 반문했다.

마의노인이 윤극사가 있는 곳으로 걸어왔다.

“의원인가?”

윤극사는 이영이 잠들어 있어서 일어나지 못하고 고개를 끄덕이며 대답했다.

“예.”

마의노인은 윤극사를 내려다보며 또 물었다.

“무공(武功)을 배워보지 않겠는가?”

윤극사는 어색하게 웃으며 말했다.

"의원은 무공을 배우지 않습니다."

마의노인이 말했다.

"그런 법이 어디 있는가? 내가 여기서 본 의원 놈들은 모두 무공을 익혔던데."

윤극사가 눈을 멀뚱하게 떴다.

"저 말고도 의원이 여기 왔습니까?"

마의노인이 말했다.

"사흘 동안 다섯을 봤다. 모두 산속으로 들어갔지. 무공을 배우지 않겠느냐?"

윤극사가 고개를 숙이며 말했다.

"전 의술을 더 배우길 원합니다."

마의노인이 물었다.

"배우지 않는다면 죽을 텐데도 말이냐?"

윤극사가 웃었다.

"죽지 않는 사람이 어디 있겠습니까?"

순간 마의노인이 호통을 쳤다.

"끼랏!"

윤극사는 그의 손에 들렸던 낫이 사라지는 것을 보았다. 동시에 숲에 있던 커다란 나무의 윗부분이 베어지며 비명 소리가 터져 나왔다.

"크악!"

이영이 놀라서 벌떡 일어서며 부르짖었다.

"소신의!"

윤극사가 이영의 어깨를 잡으며 말했다.

"괜찮아요, 영! 괜찮아요!"

콰드드드득!

베어진 나무가 다른 나무를 부러뜨리며 요란한 소리를 냈고 그 뒤에서 마의노인의 낫이 빙글빙글 돌면서 날아오는데 낫 위에 사람 머리가 둥둥 떠 있었다.

‘아!’

이영은 손으로 입을 가리며 속으로 비명을 질렀다.

천천히 날아오는 낫 위의 얼굴은 험상궂은 눈으로 윤극사와 이영을 쏘아보는 듯했다.

툭!

머리는 윤극사의 발 앞에 떨어졌고 낫은 마의노인의 손으로 돌아갔다. 낫에는 피 한 방울 묻어 있지 않았다.

마의노인은 낫으로 나뭇가지를 친 듯이 표정에 변화가 없었다.

“아는 놈이냐?”

낯선 얼굴이다. 윤극사는 머리를 저었다.

마의노인이 말했다.

“이십 리도 되지 않는 길을 오는 동안 이놈까지 일곱 놈을 노부가 죽였다. 모두 너를 죽이려 하던 자들이다.”

노인이 다시 낫을 휙 던졌다. 낫은 높이 솟았다가 포물선을 그리며 숲으로 떨어졌다.

순간 숲에서 다시 무엇인가가 풀쩍 뛰어올랐다. 사람 같았다. 두 다리가 보였고 두 팔도 있었으며 옷도 입고 있었다.

그러나 높이 솟았다가 떨어지는 그를 보았을 때 응당 있어야 할 머리가 보이지 않았다. 윤극사와 이영은 머리카락이 쭈뼛 솟았다. 방금 목이 떨어진 그 사나이가 틀림없었다.

퉁! 퉁! 퉁!

목 없는 몸통이 목이 있는 곳을 향해서 풀쩍풀쩍 뛰어오고 있었다.

"강시(僵屍)······."

이영은 떨면서 부르짖었다.

엄밀히 말하면 땅에 묻힌 적이 없으니까 썩지 않은 시체도 아니다. 뭐라 부를 마땅한 말을 찾지 못해서 강시라고 불렀다.

윤극사가 이영의 손을 꽉 잡으며 말했다.

"영, 이분이 부린 수법이에요. 괜찮아요."

목 없는 시체는 죽은 피를 뿌리며 뛰어와 노인의 발 앞에 엎어졌다. 시체의 등에 노인이 던졌던 낫이 박혀 있었다.

'기인(奇人)이구나!'

이영은 속으로 떨면서 생각했다.

마의노인이 보여준 무공은 강호에서 듣도 보도 못한 것이었다. 이영도 한 자루의 낫이 그런 조화를 부릴 수 있다는 사실을 직접 보지 않았다면 믿지 못했을 것이다.

검으로 펼친다는 이기어검술(以氣馭劍術)도 아니었다. 낫으로 펼치는 신묘한 무공이라고 말할 수밖에 없는 것이었다.

귀신도 아니고 강시도 아니었지만 노인의 무공은 그것들보다 더 무서움을 주는 괴이한 것이었다.

노인이 발끝으로 시체를 뒤집으며 말했다.

"살수(殺手)다. 이런 놈들은 떼를 지어 움직이며 끝까지 달려들지. 다 죽이기 전에는 벗어날 방법이 없다."

시체에서는 신분을 짐작하게 할 만한 어떤 것도 나오지 않았다.

이영은 노인도 무섭고 살수들도 걱정되었다. 조심스럽게 말했다.

“노신선께서 방법을 일러주십시오.”

마의노인이 껄껄 웃으며 말했다.

“신선은 과분한 말이지. 자네 두 사람이 내 제자가 된다면 이들은 근처에 오지도 못할 거야. 그게 바로 방법이라면 방법이다.”

윤극사가 공손하게 말했다.

“고맙습니다만 저는 무공을 배울 수 없습니다.”

마의노인이 노기 서린 음성으로 말했다.

“노부가 계속 보호해 줄 줄 아느냐? 내가 떠나자마자 다른 놈들이 쫓아와 너를 죽이고 말 것이다.”

윤극사는 쓸쓸히 웃었다. 앞에 있는 마의노인이 지금까지 그가 만나본 사람들 중에서 가장 무공이 뛰어난 사람 같았다.

사람의 몸에 흐르는 기운을 볼 수 있게 된 후로 노인처럼 강하고 밝은 빛을 뿜는 사람은 본 적이 없었다.

그러나 무공은 윤극사의 길이 아니었다. 자기를 보호해 주기 위해서라고 하지만 낫을 던져서 사람의 목을 태연하게 벨 수 있는 사람이 바로 어진 듯 보이는 무림의 기인이었다.

이청무 사숙은 자기의 생명이든 타인의 생명이든 그 생명을 가볍게 다루는 사람을 좋아할 수 없다고 했다.

여행을 하면서 윤극사도 많은 것을 보았다. 숱한 사람들을 만나면서 그들의 악과 그들의 선이 생활이라는 큰 나무에서 남북으로 갈라진 나뭇가지 같은 것임을 알았다.

윤극사는 그들의 악이 표출되지 않도록 자신을 낮추었고 가진 것을 줄였으며 품은 것을 드러내지 않았다.

빼앗길 것을 염려하던 사람은 윤극사가 아무것도 바라지 않는다는 것을 확실히 느끼게 되면 양심이 발로하여 오히려 베풀러 했다.

윤극사에게서 빼앗을 마음을 가졌던 사람은 그가 가진 것이 없다는 걸 알면 오히려 보태주기도 했다.

윤극사가 만난 사람들은 그런 사람들이었다. 등봉현에서 한 달 동안 함께했던 왕벌대도 다르지 않았다. 뺏으러 왔다가 보태준 사람이었다. 윤극사는 자기 발 앞에 떨어져 있는 머리와 마의노인 앞에 있는 몸통의 주인도 살아온 길이 다를 뿐 그런 사람일 것이라 생각했다.

살아온 길이 아주 다른 사람이 있을 뿐 사람은 다른 사람이 있는 것 같지 않았다.

윤극사는 노인에게 자기의 그런 생각을 말했다.

노인은 큰 충격을 받은 듯했다.

"일백 살을 살았지만 그런 이상한 말은 처음 듣는군. 하지만 도리가 있는 말이야."

마의노인이 천천히 고개를 끄덕였다.

"한데 이놈은 너를 죽이려 했는데 네 도리가 옳다고 그냥 이놈에게 죽는 것도 옳았다는 말이냐?"

윤극사가 말했다.

"저도 저를 지키기 위해 싸웠을 것입니다. 일부러 죽으려 들지는 않습니다. 그래서 있는 힘을 다한 후에 살거나 죽거나 했겠지요. 산다면 덤으로 얻은 목숨이고 죽는다면 제 명이 다한 것이겠지요."

"허어! 허!"

마의노인이 기가 막히다는 듯 외쳤다.

"참 이상한 아이로고! 스무 살쯤인가 싶더니… 열 살박이 같았는데… 이제는 노부보다 더 늙은 것 같구나."

윤극사는 그냥 고개를 숙였다. 할 말을 다 했다. 나귀에서 연장을 내려 땅을 파서 시체를 묻었다. 노인이 장력으로 땅을 파려고 손을 움찔하다가 그냥 둔다.

이영이 윤극사를 거들어서 무덤에 흙을 얹는다.

노인은 근처의 바위에 걸터앉아 물끄러미 그 두 사람을 보고 있었다.

무덤이 다 만들어지자 노인이 말했다.

"오늘은 내 집에서 쉬지 않겠는가?"

윤극사와 이영이 함께 머리 숙여 감사를 표했다. 떠돌이 의원은 청하는 사람을 뿌리치지 않는다.

노인은 앞장서서 계곡을 따라 올라갔다. 늘어진 단풍나무의 가지는 물에 닿을 듯 말 듯한 것도 많다.

단풍을 비춘 물은 단풍을 따라서 붉다.

이영도 나귀를 타지 않고 윤극사와 나란히 걸었다. 좁은 길을 따라서 십 리 이상을 걸었다. 문득 산모퉁이를 돌아서는데 물소리가 크게 들리며 일대 장관이 나타났다.

암벽으로 둘러싸인 골짜기는 지층의 경계가 뚜렷하였고 세월의 풍상이 빚어놓은 계단은 전설 속의 거인(巨人)이 벽돌을 가져다 다듬어놓은 것 같았다. 하늘로 올라가는 계단이었다.

암벽은 높았지만 중간중간에 반듯한 암상(巖床)들이 있어서 위태로워 보이지 않았고 한쪽에서 떨어져 내리는 물은 겹쳐 쌓은 수십 개의 잔들에서 채우고 쏟아지는 술처럼 제일 위의 하나에서 시작하여 작은 폭포 하나를 이루고 다시 둘로 나누어져 작은 폭포 둘을 이루고 마침내 가장 아래의 소(沼)에 이르렀을 때는 수십 개의 흰 비단 천을 물에

드리운 듯했다.

여러 개의 오색 무지개가 폭포에 걸려 있어 어느 무릉동천(武陵洞天)의 입구인가 여기게 한다.

깨어지고, 흩어지고, 부서지는 물소리와 공기 중에 흩어지는 하얀 포말들. 윤극사와 이영은 얼굴과 손등에 와 닿는 물안개에 마음이 젖었다.

마의노인의 돌집은 절벽의 오 분지 사쯤 되는 높이에 있었다. 거기까지 올라가는 길이 더욱 아름다웠다.

밑에서 시작된 길은 바위틈에 자란 나무들 사이를 지나고 폭포수 뒤를 돌기도 했으며 조잡하게 놓여 있는 목교(木橋)를 지나기도 했다.

돌집의 작은 창으로 골짜기가 한눈에 들어왔다. 폭포수가 떨어지는 소리는 발 아래 깔려 조용히 내리는 밤비 소리 같았다.

집 안에 있어도 몸은 우중(雨中)에 있는 느낌이었다. 마음이 둥둥 뜨는 것도 같고 차분한 것도 같은데 즐겁고 기뻤다.

마의노인은 여러 가지 산 과일을 윤극사와 이영 앞에 내놓았다. 세월을 잊고 사는 산중 기인(山中奇人)의 정결하기조차 한 삶을 엿볼 수 있었다.

마의노인이 윤극사에게 물었다.

"어디로 가는 길인가?"

윤극사가 대답했다.

"바람이 오는 곳을 밟아서 왔습니다."

마의노인이 뚱한 표정을 지었다.

윤극사가 말했다.

"저는 땅과 그 땅에 사는 사람이 기운을 주고받는 것을 보았습니다."

"그래서 명산대천을 찾아서 정기(精氣)를 이은 자식을 생산하겠다고 다니는 사람들도 있지 않은가?"

윤극사는 얼굴을 붉혔다. 마치 자기와 이영이 그런 곳을 찾는 사람인 듯 보였겠구나 싶었다.

"한곳에 사는 사람은 그 지역의 성질에 영향을 받습니다. 성격과 말씨뿐만 아니라 몸도 영향을 받아서 어떤 병에는 잘 걸리고 어떤 병에는 잘 걸리지 않아요."

"그럴 법하군."

마의노인이 고개를 끄덕였다.

윤극사가 말했다.

"한데 제가 다녀보니 땅은 이어져 있습니다. 다만 산과 강이 길을 막아서 사람의 왕래가 제한을 받을 뿐이더군요."

윤극사는 바람이 큰 관련이 있을 것 같아서 바람을 따라 내려왔다고 했다.

마의노인은 뭔 말인지 모르겠다고 한 후에 껄껄 웃었다.

"하여간 자네가 먼저 간 의원들과는 관련이 없다니 다행일세. 데려오길 잘했다는 생각이 드는군."

그가 품에서 주머니 하나를 꺼내 윤극사 앞에 놓고 말했다.

"그 의원들 중 괘씸한 자가 있어 노부가 혼을 내줬네. 한데 그놈이 이걸 떨어뜨리고 갔어. 약인 듯한데 자네도 의원이니 어디에 쓰는 건지 한번 살펴봐 주게."

"예."

대답을 한 후에 윤극사는 약낭(藥囊:약 주머니)을 보고 고개를 갸웃했다. 윤극사는 자기가 어떤 약이든 그 약의 냄새와 주변에 흐르는 기운을 보고서 판별할 수 있다고 생각했다. 가죽 주머니 안에 들어 있긴 하지만 가죽 주머니에 그의 눈이 가려지진 않았다.

그러나 주머니 속의 약은 그가 처음 대하는 종류의 것들이었다. 풍겨나는 냄새도 아주 이상했다.

"냄새가 고약한 것 같네. 독약도 아닌 것 같은데 말이네."

마의노인이 말했다.

"보고 있게. 나는 저녁을 준비해야겠네. 처자는 좀 거들어주게나."

"예."

이영이 대답하고 노인과 함께 문으로 나갔다.

윤극사는 어떤 종류의 약일지 몰라서 그들이 나간 후에 천천히 약낭을 열었다. 고약한 냄새, 코를 찌르듯 자극하면서도 기분은 나쁘지 않은 이상한 냄새가 풍겨져 나왔다.

그때의 충격은 윤극사의 뒷머리를 둔기로 내려친 것과 다름없었다.

윤극사는 '혼돈석유(混沌石油)'라고 속으로 부르짖었다. 종남산 제세원에서 봤던 혼돈석유의 흔적을 대파산 중 어느 의원의 약낭에서 맡았다.

손톱만한 크기의 하얀 알약들이 그의 손바닥 위에 쏟아졌다. 색깔도 다르고 냄새도 다르지만 분명히 혼돈석유와 관련있는 것이었다.

혼돈석유가 포함되어 있거나 혼돈석유에서 뽑아낸 것이 틀림없었다.

집 앞의 마당 끝은 절벽이고 그 아래는 폭포, 집의 양쪽에도 폭포가 쏟아진다. 석양은 서쪽 산 위에서 붉게 타고 있었고 무지개는 골짜기에 가득했다.

"노부는 생선을 좋아하지. 처자는 생선을 먹는가?"

마의노인은 손에 낫을 든 채 물었다.

이영이 웃으며 말했다.

"음식을 가리지는 않는답니다."

마의노인이 껄껄 웃었다.

"그럼 큰 놈으로 세 마리만 잡아보세."

"소녀는 낚시를 배우진 못한 걸요."

하고 이영이 말했다.

"낚으면 다 낚시인 게지."

노인을 오른쪽에 있는 폭포를 향해서 장난치듯이 낫을 휙 던졌다. 낫은 빙빙 돌면서 폭포 속으로 들어갔다가 팔뚝만한 생선을 꿴 후에 커다란 호를 그리며 돌아왔다.

장난 같은 일이었지만 이영은 간담이 서늘했다. 바구니를 들고 노인이 내미는 생선을 받았다. 노인은 세 번 낫을 던졌는데 그때마다 낫은 생선을 꿰차고 돌아왔다.

이영은 생선의 지느러미를 떼고 솥에 넣어서 뚜껑을 무거운 돌로 누른 후 불을 지폈다. 마의노인이 옆에서 양념과 요리 기구를 건네주어 일하기가 수월했다.

노인은 손녀를 대하듯 편안하게 이영을 대했다. 이영은 마치 집으로 돌아온 것 같은 느낌이 들었다.

노인과 이야기를 주고받으면서 등봉현을 떠난 후 대파산에 이르기까지 보고 들었던 것들을 말했다.

약장수가 하는 걸 보고 따라 했다가 바늘을 삼킨 어린아이 이야기나 밤에 자다가 혓바닥이 목구멍에 말려 들어간 젊은 부인 이야기, 다림질하는 걸 돕다가 숯불에 엎어지는 바람에 코에 화상을 입어서 콧구멍이 막혀 버린 남자 이야기도 했다.

노인은 윤극사가 어떻게 그들을 치료했는지 들을 때마다 배를 잡고 웃었다.

"허허허! 젊은 사람이 언제 그렇게 고명한 의술을 배웠단 말이냐?"

이영은 그가 윤극사를 칭찬하자 살짝 얼굴을 붉히며 말했다.

"소신의는 의술도 물이 흐르는 것과 같다더군요. 막힌 곳을 터주고 새는 곳을 막아주면 물길을 지키는 것처럼 기운도 지킨다고."

노인이 무릎을 치며 말했다.

"옳거니! 그가 정말 도를 통했구나. 내가 해보니 무공도 그렇더구나. 처자는 그렇게 생각지 않는가?"

이영은 순간적으로 당황했다.

노인이 말했다.

"처자는 재주를 숨기는 걸 깊이 터득한 것 같네. 그거야말로 정말 고수가 되는 법이지. 드러난 재주는 땅 위에 올라온 나무줄기와 같은 거고 숨겨놓은 재주는 뿌리와 마찬가지야. 나무를 살리는 건 정작 줄기가 아니고 뿌리지. 무공도 숨겨놓은 것이 크게 쓰여 승부를 가르고 자기를 살릴 수도 있어."

이영은 잠시 그 말을 생각한 후에 머리를 조아렸다.

"노야께서 깨우쳐 주시니 깊이 명심하겠습니다."

노인이 아궁이에 나무를 집어넣으며 한숨을 쉬었다.

"평생 살아오는 동안 나는 내 복이 적다고 생각한 적이 없었다. 하지만 어떤 복 많은 자가 너희들을 키웠을까 생각하니 절로 한숨이 나오는구나.”

이영은 미소를 지었다.

노인이 손가락을 천천히 꼽아보더니 불쑥 물었다.

“아이는 언제 낳을 거냐?”

“노야!”

이영은 얼굴이 새빨갛게 되어 소리쳤다.

노인은 낙담한 어조로 말했다.

“꼽아보니 내가 살날도 고작 십 년 정도 남았구나.”

이영은 더 뭐라 할 수가 없었다.

노인이 옛 기억을 더듬으며 말했다.

“나는 젊었을 때 어느 단체에 속해 있었다. 세상에 알려진 단체는 아니었지만 알려진 자들이나 그들보다 뛰어나다고 하는 자들만 들어갈 수 있는 단체였지.”

이영은 노인처럼 신기막측한 무공을 가진 사람이라면 아마도 천하제일을 다툴 위치에 있었을 거라 생각하며 고개를 끄덕였다.

노인이 쓴웃음을 지었다.

“한데 그 단체에 큰일이 있고 나서 나는 이곳으로 와버렸어. 아주 많은 사람이 죽었는데 살아남은 몇은 서로 의견이 맞지 않아 다퉜지. 그땐 나도 지금처럼 늙지 않았어. 성미가 좀 있었지. 친구들과 한바탕 싸우고 이곳으로 온 후에 대파산 밖으로는 나가지도 않았으니.”

이영이 약간 긴장된 음성으로 물었다.

“그분들도 노야처럼 무공이 뛰어나셨어요?”

노인이 말했다.

“대단했지. 대단한 친구들이었어. 무공으로는 천하의 누구도 그 친구들 앞에서 장담하기 어려울 정도였지. 특히 한 친구는 가히 천하제일이라 불릴 만했어.”

이영은 황산이가의 딸로 자라면서 무림인들에 대한 말을 많이 들었다. 그러나 낫을 무기로 사용한 절세고수가 있다는 이야기는 듣지 못했다. 천하에는 기인이사가 구름처럼 많다는 말을 다시 상기하지 않을 수 없었다.

노인은 허리를 손으로 받치고 일어서며 말했다.

“다들 제자를 잘 길렀을 거야. 지금 천하는 아마도 그 친구들이 기른 아이들 것이겠지.”

말투에 쓸쓸함이 묻어 있다.

솥에서 김이 오른다. 쇄애애애 하는 소리가 구멍이 잘못 뚫린 버들피리 소리 같다.

그때 어디선가 정말 피리 소리가 들려왔다. 아주 먼 곳에서 들려오는 것 같은데도 피리 소리는 선명했다.

“쯧쯧…….”

마의노인이 혀를 찼다.

“못된 인간이 오는군. 방으로 들어가 있거라.”

이영이 방으로 들어가려는 순간 집 밖에서 피리 소리가 높이 들리더니 뚝 그쳤다.

카랑카랑한 음성이 들렸다.

“운심(雲心)! 잘 있었소?”

마의노인이 대답했다.

“도주(島主)! 오랜만이오! 껄껄껄!”

이영은 문을 열고 방으로 들어갔다. 불도 켜지 않은 방에 윤극사가 홀로 생각에 잠겨 있었다.

도주라는 사람의 음성이 들려왔다.

"마등곡(魔藤谷)에 가는 길에 들렀소. 맛있는 냄새가 코를 잡아당기니 오지 않을 수가 있어야지."

마의노인이 말한다.

"이거 미안하게 됐소. 귀한 손님이 와 있소."

"뭐?"

도주가 벌컥 소리친다.

마의노인이 웃으며 말한다.

"손님을 접대하는 중이라 도주를 안으로 청하지 못하니 용서하시오."

도주가 화난 음성으로 말한다.

"어떤 잘난 자가 나보다 더 대접받을 수 있단 말이오? 지난 50년 동안 본 도주 외에 운심을 한 번이라도 찾아온 이가 있었단 말이오?"

이영은 윤극사를 보았다.

윤극사는 도주의 화난 목소리에 정신이 들었는지 고개를 든다. 집 밖에서는 마의노인과 도주가 계속 옥신각신했다.

이영이 윤극사에게 말했다.

"노야께 친구 분이 찾아오신 모양이에요."

도주의 성난 목소리가 또 들렸다.

"운심, 정말 이러기요?"

"도주는 무불통지, 만 가지 재주에 달통한 분이 아니오. 억지 그만 부리고 다른 날을 택해 오면 후히 대접하겠소."

마의노인의 말도 카랑카랑해진다.

도주가 소리쳤다.

"어떤 작자를 숨겨놓았는지 내 눈으로 한번 확인해야겠소! 빌어먹을!"

윤극사가 벌떡 일어나 방문을 벌컥 열고 나갔다.

"엇!"

도주가 놀란 소리를 낸다.

해는 졌고 어둠이 깔리는 계곡 위 운심노인의 집 앞에는 운심노인과 오 척 단구의 키 작은 노인이 마주 보고 서 있었다.

오 척 단구의 노인은 어둠 속에서도 선명한 밝은 빛 홍의(紅衣)를 입었는데 손에는 자기 팔 길이만큼이나 긴 푸른 퉁소를 들고 있었다. 도주라는 노인이었다.

윤극사가 나서며 인사를 하자 도주는 경계하는 몸짓으로 한 걸음 물러섰다.

"운심! 이놈은 누구요?"

운심노인은 그가 물러서는 것을 보고 속으로 이상하게 여겼다. 그가 알고 있는 도주는 누구 앞에서도 양보하거나 물러서는 사람이 아니었다.

"내 손님이라고 하지 않았소."

운심노인이 꿍한 음성으로 말했다.

이영이 윤극사 옆에 와서 함께 인사를 했다.

도주가 다시 소리쳤다.

"그게 아니라 뭘 하는 놈이냔 말이오?"

윤극사가 말했다.

“소생은 의원입니다.”

“빌어먹을!”

도주가 욕을 했다.

“의원 놈이 무서워서 내 아이들이 야단법석을 떤다고? 말이 되는 소리 해야지!”

도주가 손을 홱 뿌렸다. 그 순간 운심노인이 소매를 펼쳐서 가로막으며 말했다.

“도주, 이 두 사람은 내게 귀한 손님이오. 이들에게 손을 쓰려 한다면 나와 천 초를 교환해야 할 거요.”

뻑!

운심노인의 소매에서 나무 몽둥이로 가마니를 후려친 듯한 소리가 났다.

도주가 화를 냈다.

“내 아이들이 저놈을 싫어한단 말이오! 저런 놈을 내버려 두란 말이오?”

이영이 참다못해 말했다.

“어르신의 아이들이 어디에 있다고 그런 말씀을 하세요? 또 싫어한다고 하더라도 그 때문에 의원을 죽이려 할 수 있는지요?”

도주가 코웃음을 치며 말했다.

“눈깔에 동태가 씌었구나! 너는 그놈이 이상하지 않단 말이냐? 본 도주가 보기에 그놈은 사람이 아니라 요물이다.”

운심노인이 준엄하게 말했다.

“도주, 말을 삼가하시오! 정녕 나와 싸울 작정이오?”

“으하하하하하!”

도주가 큰 소리로 웃었다. 골짜기의 물소리와 어울려 웃음소리가 묘한 여운을 남긴다. 도주가 말했다.

"운심, 무공은 당신이나 본 도주나 여전히 백중지세일 거요. 하지만 다른 것들을 두고 본다면 운심은 본 도주보다 나은 게 만 가지 중에 딱 하나밖에 없소. 바로 남을 잘 괴롭히지 않는다는 거요. 그 외에 운심이 자신할 수 있는 게 있소?"

운심노인이 도주를 노려보며 말했다.

"도주가 만 가지 재주에 달통한 사람이라는 건 인정하오. 그렇다고 내 손님을 욕보일 수는 없지 않소?"

윤극사가 말했다.

"두 분, 다투지 마십시오. 자리가 마땅치 않은 듯하니 저희들은 이만 물러가겠습니다."

도주가 버럭 고함을 쳤다.

"감히 내 손에서 도망치려고? 어림도 없다!"

운심노인이 윤극사와 이영을 막아서며 말했다.

"귀한 손님 앞에서 나를 너무 부끄럽게 하는군! 오늘 도주와 사생결단을 내겠소!"

"본 도주의 말을 잘 들어보시오, 운심!"

도주가 말했다.

"운심은 좀 이상하지 않소?"

"헛된 소릴랑 그만두시오!"

부엌에서는 요리가 다 된 모양이었다. 향긋한 냄새가 코를 진동했다.

윤극사가 말했다.

"저는 요괴가 아닙니다. 괜한 마음 쓰지 마세요."

도주가 손가락으로 윤극사를 가리켰다. 운심노인이 손바닥을 세우고 도주를 겨눈다. 이영도 숨을 죽이고 윤극사의 곁에 붙어 섰다.

도주가 엄한 소리로 말했다.

"아직 날씨가 추워지지 않았소! 한데 여기는 모기 한 마리 없소, 운심! 원래부터 모기가 없었소? 아니면 오늘에야 모기가 다 죽어버렸단 말이오?"

운심노인이 대꾸하지 않고 가만히 있다.

이영은 정신이 번쩍 들었다. 생각해 보니 여름에 모기가 없었을 리 없건만 지난여름부터 지금까지 단 한 번도 모기에게 물린 적이 없다. 잠자는 동안에도 물리지 않았고 근처에 모기가 나는 것도 보지 못했다.

이상한 일이었다.

물가에 있는 지금도 오히려 온갖 날벌레들이 근처에서 기승을 부려야 할 텐데 보이지 않았다.

도주가 말했다.

"저놈은 요괴가 틀림없소. 사람은 속아도 미물들은 먼저 알고 달아나는 법이오. 운심은 내 귀염둥이 아이들을 알고 있지 않소? 그 아이들이 지금 도망치려 안달하고 있소. 이런 경우가 있다고 보시오?"

운심노인이 머리를 저었다.

"도주, 도주가 잘못 안 거요. 저 아이는 의원이오. 온갖 약초와 독초를 가지고 있을 거요. 도주의 아이들도 독초 냄새를 맡고 두려워하는 것일 게요. 모기들도 마찬가지."

"으하하하하!"

도주가 웃었다.

“운심이 앞뒤가 막힌 사람인 줄은 알았지만 이 정도일 줄은 몰랐군. 운심, 저놈은 대체 몇 살 먹은 놈이오? 얼핏 보면 열 살짜리 꼬마 같은데 가까이서 보면 스물은 되어 보이고 자세히 보면 세월을 잊은 바위마냥 나이를 짐작할 수 없소.”

운심노인은 도주가 자꾸 윤극사에게 불리한 말을 하면서 몰아가자 착 가라앉은 음성으로 말했다.

“그만 하시오, 도주.”

도주가 단호하게 말했다.

“저놈은 틀림없이 수백 년 이상 묵은 요물일 거요.”

운심노인의 옷자락이 너풀너풀 휘날렸다. 공력을 끌어올리며 기세로 주위의 사물을 제압해 나가기 시작한 모습이었다.

윤극사가 쓴웃음을 지으며 말했다.

“저한테 수백 년 된 이물(異物)이 있긴 합니다.”

운심노인은 공력을 거두었고 도주는 껄껄 웃기 시작했다.

윤극사는 한숨을 쉬고 옷고름을 풀어 자기의 상체를 보여줬다. 달빛이 어슴푸레한데 윤극사의 가슴에서 배까지 검푸른 채미충이 거꾸로 붙어 있었다. 길이가 한 자가 넘는다.

“헉!”

너무 뜻밖의 모습에 이영이 비명을 질렀다.

도주는 펄쩍 뛰었고 운심노인도 돌처럼 굳어버렸다. 물 떨어지는 소리, 생선 요리의 향긋한 냄새, 침침한 초저녁 달빛조차 일순간에 멎어버렸다.

도주가 입을 열었다.

“공생체(共生體)! 공생체야! 사람과 전갈이 공생체를 이뤘다는 건 금시초문이다만 틀림없는 공생체야.”

이영도 정신을 수습하고 윤극사의 몸에 붙은 채미충을 자세히 살폈다. 푸른 빛이 감도는 거대한 전갈이다. 손가락만한 전갈이 한 자 반이나 자라려면 대체 얼마나 많은 세월이 흘러야 할지 짐작이 가지 않았다.

윤극사는 다시 가슴을 여몄다. 서운할 것도 없었지만 혼자 서 있는 것만큼이나 쓸쓸했다.

도주는 신기한 듯 눈을 빛내며 중얼거렸다.

“놀라워. 놀라워……”

운심노인이 나직한 음성으로 물었다.

“용영(龍靈)을 만났느냐?”

윤극사가 고개를 끄덕였다.

“예.”

“용영!”

도주가 펄쩍 뛴다.

“그 빌어먹을 놈이 아직도 살아 있나?”

운심노인은 윤극사의 손을 잡고 집으로 들어갔다. 도주도 뭐라 욕을 하면서 따라 들어왔다. 이영은 부엌으로 가서 요리를 쟁반에 담았다.

눈에 본 모습이 선하여 손이 떨렸다.

운심노인은 탁자를 사이에 두고 앉았지만 윤극사의 손을 놓지 않았다.

“용영은… 잘 있더냐? 호사(虎思)는?”

“그깟 놈들이야 안 죽었으면 잘 있겠지. 뭣 하러 묻소?”

도주가 퉁명스럽게 대답했다.

운심노인이 도주를 노려본다. 도주가 고개를 다른 곳으로 돌린다.

윤극사는 도주와 마의노인이 주고받는 말을 통해서 그가 운심이라는 것을 알았다. 운심과 풍혼, 용영 모두 일맥상통하는 면이 없지 않았다.

"거동이 어려울 뿐 건강하신 듯했습니다."

운심은 가라앉은 음성으로 말했다.

"네 가슴에 있는 것은 살마신전(殺魔神箭)이다. 천심회(天心會)의 수호 영물(守護靈物)이라 할 수 있는 것이지. 천심회 소식을 알고 싶구나. 호사, 풍혼, 우정(雨精), 무기(霧氣), 뇌백(雷魄)… 다들 잘 있는지……."

윤극사는 처음 풍혼노인을 만났던 일부터 이야기했다. 그의 배에서 토막난 칼을 꺼낸 일이며 어떤 낡은 장원에서 용영을 만났던 일까지.

운심노인은 큰 충격을 받은 것 같았다. 넋을 잃은 듯이 중얼거렸다.

"천심회가… 잘못되기라도 했단 말인가?"

운심노인이 도주에게 고개를 돌렸다.

"난 모르는 일이오. 용영에게 감정은 많지만."

도주가 손을 내저으며 말했다.

이영이 음식을 가져왔지만 우울한 저녁 식사였다. 운심노인과 윤극사, 그리고 이영은 조금 젓가락을 뜨다가 말았고 키가 작은 도주 혼자 다른 사람의 것까지 포식했다.

도주가 그릇을 밀면서 말했다.

"운심, 내가 숨기고 말하지 않은 건 아니오. 천심회는 오랫동안 조용했소. 하지만 용영도 살아 있고 풍혼도 살아 있다면 잘못된 것은 아니오. 누가 천하의 천심회에 도전할 수 있겠소? 본 도주도 그것만은 자신 없소."

이영은 빈 그릇을 가져갔다.

운심노인이 탄식하며 내뱉는 소리가 뒤에서 들렸다.

"우리 천심회는 과거 어느 때보다 강했소. 이 늙은이가 없더라도 천심회는 꿈쩍도 않을 줄 알았는데……."

도주가 버럭 소리를 질렀다.

"그게 어디 운심 탓이오? 다들 못돼먹은 성미 때문이지. 에잇! 다 때려치우고 은거했으면 남이야 죽이 되든 밥이 되든 신경 쓰지 말아야지. 젠장할, 이럴 거면 뭣 하러 은퇴했소? 은퇴하지 않았더라면 이 수병곡(水屛谷)도 내 것이 되었을 텐데. 에잉!"

도주가 무슨 말을 하든 운심노인은 대꾸하지 않았다.

운심노인이 윤극사에게 한숨을 쉬면서 말했다.

"너는 용영의 제자가 되었어야 했다. 그가 죽으면 천년제일(千年第一) 구룡검(九龍劍)도 끊어지고 만다."

윤극사가 말했다.

"저는 무공을 익혀 협객이 될 만한 인재가 못 됩니다."

도주가 빈정거렸다.

"흥, 무공을 익히면 다 협객이 되는 줄 아느냐? 협객 따위가 뭐라고. 온갖 나쁜 짓을 하고 돌아다니는 놈들 중에 한때 협객이니 뭐니 소리치지 않은 놈이 있는가 물어봐라. 다 개소리야."

운심노인이 거듭 탄식했다.

"우리 천심회의 복이 그뿐이면 할 수 없는 일이지."

도주가 말했다.

"운심, 차제에 나와 같이 마등곡에 들러보는 게 어떻소? 거기서 한바탕 싸우면 기분이 훨씬 좋아질 거요."

운심노인이 대꾸없이 가만히 있다.

도주가 또 말했다.

"뼈마디가 근질거리는 늙은 것들이 꽤나 올 거요. 풍혼이 올 수도 있지. 어쩌면 젊은 것들도 낄지 모르지. 적운성(赤雲城)의 젊은 성주 놈은 낄 데 안 낄 데 모르는 성미니."

윤극사는 방을 나와서 그릇을 씻고 있는 이영에게 갔다. 이영이 방긋 웃는다.

"금방 끝나요."

윤극사는 이영이 나귀에게 주려고 준비해 놓은 먹이를 대신 가져다 줬다. 나귀는 집에서 키우는 개처럼 풀이 아니라도 무엇이든 다 잘 먹었다.

나귀는 절벽가에서 시원한 바람을 쐰다.

윤극사는 나귀 옆에 앉아서 등을 쓸어줬다. 대파산의 물결 같은 능선들이 손에 잡힐 듯 일렁인다. 어느 틈에 이영이 곁에 와 있다가 물었다.

"소신의, 아프지는 않아요?"

윤극사는 '예' 하고 대답했다.

돌집에서는 도주가 운심을 달래고 회유하는 소리가 들렸다. 어떨 때는 역정이고 어떨 때는 고함이다.

윤극사는 이영의 손을 잡고 일어나서 절벽과 폭포 사이로 난 좁은 길로 걸었다. 폭포 뒤를 지날 때는 물소리가 귀를 메운다.

절벽의 중간쯤 되는 곳까지 내려왔을 때 윤극사는 상체를 폭포에 들이밀었다. 짜릿한 전율 같은 상쾌함이 정수리에서 발끝까지 뻗친다.

이영이 웃으며 뒤에 서 있다. 윤극사는 물을 좋아했다. 한겨울에도 머리에 물을 뒤집어쓰곤 했다.

윤극사는 폭포수 뒤의 벽을 짚고 그 상태에서 큰 소리로 외쳤다.

“영!”

이영이 웃었다. 물이 윙 하고 우는 소리 같다.

윤극사는 폭포 속에 머리를 한동안 두었다가 꺼냈다. 머리가 찡 하고 울려온다. 폭포 근처의 바위에 이영과 나란히 앉았다. 차가운 물은 정신의 각성을 촉구하는데 끊어지지 않고 부서지는 물소리는 잠을 재촉하는 자장가 같다.

윤극사는 이영의 손을 잡고 있다가 말했다.

“오늘 제세원의 흔적을 발견했어요.”

이영이 놀라서 반문했다.

“예?”

“노야께서 보셨다는 다섯 의원은 아마 백초곡 사람들일 거예요. 백초곡도 제세원에 있는 혼돈석유를 다루고 있으니까요.”

윤극사는 강렬한 냄새가 있는 알약을 이영의 손바닥에 놓으면서 말했다.

“난 이 약이 어떤 성질을 가지고 있는지 몰라요. 너무 복잡하고 이상한 약이죠. 이런 것이 나올 수 있는 건 두 가지뿐이에요. 한 가지는 독사와 같은 독물들의 독을 여러 가지로 정제해서 뽑아내는 것이고 다른 한 가지는 혼돈석유에서 뽑아내는 거예요.”

이영이 물었다.

“혼돈석유는… 공청석유와 비슷한 건가요?”

“나도 잘 몰라요.”

윤극사가 머리를 저었다.

"하지만 평 사숙께서 말씀하시길 공청석유와는 비교도 안 될 정도로 대단하다고 하셨어요. 문명이 여기서 나올 거라고요."

이영은 놀라워 마지않았다. 말이 너무 거창했다. 그러나 제세원의 신의가 허언을 하는 법은 없다.

윤극사가 말했다.

"내가 백초곡으로 잡혀가지 않고 제세원이 무사했다면 아마도 혼돈석유를 배웠을 거예요."

이영이 윤극사의 팔을 두 손으로 꼭 안았다.

윤극사가 말했다.

"백초곡의 사형과 사숙들이 혼돈석유에서 이런 이상한 약을 만들어 낸 게 틀림없어요. 한데 이 약은 좋은 게 아니에요. 아주 해악을 끼치는 종류인 것 같아요."

"그들이 또 무슨 일을 꾸미는군요."

이영이 긴장된 음성으로 말했다.

윤극사가 우울한 음성으로 말했다.

"제세원은 네 사람이 멸망시켰어요. 한데 다섯 사람이 갔다고 해요. 그들이 제세원에서와 같은 일을 벌이지 않을까 두려워요."

윤극사의 팔이 미미하게 떨리고 있었다. 가을밤의 추위 때문이 아니라 공포심 때문이다.

이영이 그의 팔을 가슴에 안으며 말했다.

"우리가 그들을 막아요, 소신의."

윤극사가 고개를 끄덕였다.

두 사람이 물가에 가만히 앉아 있는데 갑자기 눈앞이 현란해졌다.

윤극사와 이영이 놀라서 벌떡 일어섰다. 하늘에서 수없이 많은 별들이 수병곡으로 떨어지고 있었다.

"유성우(流星雨)예요!"

이영이 소리쳤다.

그러나 별들은 떨어지다가 방향을 돌려 다시 하늘로 올라갔다. 이영이 얼떨떨하여 입을 다물었다.

두 사람은 믿기지 않은 현실에 서로 얼굴을 마주 보았다. 별들이 흩어졌다 모이고 흐르고 뭉치고 하며 밤하늘에서 춤을 추고 있었다.

넋이 빠져나갈 만큼 아름다웠다.

한동안 바라보고 있던 윤극사는 폭포 소리 속에서 들려오는 퉁소 소리가 있음을 알았다. 별들은 퉁소 소리에 맞춰서 날고 있었다.

윤극사는 제세원에서 십독십이약을 다스리기 위하여 목에서 피를 토하면서 구소술(口簫術:휘파람)을 배웠으며 그때 음이 어떤 것인지 알았다.

곡은 무슨 곡인지 몰랐지만 음률이 절묘했다. 음이 높아도 부드러움을 잃지 않았고 음이 낮아도 청승맞지 않았다.

윤극사는 감탄하여 자기도 모르게 외쳤다.

"절묘한 솜씨다!"

제6장 하늘을 슬퍼하는 사람

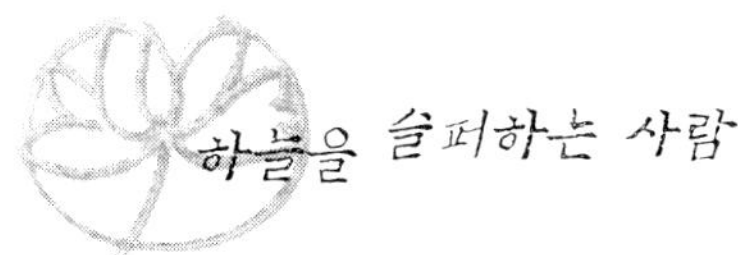

운심노인은 윤극사에게 전해 들은 천심회의 소식에 낙담했다. 싫든 좋든 그의 오랜 지기(知己)인 도주는 그를 위로하기 위해서 퉁소를 불었다.

돌집 앞의 절벽 끝에 서서 북쪽 하늘을 보고 있는 운심노인의 눈에는 뭇 별들이 밤하늘을 수놓고 있었다.

이영과 윤극사는 돌집으로 올라와 숨을 죽이고 음(音)을 들었다.

이윽고 퉁소 소리는 그치고 밤하늘을 맴돌며 춤을 추던 별들이 땅으로 내려와 도주의 왼쪽 소매 속으로 사라졌다.

윤극사와 이영은 운심노인이 묵으라고 한 방으로 온 후에도 도주의 소매 속으로 사라진 별들을 생각했다.

"그게 무엇이었을까요?"

이영이 물었다.

바깥은 돌을 쌓아 만들었지만 안은 절벽을 파고들어 간 운심노인의 석옥은 방들이 작았다. 윤극사는 벽에 기대어 있다가 작은 소리로 말했다.

"아마… 이화금봉(離火金蜂)이었을 거예요."

"이화금봉?"

이영이 놀라며 말했다.

"이화금봉이 정말로 존재하는 것이었어요?"

"나도 정말 있을 줄은 몰랐어요."

윤극사가 말했다.

이화금봉은 벌이지만 온몸에서 황금빛 광채를 발휘하며 밤에도 날 수 있으며 스스로 몸을 따뜻하게 할 수 있어 겨울에도 동면하지 않는다고 전해진다.

아주 빠른 속도로 날 뿐만 아니라 성질은 난폭하고 독은 황소라 할지라도 즉사시킬 수 있어 위험하기 짝이 없다.

그런 이화금봉을 가지고 있으며 또한 퉁소 소리로 부릴 수도 있는 사람이 있다는 사실이 놀라웠다.

이영은 어렸을 때부터 무림의 온갖 이야기들을 들으면서 자랐지만 이화금봉을 키우는 사람 이야기는 들은 적이 없었다.

꿈속인 듯 환상적인 아름다움을 보였던 별들의 춤이 무시무시한 이화금봉들이 날아다니는 것이라 생각하니 그만 감흥이 다 사라져 버렸다.

이영이 가볍게 한숨을 쉬면서 말했다.

"독이 없는 이화금봉이 있다면 좋을 텐데……."

윤극사가 미소를 지었다.

자연의 생물들은 아름답기 때문에 독으로 자기를 지키거나 독이기 때문에 아름다움으로 유혹한다. 독이 없으면서도 아름답거나 혹은 아름다우면서도 독이 없는 것은 그만큼 종류가 적기 때문에 개체는 흔해져서 어디서든 볼 수 있다.

자세히 보다 보면 길가의 들풀이나 언덕 아래 나무의 잎새들에 난 무늬들조차 어느 하나 아름답지 않은 것이 없다. 다만 흔해졌기에 대하는 사람도 무심해진 것이다.

윤극사는 흔해졌기에 무심해졌다는 말을 속으로 몇 번 반복했다. 가까운 것과 거듭된 것에 무심해지지 않기를 속으로 기원했다. 의원은 천 명의 환자도 한 사람 대하듯 해야 하고 한 사람의 환자도 천 명을 대하듯 해야 한다. 약할 때는 몸이든 마음이든 다 민감해지기 마련이다. 아픈 사람은 아픈 만큼 마음도 민감해서 의원이 무심결에 생각하고, 느끼고, 행동하는 것까지 알아차리기도 한다.

제세원에서 이청무가 했던 말이 생각났다. 환자를 환대하면 응석을 부려서 병을 길게 만들고 환자를 박대하면 마음을 다친다고 했다. 그래서 환자를 대할 때는 엄격한 애정을 가지고 대해야 한다고 했고, 또 말하기를, 눈앞에 보이는 환자조차 다루지 못한다면 보이지 않는 병은 어떻게 다룰 것이냐고 했다. 의원은 결국 환자를 돌봐서 병과 싸우고 물러가게 하는 사람이 아니라 환자를 돌보고 병도 돌보는 사람이라는 것이다.

윤극사는 기억나는 것과 떠오르는 생각들을 글로 적어 기록한 후에 잠을 잤다.

이영은 밤바람에 윤극사가 떨지 않도록 이불을 덮어주고 조용히 밖으로 나왔다. 집 주변을 둘러봤지만 수상한 낌새는 느껴지지 않았다.

밤 새 우는 소리가 물소리에 섞이고 물은 은하수에서 쏟아져 곧장 계곡 아래로 이르는 듯했다. 이화금봉이 춤추던 하늘에는 별들이 눈을 까무락거린다.

이영은 잠들 수 없었다.

낮에 잠깐 조는 동안에도 살수가 윤극사를 노리고 찾아왔다. 가까이 오기 전에 운심노인에게 죽은 자들도 여럿이라고 했다.

절벽가에 앉아서 손가락으로 물을 튀기며 이영은 나직하게 중얼거렸다.

"내가 그를 지킬 수 있을까? 백초곡의 의원이 다섯 명이 움직였다는데… 내가 그 다섯 사람과 싸워 이길 수 있을끼?"

마음이 편치 않았다.

물방울만 튕기고 있는데 뒤에서 인기척이 났다.

이영은 손을 소매 속에 숨기고 추운 듯이 몸을 웅크렸다. 그때 뒤에서 한숨 소리가 들려왔다.

"경계할 것 없다."

돌아보니 운심노인이 서 있었다.

"노야셨군요."

이영이 웃으며 말했다.

운심노인이 말했다.

"처자도 나만큼이나 시름이 많은 모양이군. 어린아이 같은 사람들은 잠만 잘 자는구만."

어린아이 같은 사람들은 윤극사와 도주를 넌지시 일컫는 듯했다.

이영이 위로하는 말을 건넸다.

"옛 친구 분들 일은 안됐어요."

운심노인이 손을 저었다.

"죽을 날이 다 된 사람들이야. 죽었다고 해도 이상하지 않을 것을 옛날 생각만 하다 보니 울적했지."

이영은 잠시 다른 할 말도 없어서 가만히 있었다.

운심노인이 그녀의 곁에 서서 절벽 아래를 내려다보다가 손가락으로 한곳을 가리켰다. 이영이 보니 소용돌이치는 용소 옆에 있는 작은 웅덩이였다.

─잘 봐두거라.

운심노인이 전음으로 말했다.

이영이 흠칫하는데 운심노인의 음성이 계속 들려왔다.

─저 웅덩이는 용소와 이어져 있단다. 밑으로 들어가면 용소로 이르는 수중 동굴이 있고 그 동굴 속에 내가 남겨놓은 태극인(太極刃)이 있다.

"노야!"

이영이 놀라서 외쳤다.

운심노인이 슬며시 미소를 지었다.

─구룡검에 비해 낫다고는 못하겠지만 못하다고는 생각지 않는다.

"왜 갑자기 초면인 제게⋯⋯. 노야, 전 감당할 수가 없어요."

이영은 운심노인에게서 물러서며 말했다.

운심노인이 한숨을 쉬었다.

─나도 도주처럼 마등곡으로 가기로 했다.

이영은 그게 무슨 상관이냐고 물으려고 했다.

─그냥 듣거라.

운심노인이 전음으로 말했다. 이영은 입을 다물었다.

─마등곡에 대해서는 나도 잘 아는 바가 없다. 도주는 여러 번 마등곡에 갔다 왔지만 나는 어렸을 때 스승님께 잠시 들었을 뿐이었지. 후에 스승님은 유언도 남기지 못하고 돌아가셨기 때문에 난 마등곡을 잊고 살았어. 한데 오늘 밤에 도주가 자세히 말하더구나.

'마등곡……'

이영은 머리 속을 더듬었지만 마등곡에 대한 말을 들은 것도 이곳 수병곡에 와서였다. 어떤 책에서도 마등곡이라는 글을 보지 못했고 집에서도 듣지 못했다. 운심노인이나 도주 같은 절대고수들이 가는 곳이라면 예사롭지도 않고 역사가 짧을 리도 없는데도.

유심노인이 말했다.

"마등곡은… 아주 먼 곳에 있다. 매 십 년마다 한 번씩 무림인들 중에서 더 이상 오를 곳이 없게 된 자들이 그곳에 모여 비무를 한단다."

이영은 속으로 크게 놀랐다.

'절대고수들이 모여서 비무를 하다니, 한데 왜 그런 큰일이 강호에 전혀 알려지지 않았을까?'

운심노인이 말했다.

"천 년이나 이어진 비무란다. 그러나 아무도 마등곡의 비무에서 죽은 사람은 없단다."

"어떻게 그럴 수가 있을까요?"

이영이 물었다.

절대고수들의 싸움은 털끝 같은 실수 하나에도 생사가 오가게 되는데 천 년 동안이나 비무가 있었음에도 죽은 자가 없다니…….

운심노인이 말했다.

"마음은 다하더라도 실력을 다하여 싸우진 않기 때문이다."

이영은 이해가 되지 않았다.

운심노인이 말했다.

"이름과 체면과 무공이 그 정도에 이르지 못했다면 마등곡에 갈 자격도 없다. 전력을 다하여 싸운다면… 허허, 아마 다음엔 참석할 수도 없을 거야. 자기 밑천을 고스란히 보였으니 무엇으로 나서겠는가? 누가 그와 더불어 겨루면서 더 높은 경지를 모색하려 하겠나?"

운심노인은 바위에 걸터앉으며 말했다.

"마등곡의 회합은 서로 비무를 통해서 깨우치고 배우는 데 그 목적이 있다. 상대의 재주를 짐작하고 연구하면서 무공을 발전시켜 가는 것이지. 무림이 지금처럼 발전하게 된 데는 마등곡의 회합이 있기 때문에 가능한 일이었어."

이영은 그렇겠구나 싶었다. 이미 더 이상 오를 데가 없는 위치에 이른 사람들이라면 일파의 종주(宗主)이거나 아니더라도 그에 버금가는 사람들일 것이 틀림없다. 그들의 심득과 무공은 후인들에게 전해져 강호에 퍼져 나가 무림을 더욱 풍성하게 해왔을 것이다.

운심노인의 옆모습을 보니 처음 만났을 때보다 기운이 없고 쓸쓸해 보였다. 이영은 운심노인이 후계자조차 없으니 마등곡에서 다른 사람을 통해 무림에 자기의 무공이 이어지도록 하려는 것은 아닐까 생각했다.

운심노인이 쓸쓸한 표정으로 말했다.

"하루를 더 머물다 가거라. 어린아이 같은 녀석이 뭐라고 해도 하루를 더 머물면서 태극인(太極刃)을 암기해라. 혹시 그놈이 마음을 바꾸면 그놈에게 전해주고 아니라면 훗날 너희들 사이에서 태어난 아들에게 전해주면 좋겠구나."

이영이 미소를 지으며 말했다.

"노야, 감당하기 어렵습니다. 노야께선 저희들을 잘 알지 못하세요. 우린 언제 죽을지 모르는 상황이에요."

운심노인이 물끄러미 이영을 바라보았다.

이영이 말했다.

"저이는 제세원의 의원이었어요. 제세원은 백초곡의 몇 사람들 손에 다 죽었죠. 백초곡 사람들도 많이 죽었고 관군이 백초곡을 파괴했어요."

"너희들을 뒤쫓는 자들은 그들이 보낸 자들인 모양이군."

운심노인이 대수롭지 않은 듯 말했다.

이영이 고개를 끄덕였다. 그 이외에는 윤극사의 목숨을 노릴 만한 원수가 있을 리 없었다.

운심노인이 말했다.

"내가 도주에게 부탁해 놓지. 도주가 응낙하면 너희들을 귀찮게 굴 놈은 없을 것이다."

이영은 미소를 지었다. 목숨을 던지는 것을 당연하게 생각하는 살수들이 누구의 말이나 위협에 따를 리가 없다. 다만 운심노인의 말이 고마울 따름이었다.

운심노인은 수병곡을 눈으로 한번 쭉 둘러본 후 이영에게 까만 팔각 패를 하나 주며 말했다.

"인연이 있으면 또 보게 되겠지."

"노야!"

이영이 놀라며 말했다. 순간 운심노인의 몸이 갑자기 불어닥친 바람에 날리는 가랑잎처럼 휘익 날아가 버렸다.

모두 떠날 사람들이었지만 그중 주인이 제일 먼저 떠났다.

까만 팔각패는 흑단(黑檀)으로 만들어진 것이었는데 전자(篆字)로 운심(雲心)이라 쓰여 있고 연대는 얼마나 오래되었는지 짐작도 할 수 없었다.

이영은 방으로 돌아왔다.

윤극사는 숨소리도 내지 않고 잔다. 윤극사의 곁에 앉은 것도 아니고 누운 것도 아닌 자세로 이영은 밤을 새웠다. 밤이 끝나고 새벽이 밝아오는 것을 보며 이영은 끝이 있는 것들도 많지만 무한한 것들이 그보다 더 많을 거라는 생각을 했다.

이영이 아침을 준비하는 동안 윤극사는 폭포에 들어가 머리로 물을 받았다. 동녘이 뿌옇게 물들고 하늘에는 양떼구름이 흐른다.

그때 갑자기 어젯밤에 들었던 것 같은 퉁소 소리가 들렸다.

윤극사는 물에서 나와 집으로 뛰어올라 갔다. 집 앞에는 희한한 광경이 벌어져 있었다. 도주가 집 앞에 가부좌를 튼 채 작은 그릇을 앞에 두고 퉁소를 불고 있었다.

구걸하는 형세였다.

이영도 문 앞에 나와서 보고 있는 중이었다. 윤극사가 오자 이영이 다가와 작은 소리로 말했다.

"갑자기 저렇게 하시기 시작했어요."

말을 걸기에는 퉁소를 불고 있는 도주의 표정이 너무 진지했다. 퉁소 소리는 골짜기를 가득 채우고 하늘로 번졌다. 맑고 그윽하여 달콤한 소리다. 사람이 빚어내는 음률이 아니다. 심혼을 흔들기에 족하고 생명이 있는 것은 무엇이든 감화시킬 수도 있는 그런 소리다.

"가만히 들어요."

윤극사는 이영의 손을 잡고 도주에게 방해가 안 되려고 노력하며 바위에 앉았다.

윤극사는 마음속에서 자기의 휘파람 소리로 도주의 퉁소 소리를 따라갔다. 퉁소 소리는 말을 하는 듯했다.

때로는 수만 마리의 말이 달려가는 소리가 그 아름다운 음률 속에 포함되어 있었고 때로는 수병곡의 폭포들이 내는 모든 물소리를 다 합한 것보다 거대한 음이 가느다란 음률 속에서 흘렀다.

그러다 문득 음률 속에 수천 개의 화살이 날으는 듯한 소리와 함께 살기가 충천했다. 윤극사는 마치 자기가 화살에 꿰인 듯 전율했다. 몸이 부르르 떨렸다.

눈앞에서 피가 튀고 귀에서는 비명이 들리며 코로는 피비린내가 확 끼쳐 왔다. 윤극사는 그만 '왁!' 하고 비명을 지르며 혼절해 버렸다.

"소신의!"

이영이 비명을 지르며 윤극사를 안았다. 윤극사는 눈을 꽉 감은 채 손끝을 덜덜 떨고 있었다. 손이 허공을 움켜쥐려고 한다.

퉁소 소리는 그에 아랑곳없이 계속되었다. 이영이 들을 때는 아름답기만 한 음률이었지만 윤극사에게는 지옥도가 그 음률에서 보였고, 들렸고, 느껴졌다.

이윽고 소리가 바뀌었다.

꽃들과 나비들이 날고 풀잎에 맺힌 이슬이 햇빛을 받아 영롱하게 빛나는 것 같았다. 달콤한 음률, 처음에 윤극사가 들었던 그 음률이었다.

윤극사는 힘없이 눈을 떴다. 몸이 물먹은 솜 뭉치마냥 축 늘어졌다. 뼈마디와 근육이 모조리 풀어져 버렸다. 감각은 있어도 손가락 하나 꼼짝할 수가 없었다.

“소신의, 괜찮아요?”

이영이 윤극사의 맥을 짚으며 물었다.

음률이 높고도 부드럽게 변했다. 마치 악기를 바꾼 것처럼 이상했다. 음은 높으면 날카롭고 낮으면 부드럽기 마련이라 낮고도 날카롭거나 높고도 부드러울 수는 없는 일이었다. 악기를 바꾸면 상대적으로 변화를 줄 수 있을 뿐이다.

윤극사가 겨우 턱을 움직였다. 이영은 윤극사의 시선이 닿아 있는 북쪽 하늘로 머리를 돌렸다.

“아!”

이영이 탄성을 질렀다.

어젯밤에 보았던 별들의 무리가 햇빛을 받아서 빛나며 날아오고 있었다. 일대 장관이었다.

“이화금봉!”

이영이 감동하며 나직하게 중얼거렸다.

빛을 내는 이화금봉들은 곧장 날아와서 도주의 앞에 무리를 이루었다. 빛으로 이루어진 구름덩어리 같았다.

부우우우웅! 붕붕붕붕붕!

한 무리의 이화금봉이 도주의 앞에서 오르내리며 발하는 새찬 날갯짓 소리가 주위의 공기를 떨리게 했다.

도주가 품 속에서 자기의 옷과 마찬가지로 붉은 표지의 책을 한 권 꺼내놓았다. 두툼한 책인데 제목도 없었다.

도주가 책을 펼쳤다. 표지를 열자 안에는 제목도 없이 까만 점 하나만 찍혀 있었다.

부우우우웅!

　구름을 이루었던 이화금봉이 열을 지어 까만 점을 향해 달려들었다. 헤아릴 수 없을 정도로 많아 보였던 이화금봉들은 순식간에 작은 점 하나 속으로 사라져 버렸다.

　도주가 책을 덮더니 품속에 넣었다.

　달콤한 향기가 사방을 뒤덮고 있었다.

　도주가 윤극사 쪽을 힐끔 보면서 한마디 툭 내뱉었다.

　“못난 놈!”

　윤극사는 있는 힘을 다 짜내서 몸을 일으키며 벌컥 소리쳤다.

　“도주님! 방금 당신은 살인을!”

　“껄껄껄!”

　도주가 큰 소리로 웃었다.

　“뭘 알긴 좀 아는 놈이구나!”

　이영은 해연히 놀랐다. 윤극사와 도주를 번갈아 보았다. 두 사람 다 그녀가 보는 곳에 있었는데 한 사람은 살인을 했다고 하고 다른 한 사람은 그 사실을 알고 있었다.

　윤극사가 주먹을 부르르 떨었다. 분노한 눈으로 쏘아보며 격한 음성으로 말했다.

　“왜 그들을……?”

　“닥쳐라!”

　도주가 고함쳤다. 이영은 급히 공력을 끌어올렸지만 머리가 핑 돌았다. 어지러웠다. 윤극사가 울컥 피를 토한다.

　이영은 윤극사를 안아서 몸으로 가렸다.

　도주가 화를 좀 가라앉히고 퉁명스럽게 말했다.

　“못난 놈!”

윤극사는 다시 한 번 피를 토했다. 이영의 등이 그의 피로 붉게 물들었다.

"받아라!"

차갑게 말하며 도주는 자기 앞에 있던 그릇을 이영에게 던졌다. 이영은 모든 공력을 끌어올리고 대비하고 있었다.

그러나 작은 그릇은 아주 천천히 날아왔다. 후각을 마비시킬 만큼 강렬한 꿀 냄새가 함께 몰려왔다. 냄새만 많이 맡아도 취해 버릴 정도로 강하다.

이영은 도주에게 악의가 없음을 느끼고 두 손으로 그릇을 받았다. 황금빛 꿀이 그릇의 반을 채우고 있었다.

이화금봉들이 돌아와 도주 앞에 있던 잔에다가 꿀을 채운 것이다.

이영은 허리를 숙여 감사를 표했다.

도주가 코웃음을 치고 말했다.

"먹여라. 죽고 싶어 안달하는 놈이지만 본 도주 앞에서 죽게 할 수야 없지."

이영은 윤극사에 꿀을 먹였다. 이화금봉은 독침이 황소를 단번에 죽일 만큼 강하다. 반면에 이화금봉이 모은 꿀은 열양(熱陽)의 기운을 품고 있어서 기력을 회복시키고 정력을 돋우는 데 그만한 것이 없다.

이영은 윤극사에게 작은 소리로 말했다.

"소신의, 도주님은 아마도 운심노야의 부탁을 들어서 우릴 해치려는 자들을 죽인 걸 거예요. 탓하시면 안 돼요."

윤극사가 힘없는 음성으로 말했다.

"영, 죽이려 한다고 죽이고 해치려 한다고 죽이고… 밉다고 죽이면 세상에 누가 남겠어요? 힘이 없는 사람은 힘센 사람한테 죽고 힘센 사람은 더 힘센 사람이나 권모술수(權謀術數), 기계(奇計:기이한 계책)에 말려서 죽겠죠. 죽이고 죽으면 그들뿐 아니라 산 사람들도 불쌍해져요.”

이영은 대꾸할 말을 잃었다.

도주가 버럭 소리쳤다.

“어린 놈이 이상한 소리만 늘어놓는구나! 남을 죽이지 않으려면 무공은 배워서 어디다 쓴단 말이냐?”

윤극사가 몸을 일으키며 말했다.

“죽는 것은 죽어서 산 것을 살리고 산 것은 죽은 것을 이어서 삽니다. 죽이지 않을 수 없고 죽음을 이이서 살지 않을 수는 없지만 그건 부득이한 경우입니다. 저를 위해서 사람을 죽였다니 차라리 저를 죽이는만 못했습니다.”

“으하하하하하!”

도주가 앙천광소를 했다.

“죽을 놈을 살려줬더니 별 소릴 다 듣는구나! 한마디만 더 하면 네놈 모가지를 뽑아버리겠다!”

도주의 전신에 살기가 어렸다. 이영은 그가 한번 말해 보느라고 하는 것이 아님을 알고 있었다. 도주나 운심노인과 같은 고수들은 입 밖에 낸 말을 지키는 것에 목숨을 거는 사람들이다. 자기에 대한 그런 신념과 존중이 없다면 결코 그런 고수가 될 수도 없다.

윤극사는 입을 다물었다.

이영은 속으로 안도의 한숨을 쉬었다. 운심노인이 떠나기 전에 도주에게 부탁하겠다고 한 것이 제대로 된 것이다. 도주가 무슨 수법을 썼는지는 몰라도 윤극사를 노리는 자들을 모두 죽여 버린 것이 분명했다.

도주가 윤극사나 그녀에게 직접 손을 쓸 가능성은 없어 보였다.

이영이 공손하게 말했다.

"아침 준비가 다 됐습니다. 안으로 드시지요."

도주가 윤극사를 쏘아본 후에 집으로 들어갔다.

이영은 윤극사를 부축해서 집으로 들어가 도주의 맞은편에 앉게 한 후에 부엌으로 나왔다. 오늘 이영은 윤극사가 생과 사를 똑같이 중하게 생각하고 있다는 것을 알았다. 그것이 옳은 것인지는 아직 알 수 없지만 생명을 소중하게 여기는 만큼 자기의 목숨과 죽음도 가볍게 다루지는 않을 것이란 확신이 들었다. 그나마 다행이었다.

윤극사는 화난 듯 슬픈 듯 종잡을 수 없는 표정으로 입을 다물고 있었다.

"흥! 공생체(共生體) 놈!"

도주는 윤극사를 이리저리 힐끔거리다가 가소롭다는 듯이 코웃음 쳤다.

"딴에 남 생각하는 척한다만서도 제 앞가림도 못하는 놈이……."

이죽거린다. 소리가 윤극사의 한 귀로 들어와 다른 한 귀로 흘러간다. 그냥 그대로 두었다. 그러나 도주의 말이 계속될수록 윤극사는 도주를 향해서 화가 나는 것은 아니지만 속에서 뜨거운 것이 치밀었다.

그것이 불쑥 눈으로 쏟아졌다.

"못난 놈!"

도주가 화를 내며 벌컥 소리쳤다.

"남자 망신은 혼자 다 시키는 놈이구나! 너 같은 놈은 살아 있어도 사람 구실 하기 힘드니 콱 죽어버려라!"

이영은 음식을 가지고 들어오다가 놀라서 문가에 우뚝 멈춰 섰다.

도주의 전신에서 살기가 뿜어 나오고 있었다.

이영은 몸이 돌처럼 굳었지만 억지로 태연한 표정을 지으며 걸어갔다. 온몸이 떨리는 것을 자신도 느낄 수 있었다. 돌을 끌고 가듯 몸을 끌어 탁자 위에 음식을 놓았다.

도주가 아무리 화가 나더라도 운심노인에게 부탁받은 이상 윤극사를 해치진 않을 것이라 믿었다. 그러나 분노는 사소한 것일지라도 종종 사람을 죽음에 이르게 하는 큰 파국을 초래하기도 한다. 무엇보다 이지(理智)를 마비시키는 힘을 가진 것이 분노다. 한마디만 더 하면 모가지를 뽑겠다던 도주의 음성이 귓전에서 울리는 듯했다.

"저는……."

윤극사가 떠듬거리며 입을 열었다. 오열하는 듯 숨이 달아 있다.

"저는… 하늘을 슬퍼하는 중입니다."

"무슨 말 같잖은 소릴!"

도주가 꽥 소리쳤다.

윤극사가 그를 똑바로 보면서 말했다.

"하늘의… 하늘의 법이 엄하지 않아서 창생이 고통받고 괴, 괴로워합니다."

도주가 기가 막힌지 껄껄 웃기 시작했다.

이영이 윤극사의 곁에 서면서 나직한 소리로 애원하듯 말했다.

"도주님, 이이를 비웃지 마세요. 도주님께 우습게 들리는 말을 했지만 하늘을 마음속에 품고 있는 사람입니다."

뚝!

도주가 웃음을 멈추고 이영과 윤극사를 쏘아보았다. 오 척 단구의 키가 의자에 앉아 있어도 어린아이처럼 작고 왜소하다. 그러나 이영의 눈에는 윤극사의 큰 키와 들먹이는 어깨가 훨씬 왜소하게 보였다.

구름이 검어져 낮게 깔리면 하늘이 이렇게 낮아 보일까? 슬픔을 어깨 위에 지고 엎드리면 하늘도 우중충해지는 걸까?

윤극사의 더없이 큰 듯 느껴지던 모습이 지금은 연민을 불러일으킬 만큼 애처롭다.

이영은 윤극사의 소매를 천천히, 그러나 아주 단단히 움켜잡았다. 바람에 밀려가는 구름처럼 그의 의지가 흩어질까 두려워 꽉 잡았다.

"저는……."

윤극사가 또 띄엄띄엄 말했다.

"저를 슬퍼하지 않습니다. 하지만 도주님, 도주님 당신을 슬퍼합니다."

도주의 옷자락이 분노로 파르르 떨렸다. 눈에서는 새파란 불길이 피어오르는 것 같았다. 이영은 숨을 죽였다. 그러나 마음은 편안했다. 도주가 손을 쓰면 함께 손을 쓴 후에 죽으면 끝이다.

윤극사가 말을 이었다.

"힘센 자가 약한 자를 개미 밟듯 밟고 밟은 자도 다른 자에게 밟히는 것이 현실이라는 건 압니다. 그렇다고 사람인 우리 마음조차 어떨 때는 밟는 짐승이 되고 어떨 때는 밟히는 개미가 되어야 합니까?"

더 이상 늘어날 수 없을 만큼 당겨진 거문고의 현(絃), 입으로 혹 불기만 해도 탱 소리를 내며 끊어질 것 같은 긴장에 사람의 신경마저 잡아당겨 조른다.

"제가 도주님과 다르지만 도주님께선 제게 틀렸다고 말할 수 없습니다. 하늘에 견주어 옳은 것이 도주님 생각에 비쳤다고 어떻게 틀린 것이 될 수 있습니까?"

"갈!"

마침내 도주가 폭발하고 말았다.

이영은 윤극사를 어깨로 밀며 두 손을 도주 쪽으로 뻗쳤다.

머리 속으로 꽝 하는 굉음이 들리고 눈앞이 캄캄해졌다. 이영은 이
것이 죽음이구나 하고 느끼며 의식을 잃었다.

죽음이란 두려운 것도 아니고 특별한 것도 아니었다. 그냥 늘 있던
것이 어느 날 갑자기 사라져 보이지 않는 것이고 항상 보이던 것이 보
이지 않아서 조금 이상하게 느끼는 그런 것이 바로 죽음이었다.

금박이 벗겨진 나무토막이며 물감이 씻겨 나간 조약돌 같은 것이 죽
음이라고 생각되었다.

윤극사는 펑 소리를 내며 석벽에 세차게 부딪쳤다. 뒤이어 이영이
날아와 윤극사의 몸에 부딪쳐 쓰러졌다.

쨍그랑!

도주가 탁자 위에 서서 음식 그릇을 발로 쓸어버린다.

윤극사는 전신이 깨어질 듯 아팠다. 그러나 고통이 정신을 더욱 또
렷하게 해주고 있었다. 쓰러지는 이영이 바닥에 닿기 전에 팔을 뻗어
어깨를 잡았다.

이영의 숨이 멎어 있었다. 윤극사도 숨은 통하지 않았다. 손바닥으
로 이영의 등에 있는 혈도를 쳐서 숨을 트이게 한 후 옆으로 놓았다.

번쩍 하는 순간에 도주가 그의 코앞으로 다가왔다.

"본 도주가 누군지 아느냐?"

도주가 고함쳤다. 윤극사의 눈에 그의 목젖이 보였다. 흥분한 붉은
얼굴에 아침 햇살이 들고 붉은 옷에 바람이 들어서 붉은 구름처럼 느
껴졌다.

윤극사는 가슴의 기복을 스스로 조절하여 숨을 트이게 한 후 차분하게 말했다.

"압니다."

도주가 멈칫했다. 윤극사가 자기를 안다는 말이 전혀 뜻밖이었던 것이다. 윤극사의 음성은 탁자에 앉아서 말할 때와는 비할 수 없이 차분하고 평온했다. 입가에서 흐르는 피만 아니라면 아무 일도 없었던 사람 같았다.

윤극사가 말했다.

"도부(屠夫:백정)입니다."

도주의 어린아이같이 붉은 동안(童顏)이 실룩거렸다.

윤극사가 한 번 더 말했다.

"죽여서 이득을 취하는 사람, 저를 죽이려 했던 자들과 똑같은 도부입니다."

"죽음이 두렵지 않느냐?"

도주가 물었다.

흥분했던 모습은 어디 갔는지 없고 냉혹한 눈빛으로 윤극사를 꿰뚫듯이 쏘아보았다.

윤극사가 대답했다.

"두렵습니다. 꼭 사는 만큼만 두렵습니다."

도주가 냉소를 짓고 휙 돌아서며 말했다.

"네 재주가 얼마나 되길래 천방지축 떠드는지 한번 보고 말겠다. 네 입으로 떠든 것의 반만 해도 네 죄를 묻지 않겠다. 그러나 그렇지 못할 때는 가장 잔인한 방법으로 죽이겠다. 본 도주를 도부라고 불렀으니 뼈와 근육과 핏줄을 뽑아내고 오장을 따로 떼내어 죽이겠다."

도주가 나직하게 웃었다.

"한평생 수없이 죽이면서도 면전에서 욕하는 놈을 만나지 못했거늘 선심을 베풀고 오히려 욕만 먹다니… 다시는……!"

도주는 문밖으로 나가며 단호한 음성으로 말했다.

"선심을 베풀지도 남의 부탁을 받지도 않겠다. 그런 놈이 있으면 제일 먼저 죽이고 말겠다!"


까마득히 멀리서 미친 듯이 터뜨리는 웃음소리가 들려온다.

윤극사는 그 자리에 앉아서 이영을 어루만졌다. 경맥이 막혀 기운이 돌지 않았다. 도주가 고함치면서 두 사람을 날러 버린 것은 자기의 화를 풀기 위해서였지 두 사람을 공격하기 위한 것은 아니었다.

만약 도주가 죽이려고 손을 썼다면 윤극사는 자기의 몸이 도검불침이라 해도 죽음을 면치 못했을 것이라는 사실을 알고 있었다.

윤극사는 묵묵히 이영을 치료했다.

이영이 눈을 뜨고 힘없이 물었다.

"소신의, 그분은……?"

"갔어요."

윤극사는 어깨를 축 늘어뜨리고 대답했다. 풀이 죽은 듯 도주와 마주 앉아 있을 때보다 더 기운이 없어 보였다.

이영은 그의 손을 잡고 가만히 있다가 조용한 음성으로 물었다.

"왜 그랬어요? 소신의는 누구한테도 그렇게 말하지 않잖아요."

"아흠!"

윤극사가 숨을 크게 들이쉬면서 이상한 소리를 낸다. 이영은 그가 울었다는 것을 알았다. 그냥 그의 손만 꼭 잡고 가만히 있었다.

이윽고 윤극사가 대답했다.

"화가 났어요. 미워할 일도 아닌데 그가 미웠어요."

어린아이 같은 말이다. 화를 내고 미워하고 난 후에 그게 후회가 되어 몰래 운 것 같은 모습이다. 이영은 윤극사가 사막에 홀로 버려진 아이 같다는 생각이 들었다. 이 세상에 살고 있지만 이 세상에 살아선 안 될 어떤 사람처럼도 느껴졌다.

슬픔 앞에서는 누구나 어린아이가 된다.

윤극사는 어떤 것에 대해서도 갈등하는 모습을 보이지는 않았지만 아주 많은 것에 아파하고 있었다.

그는 하늘을 슬퍼하는 사람이었다.

하늘이 무엇이건대, 사람이 무엇이건대, 죽고 사는 건 또 대관절 무엇이건대…….

그날은 수병곡을 떠나지 못했다.

윤극사는 그 하루 동안 자기 때문에 죽었을 자들을 생각하며 하늘도 보기 싫은 듯 웅크리고 슬퍼했지만 그날 이후로는 평생 동안 단 한 순간도 그런 모습을 보이지 않았다.

제7장 태극인(太極刃)

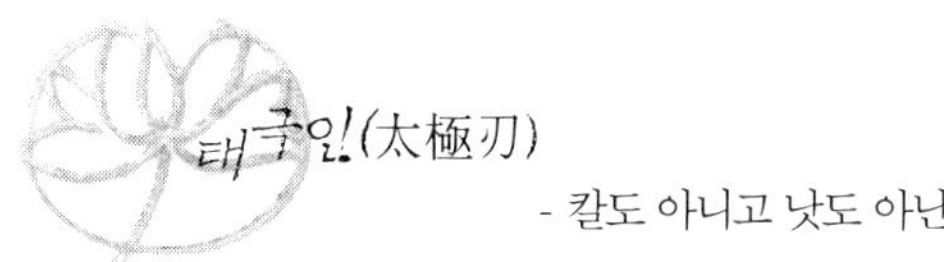



- 칼도 아니고 낫도 아닌

이영은 집 밖에 나와서 작은 소리로 노래를 불렀다.

어렸을 때 들었던 노래, 월궁의 선녀 항아(姮娥)와 만리장성을 무너뜨린 맹강녀 같은 노래를 불렀다.

도주의 폭발적인 기세에 일시적으로 경혈이 막히긴 했지만 별 부상을 입은 것은 아니었다.

이영은 오전이 반 가까이 지났을 무렵까지 노래를 부르며 수병곡의 폭포들 사이를 다녔다. 물에서 튀는 팔뚝만한 물고기들은 가을 물가를 뱅뱅 도는 잠자리들을 잡아먹는다.

고추잠자리들은 모기처럼 떼를 지어 물가를 스치다가 물고기에 한 마리가 잡아먹히면 일제히 높이 비상한다.

치솟았다가 첨벙 떨어지는 물고기는 물속에 해를 울렁거리게 하고 쏟아지는 폭포수는 물에 비친 계곡을 뒤흔든다.

이영이 가는 곳마다 물보라는 간직하고 있던 무지개를 살며시 보여
주었다.

집을 떠난 후 상황은 좋지 않았지만 이영은 처음으로 소녀의 감성으
로 두근거리며 물과 잠자리와 가을 꽃과 물기 어린 머리카락을 흔드는
바람과 노닐었다.

바위에 반듯이 누워서 손등으로 해를 가렸다. 빛이 손을 뚫고 들어
오고 손은 홍시같이 빨갛게 변한다.

가을 하늘, 가을 햇살, 가을바람에 뿌려놓은 씨앗도 없는 이영의 마
음이 풍성하게 영글어갔다.

폭포가 떨어지는 용소 옆에 있는 열 평도 채 되지 않을 웅덩이에 근
처의 회나무 가지가 빛을 가리고 있을 때였다.

이영은 걸어가던 속도 그대로 웅덩이로 들어갔다. 물이 목으로 차오
를 때까지 노래를 흥얼거리면서.

작고 얕아 보였던 웅덩이는 깊이를 알 수 없었다.

이영은 물속에서 헤엄치며 아래로 내려갔다. 그늘진 물속은 밤이 드
리워진 유리창 같았다. 물고기들이 두려움없이 이영의 곁으로 왔다 갔
다 하다가 따라 헤엄치기도 한다.

우물처럼 생긴 웅덩이 밑으로 일곱 길은 내려온 것 같았다. 고막이
터질 듯 윙윙거렸다. 물이 아주 차가웠다. 이영은 공력을 일으켜 심장
과 눈과 귀를 보호했다. 여덟 길쯤 내려갔을 때 조그마한 동굴을 발견
할 수 있었다. 한 사람이 기어서 드나들 수 있을 정도로 좁은 동굴이었
다.

이영은 물고기들과 함께 그 동굴로 들어갔다. 기어서 가지 않아도
되었다. 헤엄을 칠 수 있으니 날아가는 것이나 마찬가지였다.

그러나 앞쪽에 희미한 빛이 보일 뿐 동굴 속은 캄캄했다.

귓속으로 폭포가 떨어지는 소리가 웅웅거리며 들려왔다. 맞은편은 폭포로 이어진 끝이었다. 중간쯤이라 생각되는 곳을 더듬으며 들어갔다.

동굴 벽만 만져질 뿐이었다. 그러다 이영이 어느 곳을 짚었을 때였다. 벽이 있을 것으로 생각했던 곳에 손이 불쑥 들어가 버렸다. 놀라서 물을 삼킬 뻔했다.

두 손으로 더듬어보니 그곳은 또 다른 동굴이었다. 이영은 동굴이 좁아서 뒤를 돌아볼 수는 없었으나 그곳이 그녀가 들어온 동굴의 반쯤 되는 곳이라는 걸 짐작할 수 있었다.

손을 먼저 뻗치고 새로운 동굴로 들어갔다. 숨을 쉴 수가 없어서 가슴이 뜨겁고 터질 듯했다. 조금 더 들어간 후에도 아무것도 없다면 일단 밖으로 나갔다가 다시 들어와야겠다고 생각했다. 밖으로 나갈 때는 아마 앞도 아마 보이지 않을 것 같았다. 숨이 너무 막혔다.

갑자기 손끝이 물 밖으로 나갔다. 이영을 발로 물을 세게 내차고 솟구쳐 올랐다.

추악!

상체가 단번에 물 밖으로 나왔다. 캄캄했지만 신선한 공기가 흐르고 있었다. 이영은 물 밖으로 나와 호흡을 조절했다.

심장이 터질 듯이 빠르게 뛰고 있었다. 귓속은 윙윙거리고 그녀가 있는 곳도 윙윙거렸다. 폭포 소리였다.

눈이 어둠에 익숙해졌다.

칠흑 같던 그곳도 빛이 전혀 없지는 않았다. 둥그런 석동의 한쪽에는 돌로 만든 문이 있었는데 그 문에 그려진 태극 문양(太極紋樣)이 희미하게 빛나고 있었다.

'바로 왔구나.'

이영은 기뻐하며 속으로 외쳤다.

문으로 걸어가는데 옷에서 물이 줄줄 흘렀다. 젖은 옷이 몸에 감기자 물 바깥이 물속보다 움직이기 불편했다.

이영은 문을 살펴본 후에 고리를 찾아서 열었다.

쿠쿠쿠쿠!

폭포수 소리가 귀를 찢을 듯 들려왔다.

들어가서 보니 동굴의 한쪽에 폭포가 관통하고 있었다. 위에서 떨어진 물이 바로 밑으로 떨어져 빠져나기고 있었다. 질벽 틈으로 들어온 폭포의 한줄기가 다시 바깥으로 빠져나가면서 만든 모습이었다.

타원으로 이뤄진 동굴은 넓기도 넓었고 무엇보다 이영이 나온 동굴보다 훨씬 밝았다. 안쪽의 가장 반듯한 자리에는 팔각으로 이루어진 돌로 된 정자(亭子)가 세워져 있었다.

이영은 동굴과 조화를 이룬 정자의 풍경에 감탄하여 속으로 생각했다.

'이런 곳이라면 평생 살아도 좋겠구나. 세상을 잊고 이런 데서 조용히 살 수 있다면 얼마나 좋을까?'

꽃씨도 뿌리고 나무도 옮겨 심어서 가꾸면 그곳은 무릉도원이 부럽지 않을 것 같은 장소였다.

이영은 정자로 다가가 어디에 태극인이 남겨져 있는지를 살펴보았다.

태극인은 팔각정 전체에 새겨져 있었다.

팔각정에 오르는 일곱 계단에는 저마다 그림과 함께 구결이 적혀 있고 팔각정의 평평한 바닥에는 태극의 커다란 무늬에 구결(口訣)과 도해(圖解)가 새겨져 있었으며 그러한 정황은 여덟 개의 기둥과 천장은 물론이고 지붕 위의 돌기와도 똑같았다.

이영은 계단의 구결을 잠시 읽어본 후 태극인(太極刃)은 그것으로 시작해야 한다는 것을 알았다.

첫 계단부터 일곱 번째 계단까지 익히고 난 후에야 본격적인 태극인을 시작할 수 있는 것이었다. 이영은 구결들을 읽고 도해를 보면서 자기 마음속에도 똑같은 팔각정을 만들었다.

지붕 위의 뾰족한 첨탑에 이르기까지 하나도 빼놓지 않았다.

눈을 뜨고 보면 운심노인이 만들었을 팔각정이 보였고 눈을 감으면 이영 자신이 만든 팔각정이 그 자리에 똑같이 보였다.

각도를 바꾸고 위치를 바꾸어 선 다음 먼저 자기가 만든 팔각정을 보고 그 다음에 눈을 뜨고 운심노인의 팔각정을 보아도 한 치도 어긋난 곳이 없었다. 운심노인의 태극인은 지금까지 그녀가 본 무공 중에서 가장 난해하면서 기이한 무공이었다.

첫 번째 계단에 앉아서 잠시 머리를 식히려는데 갑자기 윤극사의 목소리가 들려왔다.

"영! 어디 있어요?"

해가 지려 하는데 이영이 보이지 않았다. 윤극사는 폭포들 사이로 뛰어다니며 이영을 찾다가 물속에도 들어가 살펴본 후 다시 돌집으로 돌아와 큰 소리로 외쳤다.

"영!"

그러나 이영은 대답이 없다.

윤극사의 공허한 메아리가 골짜기를 울리고 석옥도 울렸다.

윤극사는 벽에 기댄 채 주저앉았다.

멍한 눈으로 천장을 바라보며 속으로 생각했다.

'그녀는 떠나 버린 걸까?

가슴에 돌을 밀어 넣으면 이런 기분이 들까? 윤극사는 단단한 것이 가슴과 목구멍을 꽉 막는 것을 느꼈다.

번민과 후회와 슬픔은 또 다른 자책을 불러왔다. 마음이 찢어졌다. 속이 텅 비었다. 고개를 떨구고 가만히 있는데 맑은 샘물 같은 것이 가슴속에서 솟아나는 것을 느꼈다.

육체의 고통도 한계를 넘기면 기쁨으로 느껴질 수 있는 것처럼 마음의 고통이 한계를 넘겼을 때도 오히려 맑은 샘물 같은 정량함이 가슴에서 솟았다.

아파도 살 수 있고 슬퍼도 살 수 있는 사람의 힘이었다.

팔각정이 있는 동굴에서 돌집으로 통하는 길은 이십여 장에 불과했다. 운심노인의 돌집에서도 팔각정으로 곧장 올 수 있었지만 운심노인은 그 길을 가르쳐 주지 않았다. 이영도 윤극사가 돌집에서 크게 외치지 않았더라면 돌집으로 통하는 길을 결코 찾지 못했을 것이다.

문을 열고 밖으로 나왔을 때 윤극사는 물에 빠진 생쥐 같은 꼴로 창가에 서 있었다.

윤극사가 슬며시 미소를 지었다. 이영은 머리가 띵해지는 것을 느꼈다. 가슴이 불로 지진 듯 화끈했다. 잡티 하나 섞이지 않은 순수하고 진실된 마음을 느꼈다.

윤극사의 작은 미소 속에 다시 만난 큰 기쁨이 담겨 있었다. 윤극사가 다가와 이영의 손을 꼭 잡았다.

이영은 부끄러웠다. 자기 속에 부끄러운 것이 들어 있고 그것이 윤극사라는 거울에 비친 것 같아서 부끄러웠다.

　부엌에 저장되어 있던 과일을 가져와 윤극사와 먼저 나눠 먹은 후 이영은 부랴부랴 저녁을 지었다. 아침은 도주가 난장판으로 만들어 버렸고 점심은 저도 나도 모르는 새 걸렀으며 이미 저녁도 늦은 시간이었다.
　등불을 달아서 식탁을 밝혔다.
　윤극사는 단정하게 앉아서 먹었다.
　이영이 웃으며 나직하게 읊조렸다.
　"산야의 그늘은 주인이 없어 앉는 이와 앉았던 이가 모두 손님이라……."
　윤극사가 빙그레 웃었다.
　"남이 보면 우리가 주인인 줄 알겠어요."
　이영이 또 읊었다.
　"인생도 왔다가 가는 것인데 만 가지 재물인들 가져서 무엇 하나. 거기 가는 길손 머물 곳을 애써 찾지 마라. 남들이 주인이라 부르는 나도 잠시 머물다 가는 손이니."
　"영은 글을 참 잘하는군요."
　윤극사가 부러운 듯 말했다.
　이영이 웃으며 말했다.
　"아버지께서 말씀하시길 예부터 산천의 주인은 산천을 가진 것이 아니라 산천의 주인이란 이름만을 가졌다고 하더군요. 그들은 죽을 때 그 이름을 후대에 전해주면서도 전하는 것이 이름뿐이라는 사실을 몰랐답니다."

윤극사가 재미있는 듯이 웃었다.

"그렇군요. 사람이 어떻게 산천을 가질 수가 있었겠어요."

이영이 말했다.

"산천의 주인들은 자기의 산하에 이름을 붙이고 다 알았답니다. 그리고 밤낮으로 부르고 다른 사람들에게 부르게 하면서 다스린다고 생각했죠. 하지만 그 주인의 이름이 뭔지 알고 있는 산하나 한 번이라도 이름을 불러주는 산하는 하나도 없었답니다."

윤극사가 크게 고개를 끄덕였다.

이영이 말했다.

"소신의, 산다는 건 서로 의지하는 건가 봐요. 사람에 의지하고 사물과 자연에 의지하는 것 말예요."

윤극사가 씁쓸한 어조로 말했다.

"영의 말이 옳은 것 같아요. 하지만 사람들은 서로 의지하고 살기보단 해치고 사는 것 같군요."

이영도 뭐라 할 말이 없었다. 고개를 끄덕였다.

"네."

윤극사가 말했다.

"난 아직 혼란스러워요. 하늘이 정한 이치대로 되는 것이라면 사람이 옳다고 생각하는 이치대로 되어야 할 텐데 왜 현실은 다른 건지 모르겠어요. 물이 낮은 곳으로 흘러가고 밤이 지나면 아침이 오는 것처럼 존재하는 것은 이치가 있는 것이고 다 자명할 텐데 왜 사람이 사람을 해치는 것은 존재하는 일인데도 그게 옳다고 생각되지 않는 걸까요?"

"제가 어떻게 알겠어요."

이영이 수줍게 웃었다.

"혹시 우리가 사람이기 때문인지도 모르죠."

잠자리에 들어서 이영은 윤극사가 사람과 삶과 죽음에 관해서 많이 생각하는 이유가 너무 많은 죽음들을 대했기 때문일 거라 생각했다.

잠든 윤극사에게 이영은 아무리 그래도 당신이 마주했던 죽음보다는 마주했던 삶이 훨씬 많을 거라고 작은 소리로 말했다.


윤극사와 이영은 해가 뜨기 전에 출발했다.

대파산 산길이 험해서 이영도 나귀를 타지 못하고 걸었다. 백초곡의 사람들로 짐작되는 의원들 다섯이 지나간 것은 벌써 여러 날이다. 그들은 벌써 대파산을 넘어서 사천 땅으로 들어갔을지도 몰랐다.

산을 높이 올라갈수록 날씨도 변덕스러워 안개가 끼기도 하고 갑자기 비가 쏟아지기도 했다. 밤이 되어도 마땅한 잠자리를 찾지 못하면 바위틈이나 키 작은 나무 아래에서 잤다.

사람 둘과 나귀 한 마리의 일행은 길을 가는 속도가 느려서 사흘이 지난 후에야 대파산 남서쪽 준령을 타고 내려갈 수 있었다. 다시 이틀째가 되었을 때 사천성(四川省) 만원(萬源) 땅에 이르렀다. 힘들었지만 큰 탈 없는 산행이었다.

산 아래 들판은 황금색으로 출렁였다.

만원성(萬源城)을 향해 가는 길 양쪽으로 익은 벼들이 바람에 흔들리며 소리를 내고 새를 쫓는 농부들이 쇠 치는 소리가 멀리서 들렸다.

만원성의 한 객잔에서 여장을 풀었다. 윤극사는 얼마 전에 지나갔을 다섯 의원들에 대해서 수소문해 봤지만 아무 말도 듣지 못했다.

대파산을 넘었으니 사천으로 왔을 것 같았지만 드넓은 사천 땅 어디

로 갔을지는 알 길이 없었다. 성문을 지키는 사람에게서부터 다시 객
점마다 탐문을 시작했다. 그들을 찾을 방법이 있다면 일단은 묻는 길
뿐이었다.


　탕! 탕! 탕!
　불에 단 쇠를 치는 소리가 일정한 간격으로 났다. 거리 좌우로 늘어
선 대장간들은 스무 곳 남짓하다.
　이영은 그중 한곳에 들러서 직접 그려온 그림을 보여주었다.
　"생긴 게 이상하군요. 칼입니까?"
　대장장이가 고함치듯 큰 소리로 말했다.
　이영도 큰 소리로 외쳤다.
　"아니에요!"
　대장장이가 또 큰 소리로 물었다.
　"날이 휘어진 안쪽으로 들어가는 거면 낫이겠군요?"
　이영이 외쳤다.
　"칼도 아니고 낫도 아니에요!"
　"그럼 뭡니까?"
　대장장이가 신경질적으로 고함쳤다.
　사방에서 뚱땅거리는 망치 소리와 칫, 치잇 하는 담금질 소리가 아
니라면 놀라서 간이 떨어질 만큼 큰 목소리였다.
　이영이 고함쳤다.
　"손잡이는 둥글지만 납작하고 날은 안과 밖에 다 있어요! 끝은 비수
처럼 날카롭게 해야 해요!"
　"그럼 휘어진 검(劍)이군요?"

대장장이가 또 크게 외쳤다.

이영은 검이 아니라고 또 소리쳤다.

대장장이가 버럭 역정을 낸다. 성미가 불 같은 대장장이다.

이영은 목이 잠길 정도로 고함치면서 겨우 대장장이에게 칼도 아니고 낫도 아니고 휘어진 검도 아닌 물건을 설명했다.

낫과 비슷하게 휘어졌지만 낫보다 더 둥글었고 날은 안과 밖에 고루 있는데 손잡이 부분은 따로 만들지 않고 삼 푼 두께의 동글납작한 모양이며 손잡이 끝에는 구멍을 뚫어서 소가죽을 가늘게 꼰 줄을 한 뼘 길이로 달고 그 끝에는 역시 한 뼘 길이의 노리개 같은 술을 단 물건 한 쌍이었다.

대장장이는 섬세하고 까다로운 물건이라 만들기에 마땅찮아했다.

"이런 물건은 아무 데도 못 씁니다. 칼도 아니고 낫도 아닌 데다가 비수도 아니고 농기구도 아닌 거지요. 차라리 저기 있는 대식국(大食 國:아라비아)의 월도(月刀)가 모양도 좀 비슷하고 더 나을 겁니다."

대장간 안쪽에는 수집하거나 사들인 낡은 병장기들과 함께 벽에 새로 만든 듯한 여러 가지 병기가 걸려 있었는데 그중에 월도가 있었다.

대식국의 진품 월도는 강하고 부드럽다고 알려져 있었다. 그러나 대장간에 있는 것은 모양만 대식국 월도일 뿐인데다 이영이 원래 필요로 했던 것도 아니었다.

이영은 내일 아침까지 다 만들어 달라고 했다.

대장장이가 펄쩍 뛰었다. 절대 불가능하다고 한다. 이영은 모양만 제대로 되면 성능이 뛰어나지 않아도 괜찮다고 했다.

대장장이가 고민하다가 정말 괜찮겠느냐고 거듭 확인한 후에 승낙했다.

이영은 선금을 주고 증표를 받은 후 객점으로 돌아왔다. 객점 앞에 까지 사람들이 몰려 있었다.

누가 외치는 소리가 들렸다.

"의원이 사람을 쳐 죽였다!"

"싸움이다!"

이영은 남들이 쳐다보는 것도 아랑곳 않고 달려갔다. 사람들이 둘러 서 있는 곳 한 중간에 윤극사가 우뚝 서 있는 것이 보였다.

한 사람이 땅에 널브러져 있고 다섯 사람이 윤극사를 에워쌌다. 그 들 중 두 명은 손에 비수까지 들고 있었다.

이영은 가슴이 철렁했다.

'저들이 바로 백초곡의 의원들일까?

그러나 다섯 사람의 행색은 조금도 의원 같아 보이지 않았다. 불한 당들 같았다.

"이놈!"

소리치며 비수를 든 사람들 중 한 명이 윤극사를 덮쳤다. 이영은 손 에 잡히는 대로 소매 속의 전낭(錢囊:돈 주머니)을 집어 던졌다.

"윽!"

소리를 내며 그자가 윤극사의 발 앞에 고꾸라졌다.

"일행이 있다! 계집이다!"

한 놈이 소리치며 이영을 향해 달려들었다.

윤극사가 버럭 소리쳤다.

"멈춰!"

윤극사가 평소 말을 할 때는 말소리가 작지만 소리칠 때는 귀가 쩌 렁쩌렁 울릴 만큼 큰 소리를 낸다.

윤극사의 고함 소리에 놀라서 덮쳐들던 놈이 움찔했다. 이영은 그자가 내뻗은 오른손의 소매를 잡아당기며 다른 손으로 어깨를 밀었다.

쿠당탕!

장정의 커다란 덩치가 어이없게 이영의 오른쪽으로 나뒹굴었다.

이영은 재빨리 윤극사의 곁에 가서 물었다.

"소신의, 무슨 일이에요?"

윤극사가 작은 소리로 말했다.

"이 사람들이 내가 살인자라고 하는군요."

왜 싸우는지에 대한 답은 아니다.

이영은 동문서답을 하는 윤극사에게 다시 물을 수도 없고 상황을 제 눈으로 확인할 도리밖에 없겠구나 생각했다.

세 사람이 바닥에 쓰러졌다. 남아 있는 세 사람은 주춤거리며 금방 달려들지 못했다. 그들 중 우두머리로 보이는 사람은 콧등에 파란 사마귀가 있는 자였다. 그자가 윤극사에게 소리쳤다.

"넷째를 죽였으니 너도 죽어야 한다!"

윤극사는 그 남자를 빤히 쳐다보았다. 꼭 사마귀를 쳐다보는 것같이 보였다. 남자가 화가 나서 비수를 높이 들고 윤극사에게 달려들었다.

이영이 손을 뻗으려는 찰나에 윤극사의 손이 먼저 움직였다. 달려들던 남자의 비수를 든 손목을 윤극사가 잡아버렸다. 순간 그 남자는 전신에 힘이 빠져 축 늘어졌다.

다른 두 남자가 놀라며 두려워했다.

"마술(魔術)이다!"

근처에서 다른 사람들이 수군거리는 소리가 들렸다. 이영도 윤극사가 어떻게 그 남자를 제압했는지 알 수 없었다.

그냥 손을 뻗어서 손목을 잡았는데 남자가 축 늘어졌다.

윤극사가 그 남자에게 말했다.

"무슨 영문인지 자세히 말해 봐요."

늘어진 남자가 힘없이 대답했다.

"더러운 놈! 너도 그놈들 일행이 아니냐? 우린 네놈이 그놈들과 한 패거리라는 사실을 다 알고 왔다!"

윤극사가 물었다.

"그놈들? 누구를 말하는 거죠?"

안절부절못하던 멀쩡한 두 놈 중 하나가 소리쳤다.

"너와 같은 의원 놈이 아니면 또 누구냐! 빌어먹을!"

윤극사는 고개를 번쩍 들었다. 그 서슬에 찔끔하며 소리친 놈이 뒤로 물러선다.

"그들을 만났군요?"

윤극사가 기뻐하며 말했다.

윤극사에게 손목을 잡힌 사람이 화를 내며 말했다.

"그렇다! 만났으니까 넷째 아우가 죽었지!"

이영은 이야기의 전말을 짐작할 수 있었다.

백초곡의 다섯 의원들이 이곳을 지나다가 저들 형제 중 한 명을 죽인 것이다. 그런데 윤극사가 그들 다섯 의원의 행방을 묻고 다녔으니 소문을 듣고 일행인 줄 알고 다른 형제들이 복수하기 위해 몰려온 게 분명했다.

이영이 말했다.

"우린 그들과 일행이 아니에요."

다른 사람이 화를 내며 소리쳤다.

"그럼 왜 우리를 때렸느냐?"

윤극사는 변변치 못한 말재주로 그들을 달랬다. 그들은 성(姓)이 오씨(吳氏)로 모두 일곱 형제였지만 그중 넷째가 어젯밤에 죽어서 여섯 형제가 되고 말았다고 한다.

배운 것 없이 힘을 써서 하는 일을 하며 살아가는 형제들이라 형제가 죽어도 장례를 어찌 치러야 할지 몰라 죽은 사람을 원망하고 죽게 한 사람을 욕하며 시체는 갖다 묻지도 못했다.

그냥 묻으려니 형제 간의 정리가 그게 아니고 격식을 차리자니 아는 것도 없고 가진 것도 없었다. 그 차에 의원들을 수소문하는 젊은 의원이 있다는 소식을 듣고 몰려와서는 그놈들의 동료려니 하고 다짜고짜 객점 앞에서 덮쳐들었던 것이다.

윤극사는 그들을 객점 안으로 데려가서 넷째가 어떻게 죽었는지를 물었다.

제일 맏이가 탄식하며 말했다.

"넷째는 원래부터 배가 아픈 병이 있었소. 그래도 우리 중에서 가장 힘이 좋았소. 아파도 으레 그러려니 하고 살았는데 그만 그저께 일을 나갔다가 재수없이 그 악귀 같은 놈들을 만났던 거요."

형제들 중 셋째가 욕을 하며 말했다.

"그놈들은 척 보기에도 나쁜 놈들 같았소. 눈빛이 반들반들하고 서로 한번씩 수작을 주고받는 꼴이 영락없이 시장 뒷전의 서리배들 같았으니 말이오."

"휴~"

맏이가 한숨을 쉬고 윤극사가 시켜준 술을 병째 들이키고 말했다.

"우리가 먹는 게 넉넉하겠소, 배운 게 있소? 넷째 그놈은 힘이라도 있어서 짐을 나르는 일을 곧잘 했소. 시장에 있는 남의 점포 근처에 있다가 날라야 할 짐이 있으면 대신 날라주고 푼돈이나 얻는 거지요."

그들 형제의 넷째가 다섯 의원들의 짐을 객잔으로 날라주었다고 한다. 의원들은 시장에서 이것저것 많이 샀고 마지막으로는 마차 하나를 사서 그곳에 짐을 다 싣고 떠났다.

넷째는 그들이 의원이라는 말에 굽실거리며 일을 해주고 넌지시 자기의 병에 대해서 물어봤는데 그게 화근이었다.

의원들 중 한 사람이 봐주겠다고 하며 진맥을 하더니 자기들끼리 뭐라 이야기를 주고받은 다음 침을 놓고 조그마한 환약을 먹였다고 한다.

그 약을 먹은 지 한 식경도 되지 않아 넷째는 늘 아프던 배가 씻은 듯이 나아버렸다. 그들에게 돈수백배하며 고맙다고 인사를 했는데 약을 줬던 의원이 말하기를 임시로 나은 것일 뿐이니까 다음날 저녁 잠들기 전에 다른 약을 먹어야 한다며 세 알의 알약을 줬다고 한다.

그들이 떠난 후 집으로 돌아온 넷째가 형제들에게 자랑을 하자 형제들은 그 의원들에게 감사해 마지않았다.

"그래서 어디로 갔는지 물어보고 멀리 가지 않았으면 우리도 따라가서 고맙다는 인사를 하려고 했소. 벌써 멀리 갔다기에 인사는 못했소."

맏이가 말했다.

윤극사가 물었다.

"그들은 어디로 갔어요?"

"달주(達州)로 간다고 들었소."

힘없이 고개를 내저으며 둘째가 말했다. 이영이 던진 전낭에 등을 맞아 쓰러졌던 사람이다.

'달주…….'

윤극사는 속으로 중얼거렸다. 달주가 중원 어디에 붙어 있는지도 그는 몰랐다.

열여덟 살 정도 되어 보이는 얼굴에 어깨가 걱실걱실한 일곱째가 여기서 삼백 리쯤 떨어진 곳이라고 말했다.

윤극사는 맏이에게 물었다.

"영구(靈柩:시체를 넣은 관)는 누가 지키고 있어요?"

"소인의 처와 두 자식놈이……."

윤극사는 이영에게 말했다.

"영, 저분들과 같이 가서 장의(葬儀)를 준비해 줘요. 나는 먼저 가보겠어요."

"네."

이영이 고개를 끄덕였다.

오씨 형제들의 눈이 휘둥그레졌다. 장례는 큰일이라 알아야 하는 것도 많고 돈도 많이 드는 일인데 윤극사와 이영이 장례를 대신해 주겠다는 뜻을 보이니 놀라지 않을 수 없었던 것이다.

기가 막혀서 울지도 못했던 그들 형제 중 몇이 통곡을 하면서 윤극사에게 고맙다고 했다.

윤극사는 오씨 형제의 첫째, 셋째와 함께 바로 그들의 집으로 갔고 이영은 둘째와 나머지 사람들을 데리고 장의를 준비하러 갔다.

초상집은 삭막하기 이를 데 없었다. 곡 소리도 없고 향이 타지도 않았다.

방의 윗목에 이불을 씌워놓은 사체는 벌써 죽은 지 이틀째 저녁에 접어들고 있었다. 시체 냄새가 코를 찌르는 방 안에 사십이 다 되어가는 여자가 두 어린아이를 데리고 앉아 있었다.

윤극사는 그들을 내보내고 마당에 불을 피웠다. 방문을 열어 연기가 안을 채우도록 한 후 들어가서 이불을 걷었다.

"억!"

함께 들어왔던 오씨의 첫째와 셋째가 놀라며 외쳤다.

시체 썩는 냄새는 지독했는데도 시체는 전혀 부패하지 않았다. 시체는 피부가 마치 어린아이의 피부처럼 붉고 투명했으며 팽팽하고 윤이 돌았다.

윤극사는 소도를 꺼내서 시체의 옷을 잘라내어 벗겼다. 전신이 얼굴과 마찬가지였다. 두 형제에게 떨어져 있으라고 했다.

시체가 보통 시체와 아주 달랐다. 손가락으로 시체의 팽팽한 가슴을 눌러보았다. 탄력이 느껴졌다. 물이 가득 찬 가죽 주머니를 누르는 것과 비슷했다.

시체 썩는 냄새는 시체가 아닌 시체가 입었던 옷에서 나고 있었다. 옷은 새까맣게 변해 있었으며 끈적거렸다.

윤극사는 옷을 둘둘 말아서 마당의 불속에 던졌다.

오씨의 셋째가 물었다.

"의원님, 혹시 우리 넷째가 살아 있는 것은 아닌지요?"

윤극사는 고개를 저었다. 오씨 형제는 입을 다물고 더 말하지 않았다.

윤극사는 물을 떠 오게 해서 시체의 몸을 씻은 후 다시 독한 술로 닦았다. 방 안을 가득 채웠던 역한 냄새는 모두 사라졌다.

윤극사는 겉옷을 벗어서 시체를 덮은 후 품에서 환약을 꺼내 오씨 형제에게 보여주며 물었다.

"혹시 고인이 먹었던 약이 이것과 똑같이 생기지 않았습니까?"

"바로 그렇게 생겼습니다."

형제가 입을 모아 말했다.

"넷째가 저희한테 자랑하느라고 보여줬기 때문에 우리 모두 봤습니다."

윤극사는 시체에 그의 손바닥에 있는 약과 유사한 기운이 퍼져 있음을 알고 있었다. 아주 이상한 그 약은 오씨의 넷째를 죽였을 뿐만 아니라 피부를 가죽 공처럼 탄탄하게 만들었다. 굳이 칼로 몸을 헤쳐 보지 않아도 윤극사는 시체의 뼈가 모조리 녹아버렸을 것이라고 짐작했다.

시체가 제 모습을 유지하고 있는 것은 가죽이 탄탄해졌기 때문이지 골격이 받치고 있기 때문은 아니었다.

이윽고 이영이 왔다.

윤극사는 시체에 수의를 입히고 관에 넣어서 즉시 장례를 치르도록 했다. 시체에서 미미하게 흘러나오는 기운은 윤극사도 알 수 없는 것이었고 마음에 걸렸기 때문이다.

한데 상여를 형제들이 밖으로 들고 나가려 하는 중에 갑자기 첫째의 아내가 힘없이 쓰러졌다. 윤극사가 달려가 맥을 살펴보았다.

시체에서 느껴졌던 것과 비슷한 기운이 느껴졌다. 이내 두 아이가 신음 소리를 내며 쓰러졌다.

초상집은 다시 난장판이 되어버렸다.

상여는 문간에 내려놓고 형제들이 울고불며 욕을 하고 야단이 났다. 윤극사가 말릴 수도 없었다. 첫째와 셋째가 윤극사를 원망하는 말을 하더니 픽 쓰러져 정신을 잃었다.

다른 형제들이 팔을 걷어붙이고 윤극사와 이영에게 달려들었다. 그러나 그들은 세 발자국도 떼기 전에 제풀에 모두 쓰러졌다.

'혼돈석유다!'

윤극사는 속으로 부르짖었다. 혼돈석유로 만든 약이 듣도 보도 못한 조화를 부리고 있는 것이었다.

경황이 없는 중에도 쓰러진 오씨 일가를 방 안으로 옮겼다. 이웃에서 사람들이 나와서 뭐라 소리치고 있었다. 그러나 아무도 가까이 오는 사람은 없었다.

이영이 윤극사에게 떨리는 음성으로 말했다.

"도, 독이죠?"

윤극사가 고개를 끄덕였다.

"영, 영도 가까이 오지 말아요. 나가 있어요."

윤극사의 음성도 떨렸다.

이영이 억지로 웃으며 말했다.

"저는 괜찮아요."

윤극사는 문으로 달려가 상여를 마당 가운데 끌어다 놓고 불을 질렀다. 불길이 서너 길 높이로 치솟았다.

이영은 탈 만한 것은 나무 절구까지 불속에 던져 넣었다.

근처 사람들이 고함을 치고 했지만 치솟는 불길을 보고 가까이 오는 사람은 없었다. 누가 일렀는지 말발굽 소리가 들리며 관병(官兵)들이 달려오고 있었다. 관아(官衙)가 너무 가깝다.

이영은 빨랫줄을 받치는 대나무 장대를 불속에 던지려다가 멈추었다. 자칫하면 살인 방화의 누명을 쓸 수도 있는 상황이었다.

무엇보다 관병들이 집으로 뛰어들어 윤극사를 방해하지 못하도록 해야 했다.

관병들 중 말을 타고 제일 앞에서 달리던 자가 고함쳤다.

“물러가라!”

“백성들은 집으로 들어가라! 밖에 나와 있는 자들은 엄히 다스리겠다!”

말을 탄 사람이 서너 명, 그 뒤를 좇아오는 관병들이 사십여 명이었다. 말을 탄 사람들이 모여 있던 사람들을 향해 고함치며 뛰어다녔다.

상여 구경, 불 구경하려 몰려들었던 사람들은 관이 개입된 일인 줄 알고 급히 자리를 피했다.

이영은 상황이 어떻게 돌아가는지 알 수가 없었다. 관인들이 오씨의 집을 포위하고 아무도 가까이 가지 못하게 했다.

말을 탄 관리 한 명이 문 앞으로 와서 이영에게 포권했다.

“어리석은 백성들의 소란에 귀인께서 놀라지 않으셨는지요?”

이영은 장대를 뒤로 돌려 세우며 얼떨떨한 심정으로 고개를 끄덕였다.

“무지랭이들은 걱정 마시고 우리 만원성에서도 좋은 일 많이 해주십시오.”

관리가 웃으며 말하고는 물러가 버렸다. 윤극사와 이영이 누군지 알고 있는 모양이었다.

이영은 멍한 기분이었다.

등봉현에서 윤극사가 의술을 크게 펴서 순의라는 이름을 얻기도 했지만 이곳은 사천 땅이었다. 천 수백 리가 떨어진 곳의 일인데 그 관원이 아는 듯하자 기분이 이상했다. 별반 물어보는 것도 없어서 이미 두 사람에 대한 건 뭐든 다 알고 있는 것 같기도 했다.

다섯 의원이 무슨 나쁜 수작을 부려놓은 것은 아닌가 하는 생각마저 들었다.

그때 윤극사가 불렀다.

"영!"

이영이 대답하고 방으로 갔다.

좁은 방에는 쓰러져 누운 사람만도 어른 일곱에 아이 둘, 발 디딜 틈도 없었다. 이영은 사람을 넘어서 가지는 못하고 문 앞에 섰다.

윤극사의 이마에 땀이 송골송골 맺혔다.

"이 사람들이 모두 죽어가요."

윤극사가 말했다.

"이 독은 아직 세상에 없던 거예요. 그래서 내가 해독할 수가 없어요. 오랫동안 연구를 하면 할 수도 있겠지만 지금은 할 수 없어요."

이영이 물었다.

"방법이 전혀 없는가요?"

윤극사가 머리를 저었다.

"있어요."

"어떤 방법이죠?"

"두 가지 방법이 있지만 우리가 쓸 수 있는 건 한 가지뿐이에요."

윤극사가 말했다.

"약으로 해독할 수는 없지만 무공을 익힌 사람이 진기로 몰아내 줄 수도 있고 침으로 기운을 밖으로 뽑아낼 수도 있어요."

침으로 가능한 것이라면 윤극사가 못하는 것이 없다.

이영이 안도하며 말했다.

"그럼 이 사람들은 살 수 있겠군요?"

윤극사가 고개를 끄덕였다.

"영은 솜과 헝겊으로 이 방에 바람이 통하지 않도록 막아줘요."

“네.”

이영이 대답한 후 장의품으로 사 왔던 물건 중에서 솜을 꺼내 들었다. 원래 염(殮)을 하면서 시체의 구공(九空:몸에 난 아홉 개의 구멍)을 막기 위한 것이었다.

윤극사가 정색을 하고 손을 저었다.

“안에서 막아선 안 돼요. 영은 바깥에서 막아요.”

“예?”

“독기를 몰아내면 그 독기가 다른 사람에게 옮아가요. 이 독은 아주 이상해요. 사람을 죽게 한 후 모공으로 독기가 다시 빠져나와 다른 사람을 중독시켜요. 그래서 영은 여기 있으면 안 돼요.”

이영은 윤극사가 마당에서 나가 있으라고 했을 때와 똑같은 대답을 했다.

“저는 괜찮아요.”

그러자 윤극사가 눈을 부릅떴다.

이영은 그의 뜻을 거스를 수 없어 밖으로 나와 바람구멍을 막기 시작했다.

큰 것부터 찾아서 막았다. 막을 때마다 방 안이 조금씩 보였다. 윤극사는 옷이 흠뻑 젖은 채 남녀 가리지 않고 옷을 다 벗겨서 그 옷들을 한쪽에 던져 놓은 후 침을 놓고 있었다.

망측한 모습이었지만 생사 앞에서 의원은 종종 예의를 따지지 않는 법이었다.

아홉 사람을 번갈아 다니며 윤극사는 침을 옮겨 꽂고 있었다. 이영은 눈에 보이는 구멍을 모두 찾아서 막았다.

오씨 일가가 윤극사의 침술로 살아날 수만 있다면 더 바랄 것이 없었다. 대문을 나서지도 못했던 상여는 불탔고 상여 속의 시체는 저절로 화장이 되었다.

이영은 불길이 다른 곳으로 번지지 못하게 마당으로 설설 기어가는 불줄기를 빗자루로 두드려 잡았다.

한데 매운 연기를 눈으로 비비는 중에 보니 그녀가 막아놓았던 바람구멍 중의 하나에서 헝겊이 빠져나와 있고 그곳으로 푸르스름한 연기가 옅게 새어 나오고 있었다.

이영은 달려가서 헝겊을 다시 밀어 넣으려고 했다. 그때 구멍을 통해서 윤극사의 모습이 보였다.

이영은 벼락을 맞은 듯이 전율했다.

윤극사가 입을 크게 벌리고 푸르스름한 연기를 들이마시는 중이었다. 머리카락이 곤두서고 눈은 붉게 충혈되었으며 안색은 파랗게 변했고 얼굴의 살이 푸들푸들 떨렸다.

바람구멍을 막으라고 한 이유를 이영은 그제야 알았다.

"소신의!"

이영이 절규하듯 부르짖었다.

윤극사가 성큼 일어서더니 열려진 바람구멍을 손바닥으로 막아버렸다. 이영은 정신이 아득하여 그 자리에 주저앉고 말았다. 바보처럼 아무 생각도 할 수 없었다.

석양의 노을이 붉었다.

# 제8장 폐부에 독을 품다

## 폐부에 독을 품다

푸르스름한 독기가 방 안을 가득 채웠다. 수십 대의 향을 동시에 피운 것처럼 푸르스름한 독은 방 안에서 구름처럼 넘실거렸다.

윤극사는 소매를 흔들어서 알몸으로 누워 있는 사람들의 몸에 부채질을 했다.

푸른 독기는 그들의 몸에서 새어 나왔다. 사람을 죽이고 죽인 후에 몸에서 다시 독을 만들어 내뿜게 하는 그 독연이었다.

폐부 깊숙이 들이마셨다.

방 안이 캄캄해졌을 때 윤극사는 더 이상 독 기운이 방에 남아 있지 않다는 것을 알았다. 독 기운이 사람의 몸을 좋아하는 것 같았다.

제세원에서 몸에 간직했던 십독과는 전혀 다른 종류의 독이지만 윤극사는 십독을 몸에 받아들였던 경험을 바탕으로 그 독을 몸속에 받아들였다. 심한 고통을 겪은 후에 십독처럼 마음대로 부릴 수는 없어도 몸속에 가둬놓을 수는 있었다.

제세원으로 돌아가서 혼돈석유를 연구하기 전까지는 이런 방법으로라도 연구를 해야 백초곡의 다섯 의원을 막을 수 있을 거라 생각했다.

정신을 잃은 아홉 사람을 살펴보니 모두 정상으로 돌아와 있었다. 원기를 손상하기는 했지만 그 정도는 며칠간 잘 먹기만 해도 보충될 수 있는 정도였다.

윤극사는 그들의 몸에 옷을 덮어준 후 방문을 활짝 열고 나갔다.

"소신의……."

이영이 방문을 향해 무릎을 꿇고 손을 모은 채 기다리고 있다가 작은 소리로 불렀다. 천지신명께 윤극사가 무사하게 해달라고 빌고 있었던 것이다.

윤극사가 말했다.

"물을 끓여요, 영. 저 사람들은 따뜻한 물을 마셔야 해요."

"네."

이영이 대답하고 일어나 휘청거리며 걸어갔다.

의원의 여자, 의원의 여자가 되기로 나선 후 남의 부엌에서 물을 데우고 궂은 일을 한 것이 몇 회나 되는지 모른다. 그러나 그것이 바로 이영의 일이었다.

오씨 일가가 정신을 차린 후에야 윤극사와 이영은 객점으로 돌아왔다. 관병들이 마차를 가져와 객점까지 호송해 주었다.

윤극사는 관병들이 사라지는 것을 보면서 이영에게 물었다.

"영, 왜 저들이 우릴 보호해 주는 거죠?"

이영이 미소를 지으며 말했다.

"저들은 우리를 알아요."

윤극사가 고개를 갸웃했다. 그러나 더 묻지 않았다. 윤극사는 방으로 들어가자마자 침대에 눕더니 잠들어 버렸다.

이영이 수건을 적셔와 그의 발을 닦았다. 그날 밤 윤극사는 자는 중에도 계속 신음 소리를 냈다. 이마로 식은땀을 흘리기도 했다. 이영은 깜박깜박 졸면서 그의 곁에서 밤을 새웠다.


윤극사는 새벽녘에 일찍 눈을 떴다. 여로에 단련된 젊은 몸이라서 피로가 일찍 풀렸다. 이영이 침대 곁에 의자를 가져다 놓고 앉은 채 졸고 있었다.

윤극사는 이영을 침대에 눕히려 했다.

"으음!"

이영이 번쩍 눈을 떴다.

"편히 쉬어요. 앞으론 이러지 말고."

윤극사가 다정하게 말했다.

이영은 살포시 웃으며 머리 단장을 했다. 아름다움은 타고나는 것이니 아름답지 않아도 부끄러울 것은 없다만 여자가 되어서 제 몸단장, 몸가짐 하나 깨끗하게 하지 못한다면 무슨 염치로 남자를 대한단 말인가?

이영은 마음을 산뜻하게 하고 일어났다. 창문을 열었다. 찬바람이 확 들어와 머리를 상쾌하게 한다.

동쪽 하늘에는 태백금성(太白金星:샛별)이 빛났다. 방 안에도 촛불을 밝혔다.

윤극사는 오랜만에 삼득삼성공을 연습한 후 탁자 위에 약 상자와 함께 운심노인에게 얻었던 혼돈석유로 만든 약을 꺼내 연구하기 시작했다.

혼돈석유라고 제세원의 신의들이 이름 붙인 검은 물은 정말로 이 세상이 만들어지기 전의 혼돈 시대에 존재했던 것일지도 모른다.

혼돈에서 하늘과 땅이 나누어져 세상이 생겨난 것처럼 혼돈석유는 새로운 문명을 일으킬 수 있는 힘이 포함되어 있다고 제세원 제이 신의 평일측이 말한 바 있다.

"새로운 문명……."

윤극사는 자기도 모르게 나직하게 중얼거렸다. 혼돈석유는 검은 물이되 그냥 물이 아니다. 새로운 문명을 낳을 수 있는 모체다.

말대로라면 그 속에서 약도 나오고 독도 나오며 어쩌면 집이나 옷도 나올지도 모를 일이었다. 그러나 그 속에서 나온 것으로 윤극사가 본 것은 아직까지 손에 쥐고 있는 것과 같은 독약밖에 없었다.

독약의 힘은 윤극사가 상상도 못할 정도로 대단했다. 윤극사가 만약에 오씨 형제의 넷째를 화장하고 그들 가족의 몸에서 독기를 뽑아내지 않았더라면 그 독들은 우선 오씨 가족을 모두 죽인 후 모공으로 빠져나와 근처에 있는 다른 사람들을 죽였을 것이고 그런 일은 독 기운이 완전히 사라질 때까지 반복되었을 것이다.

만원성 전체는 아닐지라도 수십에서 수백 명이 목숨을 잃을 가능성이 있었다.

중악 백초곡에서 온갖 약초와 독물을 채집하여 만들었던 약들의 기운을 살펴봐도 혼돈석유로 만들어진 독약의 기운을 중화시킬 수 있을 것 같은 것은 없었다.

윤극사는 독약이 혼돈석유에서 나왔다면 해독약도 혼돈석유에서 찾을 수밖에 없을 것이라 생각했다.

혼돈석유가 새로운 문명을 열어줄지는 몰라도 이 상태로는 너무나 무섭다.

윤극사는 독약을 물에도 넣어보고 술에도 녹여보고 싶었지만 함부로 하지 못했다. 스스로 통제할 수조차 없는 상황이 발생할 가능성도 있었다.

손에 있는 독약은 너무 무서운 독이다.

앞서 간 다섯 의원들이 독약을 마음대로 쓴다면 제세원에서의 혈겁과 마찬가지의 혈겁이 발생할 것이다.

그들이 지나간 지 이미 사흘. 윤극사는 마음이 조급했다. 그들을 만나야 한다. 그들이 무슨 짓을 하려든 간에 극악한 이 독약을 쓰는 것은 막아야 한다.

윤극사는 다짐하듯 속으로 중얼거렸다.

이영은 풀었던 짐을 다시 꾸려놓고 생각에 잠겨 있는 윤극사 옆에 와 있었다.

윤극사가 말했다.

"빨리 그들을 만나야 해요. 사람을 구해서 마차를 타고 가는 게 좋을 것 같아요."

이영이 말했다.

"큰 마차를 준비하겠어요. 마차 안에서 먹고 자고 중간에 말과 마부를 바꾸어서 달리면 금방 그들을 따라잡을 수 있을 거예요."

윤극사가 기뻐하며 말했다.

"그렇군요. 전에 정 사숙도 그렇게 한 적이 있어요."

"정 사숙이 누구예요?"

이영이 물었다.

윤극사의 표정이 변했다. 윤극사가 암울한 눈빛으로 힘없이 말했다.

"그는… 내가 죽였던 그 사람이에요."

"아!"

아침 내내 우울했다.

이영은 점원에게 부탁해서 마차와 마부를 구해달라고 한 후에 며칠 동안 마차 안에서 먹을 음식을 챙기고 고기와 양식을 사서 나귀에 실어 다른 점원에게 오씨네 집에 가져다 주게 했다.

대장간에 주문해 놓은 물건을 가지러 가기 전에 윤극사를 보니 은침으로 백자화병(白磁花甁)을 찌르고 있었다.

머리카락보다 더 가느다란 은침이 이미 수십 개나 화병에 꽂혀 있는데 기다란 은침 하나가 화병을 꿰뚫고 맞은편으로 빠져나왔다.

무공을 익힌 것도 아닌 의원이 단지 손재주와 심력으로 그 같은 능력을 발휘할 수 있다는 것이 놀라웠다.

쇠 젓가락으로 술병을 꿰뚫는 것은 어느 정도 공력의 기초가 있으면 가능하지만 은침으로 화병을 꿰뚫을 수 있는 사람은 무림인 중에서는 한 손에 다 꼽기가 어려울 것 같았다.

무공이 극에 달한 절대고수가 아니고는 그처럼 가느다란 곳에 공력을 불어넣을 수가 없기 때문이다.

윤극사가 괜히 해보는 것은 아닌 것 같았다. 백초곡의 다섯 의원들과의 싸움을 염두에 두고 있으리라 생각했다.


대장간은 아침부터 분주했다.

대장장이가 이영을 보더니 먼저 밖으로 나와서 다짐하듯이 말했다.

"모양만 제대로 나오면 된다고 하셨지요?"

“네.”

이영은 다 됐는가 보다 하고 안도했다. 아직 다 만들어지지 않았다고 한다면 그냥 떠날 수밖에 없다고 생각하던 참이었다.

대장장이가 물소 가죽으로 집을 만든 두 개의 태극인(太極刃)을 가져왔다. 칼도 아니고 낫도 아니고 휘어진 검도 아닌 바로 그 물건이었다.

이영이 뽑아서 살펴보는데 대장장이가 멋쩍은 표정을 지었다. 그러나 이영이 주문했던 태극인은 그녀가 기대했던 것보다 훨씬 놀라웠다.

정교했다. 교묘하다고 할 정도로 정교했으며 어느 한곳 나무랄 데가 없었다. 사천성 변두리의 작은 대장간에서 하룻밤 만에 만들어낸 물건이라고는 도저히 생각할 수 없는 물건이었다.

“이걸 어젯밤에 다 만들었어요?”

이영이 놀라서 물었다.

대장장이가 아주 미안한 표정을 지으며 말했다.

“그래도 주문한 것과 모양은 똑같습니다.”

이영이 말했다.

“솜씨가 놀랍군요.”

대장장이가 한숨을 푹 쉬며 말했다.

“결국 소저께서 소인이 사실을 말하도록 닦달하시는군요. 사실대로 말하지요.”

이영이 어리둥절해하는데 대장장이가 입을 쩍쩍 다시고 말했다. 정말 아주 겸연쩍어 보이는 표정이었다.

“어제 모양만 같으면 된다고 하길래 마침 비슷한 모양을 한 게 있어서 그걸 조금 손봐서 만들었습니다.”

태극인과 비슷하게 생긴 게 있었다는 소리다. 이영은 그게 뭐냐고 물었다. 대장장이는 얼굴이 벌게졌다. 직접 만들지 않고 남이 만들어 놓은 것을 살짝 바꾸기만 했다는 사실이 그렇게 부끄러운 모양이었다.

"녹여서 쓰려고 구해놓은 오래된 병기 중 과차(鍋叉:갈래 진 삼지창. 바깥의 두 가지가 솥바닥을 닮았음)가 있었습니다. 과차의 두 날개를 떼서 벼르고 갈아서 만들었지요."

어제 몇 번이나 모양만 같으면 되느냐고 물어본 것이 그 때문이었다. 대장장이는 물건을 직접 만들지 못했으니 마음에 걸려서 물소 가죽으로 집을 잘 만든 모양이다.

물소 가죽 집에는 가늘고 긴 줄까지 달려 있어서 어깨에 걸고 다닐 수도 있게 되어 있었다.

이영은 태극인 두 자루를 비껴 메고 길이를 조절하여 노리개처럼 양쪽 허리 아래에 걸쳐지게 했다.

칼도 아니고 낫도 아닌 것이라 어느모로 보아도 무기 같지 않았다.

대장장이에게 거듭 치사(致謝)하고 객점으로 왔다.

네 마리의 말이 끄는 큰 마차가 객점 앞에 서 있고 점원이 짐을 마차에 싣고 있는 중이었다. 그런데 마차에 '관(官)'이라는 글자가 보였다. 관부(官府)의 마차였다.

어찌 된 영문인지를 물으려고 하는데 마부가 뛰어내려 와서 말했다.

"소인은 만원관아(萬源官衙)의 관노(官奴) 채경(蔡敬)입니다. 높으신 분들의 명을 받고 두 분을 모시게 되었습니다."

짐을 싣던 점원이 말했다.

"제가 마차를 구하려 나갔는데 관에서 사람이 나와서는……."

이영은 이제 확실히 해야겠다는 생각이 들었다.

관노 채경에게 물었다.

"우리를 도우라고 한 분이 누군가요?"

채경이 말했다.

"소인은 자세히 알지 못합니다. 그저 분부에 따를 뿐입지요."

이영이 말했다.

"호의는 고맙지만 어느 분이 도와주시는지 모르니 몹시 부담됩니다. 마차는 저희가 따로 구할 테니 돌아가세요."

채경이 난감한 표정을 지으며 말했다.

"이대로 가면 소인은 죽습니다요."

이영이 웃으며 말했다.

"영문도 모르는 사람한테 마차를 내줄 너그러운 분이라면 호의를 거절했다고 아랫사람을 괴롭힐 분은 아닐 것입니다."

채경이 한숨을 푹 쉬었다.

"하는 수 없군요. 그분은 행동하는 것과 성씨가 같은 분입니다. 남을 돕는 것이 바로 성이라고 하더군요. 이렇게 말하면 마음에 짚이는 사람이 있을 거라고 말씀하셨습니다."

"필(弼)!"

이영이 나직하게 말했다.

채경이 웃었다.

"역시 아시는군요?"

필(弼)이라는 글은 남을 돕는다는 뜻이 있다. 관부에 영향력을 가지고 있으면서 남을 돕는다는 뜻의 성을 가진 사람으로 윤극사와 이영이 알 만한 사람은 신포 필재밖에 없었다.

이영이 급히 채경에게 다가서며 작은 목소리로 물었다.

"필 신포께서 근처에 계신가요?"

채경이 머리를 저었다.

"신포께선 지금 긴한 일로 호북성(湖北省) 무창(武昌)에 계십니다."

"당신은 필 신포 막하에 있던 분이시군요?"

이영은 어딘지 낯이 익다고 생각했던 채경을 기억해 냈다. 필재와 함께 있는 것을 본 적이 있었던 것이다.

채경이 슬며시 웃었다.

채경은 신포 필재의 명을 수행하기 위해 만원성에 왔다가 윤극사를 발견하고 수령에게 부탁해서 무조건 도와주어야 한다고 했던 것이다.

신포 필재의 신뢰를 받는 수하라 채경의 힘도 만만치 않았기 때문에 수령은 순순히 그 말에 따랐고 관아의 마차를 내주었다.

이영은 아쉬워서 속으로 한숨을 내쉬었다.

신포 필재가 이곳에 있다면 백초곡의 다섯 의원을 쫓는 정도는 아무 일도 아닐 것이다. 비록 채경이 동행하며 도와줄 듯하지만 신포 필재와는 비교조차 할 수 없다.

백초곡 의원 한 명은 그들을 잘 모르는 사람이 상대한다면 수천 명이라 할지라도 당해내지 못한다.

채경은 달주까지 동행할 수 있으며 그곳까지 가는 동안에는 자기가 마부 노릇을 하겠노라고 했다.

이영이 사양했지만 채경은 듣지 않았다. 그도 이영의 집에서 윤극사가 정광조를 죽였기 때문에 목숨을 건진 사람이었다.

윤극사의 마차를 몰아서라도 그 은혜를 조금은 갚기를 원했다.

이영은 윤극사와 함께 마차에 오르면서 속으로 생각했다.

'이이는 아무런 대접도 요구하지 않고 은혜를 베푼다는 생각도 없었지만 은혜를 입었다고 생각하는 사람들이 많구나. 부모님과 나도 이이

에게 갚아야 할 은혜가 있고 필 신포와 그 아랫사람들도 마찬가지다.'

윤극사에게 치료를 받았던 많은 사람들이 머리에 떠올랐다. 그들 중 고마워하는 마음을 갖지 않을 사람이 없을 것 같았다.

앉아서 보니 윤극사는 조약돌을 바늘 쌈지 삼아서 은침을 찌르고 있는 중이었다. 은침이 조약돌 속으로 부드럽게 밀려 들어간다. 광대들이 부리는 마술 같았다.

마차가 거리를 빠져나갈 때쯤 오씨 일가가 헐레벌떡 객점으로 달려가는 게 보였다.

마차는 남쪽으로 난 관도를 따라서 달렸다. 네 마리의 말은 아주 잘 달렸고 마부는 무공이 뛰어난 관리였으며 마차는 튼튼했다. 수십 리를 달려서 말을 잠시 쉬게 하고 건초를 먹인 후 다시 달렸다. 다시 육십 리를 달려서는 말을 바꾸어 달렸다.

말을 바꿀 때와 잠시 쉬게 할 때 외에는 멈추지도 않았다. 달리는 마차 안에서 윤극사와 이영은 점심과 저녁을 먹었다.

마차는 밤을 새워 달렸고 드디어 아침 해가 뜰 무렵 달주에 도착할 수 있었다. 삼백 리가 넘는 길을 말도 아니고 마차로 하루 만에 주파한 것이다.

채경은 달주의 관원들을 닦달하여 다섯 의원의 행방을 찾게 했다. 그러나 윤극사와 이영이 마차 안에서 한 시간이 넘도록 기다려도 소식은 들려오지 않았다.

채경이 아주 송구스러워했다.

윤극사는 혹시 어제오늘 사이에 이곳에서 이상하게 죽은 사람들이 없는지 알아봐 달라고 했다. 채경이 다시 가서 알아봤지만 역시 그런 일도 없었다는 말만 듣고 왔다.

윤극사와 이영은 어쩌면 그들이 달주에 머물지 않고 바로 지나쳤을 지도 모르겠다고 생각했다. 즉시 출발하려는 그들에게 채경이 마부를 붙여주었다.

달주를 떠나서 마차는 남쪽으로 이백 리가량을 더 달려가 대죽(大竹)에 이르렀다. 오후가 반쯤 지난 때였다.

윤극사는 그곳에서 다섯 의원에 대한 소문을 들을 수 있었다. 그들은 전날 밤에 대죽의 한 객점에서 잤으며 아침 일찍 서쪽으로 갔다는 말이었다.

대죽에서 남쪽으로 계속 가면 중경(重京)에 이르고 서쪽으로 간다면 거현(渠縣)을 지나 멀리 성도(成都)로 나가게 된다.

그들이 아침에 떠났고 쉬엄쉬엄 가는 중이라면 밤중 안으로 따라잡을 가능성이 많았다. 말과 마부, 그리고 바퀴가 불안해진 마차까지 바꾸어 윤극사와 이영은 서쪽으로 달렸다.

거현에 마차가 도착한 것이 술시(戌時) 말이었다.

구름이 끼어서 하늘은 캄캄했다. 남북으로 흐르는 파하(巴河) 위에는 강가에 매어놓은 뗏목 집들에서 밝혀놓은 불빛들이 보였다.

거현은 동서로는 관도가 지나고 남북으로는 파하가 흐르는 교통의 요충지다.

"워, 워!"

역시 관원인 마부가 마차를 세우고 말에게 물과 여물을 주어 쉬게 한 다음 객점으로 달려갔다. 다섯 의원을 수소문하기 위해서였다.

사천은 남쪽이다. 겨울이라 해도 두꺼운 옷을 입을 필요가 없을 만큼 날씨가 따뜻했다. 가을밤은 강바람까지 불어서 오히려 선선함을 더 해줄 뿐 춥지는 않았다.

윤극사는 말이 푸르릉거리며 여물을 먹는 것을 도왔다. 관원이 뛰어 왔다.

"공자님, 여길 지나갔답니다. 오후 늦게 갔으니 아마 지금쯤 화교(花橋)에 머물고 있을 거라고 합니다. 백오십 리쯤 가면 화교가 나옵니다."

백오십 리라면 말을 빨리 달렸을 경우 한 시간에서 두 시간 정도면 이를 수 있는 거리다. 마차를 달린다고 해도 그것보다 아주 많이 걸리는 거리는 아니다.

앞서 간 그들은 밤이면 객점에서 묵으며 길을 가는 중이기 때문에 화교의 어느 객점에서 쉬고 있을 가능성이 많았다.

관원은 자기가 맡은 일이 아주 중요한 일이라는 것을 전임 마부에게 들었고 이제 자기의 임무는 막바지에 이르렀다는 것을 느꼈기 때문에 지체없이 마차를 달렸다.

"이랴! 이랴!"

말을 채찍질하며 외치는 소리가 마차 안으로 쉴 새 없이 들려왔다.

이영은 흔들리는 마차 벽에 기대어 물었다.

"소신의, 그들을 어떻게 막을 생각이에요?"

윤극사가 수줍게 웃었다.

"나도 몰라요. 아마 싸워야 할 것 같아요."

이영이 말했다.

"백초곡 의원들은 이상한 수법도 쓰는 것 같더군요. 일전에 저희 집에서 싸울 때도 의원 한 사람이 필 신포의 부하들 반을 자기 수족처럼 부렸어요."

윤극사가 기억을 더듬으며 말했다.

"그것은 뱀의 독으로 만든 약이었어요. 해독하기가 쉽지 않았어요."

"작은어머니께서는 그 사람들이 공력도 한순간에 몇 배로 높일 수 있다고 하더군요."

이영이 말했다.

"공력은 한두 푼이 늘어나도 대단한데 하물며 몇 배로 높일 수 있다는 건 무림인들이라면 꿈에서조차 바라는 성약(聖藥)이에요. 백초곡 사람들이 그런 것도 가지고 있다는 사실이 놀라울 뿐이군요."

윤극사는 머리를 저었다.

"모습을 바꾸는 것은 할 수 있어요. 하지만 바꾸어서 기운이 더하는 이치가 있다는 말은 아직 못 들었어요. 공력이 잠깐 동안 높아지게 하는 건 어렵지 않아요. 몇 가지 아주 지독한 독약과 독성을 중화해 주는 약을 사용하면 가능해요. 그러나 그 이후 몸이 크게 상해요. 아마 몇 달씩 몸을 못 쓸 가능성도 있어요. 그런 부작용도 없이 공력이 높아질 수 있다면 성약으로 불러도 괜찮겠지요."

윤극사는 가볍게 한숨을 내쉬고 말했다.

"만약에 저와 그 다섯 사람이 싸우게 된다면 그들은 독을 쓸 거예요. 전에 제세원에서 사숙들이 싸우는 것을 봤어요. 독을 쓰고 풀어내는 것이 말로만 들었던 무림인들의 싸움과 다를 게 없었어요. 전 아직도 사숙들처럼 독과 약을 마음대로 부리지 못해요. 아마 그들 다섯 사람보다도 못할 거예요."

윤극사가 웃었다. 자조의 기색이 섞여 있는 웃음이다.

이영이 웃으며 말했다.

"소신의는 그때 그 무서운 사람도 이겼어요. 이번의 다섯 사람도 이길 수 있을 거예요."

윤극사가 나직한 음성으로 '음' 하고 말했다.

"그들이 혼돈석유로 만든 약만 쓰지 않는다면 지지는 않을 거예요."

윤극사는 왼손에 바늘 쌈지 같은 조약돌을 올려놓고 팔을 뻗은 후에 오른손으로 은침 하나를 잡고 살며시 비볐다.

순간 그의 손에서 은침이 사라졌다. 은침은 조약돌을 관통해 양쪽 끝을 빛내고 있었다. 은침을 잡았던 윤극사의 오른손에서 조약돌까지의 거리는 두 자가 조금 넘는다.

짧은 거리기는 하지만 은침을 쏘아서 조약돌을 소리없이 관통할 수 있다는 것은 무시무시한 위력이라 하지 않을 수 없었다.

이영은 가슴을 떨며 말했다.

"대단한 무공이군요. 세상에 그렇게 할 수 있는 사람은 거의 없을 거예요."

윤극사가 머리를 저었다.

"무공도 아니고 대단하지도 않아요. 백초곡과 제세원 사람들은 모두 삼득삼성공을 연습해요. 진맥을 잘하기 위한 것인데 자꾸 연습하다 보면 기운의 가닥을 손끝에 잡을 수 있어요. 그저께 만원성에 있을 때 오랜만에 다시 연습을 해봤더니 손끝으로 주위의 기운을 끌어당길 수도 있겠더군요. 경맥과 혈들은 좁쌀만한데다 눈으로 보이는 것도 아니기 때문에 삼득삼성공을 통해서 우리는 경과 혈을 정밀하게 취할 수 있었던 거예요. 침이 혈을 찾아가고 혈이 침에 끌려와서 서로 만나는 거죠."

"놀라워요."

이영이 정말로 감탄하며 말했다.

윤극사가 부끄러운 기색으로 말했다.

"나도 이걸 알아낸 건 며칠 안 되었어요. 하고 있으면서도 모르고 있었어요. 백초곡에서 어지간한 사람들은 바위에 침을 놓을 수 있었으니 마음만 먹으면 저처럼 할 수 있을 거예요."

윤극사가 대수롭지 않은 것처럼 말했지만 이영은 그것이 말처럼 대수롭지 않은 게 아니라는 것을 알고 있었다.

무공 중에는 토납법(吐納法)으로 외부의 기운을 몸속으로 끌어들여 본신의 진기(眞氣)에 보태어 내력(內力)을 쌓아가는 것이 있고 사람이 태어날 때 갖고 있는, 대자연과 교류하는 기운인 선천진기(先天眞氣)를 키워 사용하는 것이 있는가 하면 외부의 기운을 외물(外物)로 대하면서 흐름만 바꾸어주는 무공도 있다.

윤극사가 익혔다는 삼득삼성공은 그중에서 세 번째 유형에 속하는 것이 틀림없다.

천지에 기운이 가득하다는 것을 아는 사람은 많지만 그 기운을 모두 자기의 것으로 할 수 있는 사람이나 마음대로 운용할 수 있는 사람은 없는 것처럼 윤극사의 말대로 기운의 가닥을 잡고 모으는 법을 안다 하더라도 막상 그렇게 할 수 있는 사람은 극히 드물 수밖에 없다.

삼득삼성공이 무공을 익히기 위해서 만들어진 것이 아니라 의술을 발전시키기 위해서 창시된 것이겠지만 결국은 기운을 다루는 정점에 달했으니 무공과 일맥상통하게 된 것이다.

그러나 무공은 크게 보면 검이나 도와 같은 병기에 지나지 않는다. 좋은 병기를 지녔다면 좋기는 하겠지만 쓸 줄 모른다면 아무 소용이 없다.

윤극사가 침을 오랫동안 다뤘으니 무예의 근본인 도구를 알맞게 쓰는 법은 가졌다고는 하겠지만 대적(對敵)하여 공방(攻防)하는 법을 익히지 못했으니 큰 효용을 기대하기는 어렵다.

이영은 윤극사에게 공방의 비결을 말할까 하다가 그만두었다. 자칫하여 그의 순일(純一:잡것이 섞이지 않은 완벽한 순수)을 해칠까 두려워서였다.

순일이 크다. 백 년을 고심해도 얻지 못하는 사람은 얻지 못하는 것이 순일이다. 한마음으로 한뜻을 품은 사람이 큰 것처럼 순일한 사람은 크다.

마차가 길을 돌면서 한쪽으로 쏠렸다. 이영은 기우뚱하고 윤극사의 앞으로 밀렸다. 윤극사가 어깨를 붙잡아주었다.

말발굽 소리가 밤을 울린다. 찌푸렸던 하늘에서 가을비가 내리기 시작했다. 길에 안개가 짙어지고 말은 달려나가지 못했다. 시간을 대략 짐작해 보니 화교 가까이에 온 것 같았다.

이영은 말을 모는 관원에게 우장(雨裝)을 내주며 천천히 가자고 했다. 하지만 천천히 가는 것도 잠시, 빗방울이 굵은 빗줄기로 변했다. 마차를 멈추지 않을 수 없었다. 길가 큰 나무 밑에 마차를 세우고 말에게도 우장을 덮어준 다음 관원을 마차 안으로 불렀다.

번쩍! 번쩍!

뇌전이 이따금 하늘을 밝혔다. 마차의 곁문을 다 닫았지만 뇌전이 칠 때마다 등 하나 밝혀놓은 마차 안은 대낮처럼 환해지곤 했다.

쾅! 쾅!

벼락이 떨어질 때마다 관원이 안절부절못하더니 벌떡 일어나며 말했다.

“안 되겠습니다. 소인은 밖에서 말들과 같이 있겠습니다. 저놈들이 아주 불안해하는군요.”

이영이 물었다.

"화교는 얼마나 남았을까요?"

관원이 잠시 생각해 보다가 말했다.

"십 리쯤 될 것 같습니다. 비만 아니라면 금방 도착할 수 있는 거리입지요."

윤극사가 물었다.

"그대로 갈 수는 없어요?"

관원이 대답했다.

"길이 미끄럽고 물러지면 마차 바퀴가 빠집니다. 마차 바퀴 한쪽이 길에 깊이 빠지면 마차 축이 틀어지거나 부서집니다. 달리는 도중에 그런 일이 생기면 큰 사고가 생기지요."

비는 좀처럼 그칠 기미가 없었다.

마침내 윤극사가 일어서며 말했다.

"영, 걸을 수 있겠어요?"

"네, 소신의."

이영이 대답하고 즉시 일어섰다.

윤극사가 관원에게 비가 그친 후 화교로 짐을 가져다 달라고 부탁했다. 관원은 이 빗속을 어떻게 갈 거냐며 펄쩍 뛰었다.

윤극사와 이영은 관원의 만류를 뿌리치고 우장을 한 채 길을 나섰다. 서로 손을 꽉 잡지 않으면 불안할 만큼 거센 빗줄기가 쏟아지고 있었다.

비는 그들이 화교에 도착할 때까지도 계속되었다.

화교에는 아홉 개의 크고 작은 객점이 있었다. 윤극사와 이영은 은밀히 객점마다 다니며 다섯 의원이 타고 왔을 마차를 찾았지만 비슷한 것도 보지 못했다.

그들이 화교에 머물지 않고 지나쳤거나 객점이 아닌 사가(私家)에 들어갔을 가능성도 있었다. 시간은 자정이 넘어 축시가 가까워오고 있었다. 오가는 사람이 없으니 붙잡고 물어볼 수도 없고 남의 집 대문을 두드려 물어볼 수는 더 더욱 없었다.

윤극사는 코앞까지 와서 그들을 놓치는 것이 아닌가 싶어 가슴이 떨렸다. 걷다 보니 화교의 지명이 되어버린 화교(花橋)까지 왔다.

꽃다리라 이름 붙은 화교를 떠내려 보낼 듯이 물이 불어 있다. 다리 위를 걸어도 마치 배 위를 걷는 것처럼 불안했다. 화교가 끝나는 곳에 붉은 등들이 걸려서 비바람에 흔들거렸다. 기루(妓樓)가 그곳에 있었다.

화왕루(花王樓), 가희원(嘉喜院), 흥선루(興嬋樓). 세 개의 기루가 홍등(紅燈)을 나란히 걸어놓고 화교를 넘어온 손님을 맞았다.

윤극사와 이영은 마침내 가희원 한쪽에 세워져 있는 마차를 발견할 수 있었다. 말로만 전해 들었던 바로 그 마차였다.

폭우가 쏟아지는 깊은 밤이라 기녀원의 문은 열려 있었지만 지키는 사람은 보이지 않았다. 마차의 문을 열고 확인했다.

약 냄새가 확 하니 얼굴로 끼쳐 왔다. 윤극사는 화섭자에 불을 붙였다. 마차 안이 밝아졌다. 이영이 '앗!' 하고 비명을 지르다 급히 손으로 입을 막았다.

마차 안의 벽에 다섯 사람의 얼굴 가죽이 걸려 있었다.

# 제9장 가희원에서 용독술을 겨루다

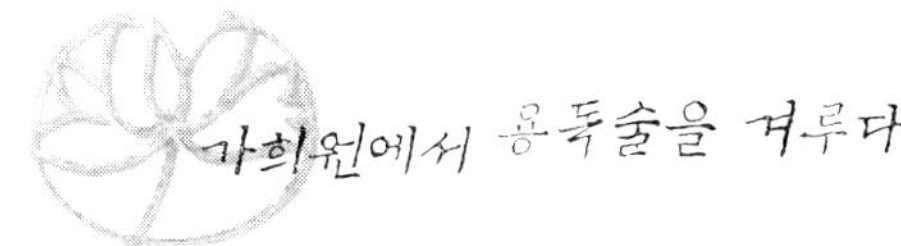


빗소리 때문에 이영의 비명 소리가 멀리 퍼지진 않았다.

두 사람이 마차 뒤에 몸을 숨기고 한동안 숨을 죽였지만 아무도 달려오지 않았다.

이윽고 이영이 물었다.

"저들이 백초곡 의원들인가요?"

윤극사가 머리를 저었다.

"처음 보는 사람들이에요."

"그럼 저들이……."

이영은 그들이 누구의 얼굴 가죽인지 알아낸다면 다섯 의원의 목적을 알 수 있을 것이라 말하려 했다. 그런데 갑자기 의식이 뚝 끊어졌다.

이영은 윤극사의 품에 쓰러지고 말았다.

윤극사는 이영의 수혈을 누르고 있던 손을 떼서 그녀를 안고 불이
켜져 있는 건물로 갔다. 음식 냄새가 그곳에서 풍기고 있었다. 기녀원
내에서 손님들이 먹을 음식을 만드는 찬청(餐廳)이었다.

높이 세워진 누각의 곳곳에서는 아직도 미미하게 웃음소리와 금(琴)
을 타는 소리가 들렸다.

"에그머니나!"

열린 문으로 들어서는데 상에 음식을 놓으며 잡담을 하던 찬모(饌
母:음식을 만들고 상 차리는 여자)들 중 하나가 놀라며 그릇을 떨어뜨렸
다.

윤극사는 찬청 안으로 그대로 들어갔다.

나이가 지긋해 보이는 여자가 화를 내며 소리쳤다.

"여긴 음식 만드는 곳이야! 빌어먹을 잡것! 재미를 보려면 딴 데 가
서 봐!"

다른 한 여자는 윤극사가 순해 보이는 얼굴을 하고 있자 작은 소리
로 말했다.

"나쁜 놈 같아 보이지는 않는걸? 뒷방에서 재미 좀 보고 가게 하지."

먼저 말한 여자가 눈을 흘긴다.

"사람을 찾고 있어요."

윤극사가 말했다.

"누구? 여긴 아무도 없어!"

여자가 거친 목소리로 말했다.

윤극사는 한쪽에 이영을 내려놓았다.

"다섯 사람이에요. 마차를 타고 왔어요."

"흥! 여기는 다섯 사람 숨겨놓을 데도 없어. 딴 데 가서 알아봐!"

찬청의 우두머리 같아 보이는 나이 든 여자가 야박하게 소리쳤다.

윤극사가 말했다.

"알고 있어요. 어느 방에 있는지만 가르쳐 주세요."

여자는 홱 돌아서서 철판의 생선을 뒤집으며 중얼거렸다.

"별 미친놈을 다 보겠네. 계집질하는 데 와서 계집도 아닌 사내를 찾아다녀?"

윤극사에게 호의를 보였던 여자가 손짓으로 창밖을 가리켰다. 누각의 삼층 왼쪽에 불이 켜져 있는 방이 보였다.

윤극사는 눈으로 고맙다는 인사를 건넨 후 이영을 잠시 내려놓고 두 손바닥을 비벼댄 후 활짝 펼쳤다.

뭔가 싶어 찬청의 여자들이 눈을 동그랗게 뜨는 순간 윤극사의 손바닥에서 연기가 확 피어올랐다.

"어마!"

소리를 지르며 한 여자가 벌렁 나자빠졌다. 생선을 뒤집던 여자도 스스륵 그 자리에 주저앉고 만다.

윤극사는 찬청의 여자들이 번을 갈아가면서 쉬는 뒷방을 찾아 이영을 눕혀놓고 밖으로 나와 그녀들의 머리에 침을 놓아서 방금 전의 기억을 지웠다.

제세원에 있을 때 백초곡의 두 사형이 혼돈석유를 훔치는 것을 봤을 때 그가 당했던 그 침술이었다.

윤극사가 밖으로 나왔을 때 찬청은 그가 들어가기 전과 다름없이 돌아가고 있었다.

밤비는 내리고 등불은 빗속에 흐르는 것처럼 보였다. 윤극사는 두 손을 소매 속에 넣고 누각으로 들어갔다. 조방(助幇 : 기녀원의 심부름꾼)

이 문가에서 꾸벅꾸벅 졸다가 인기척에 고개를 든다.

윤극사는 치켜드는 그의 이마에 왼손을 얹고 오른손의 침으로 귀밑을 찔렀다. 다시 그의 머리가 툭 떨어진다.

계단을 올라가는 중에도 사방에서 음란한 소리와 주고받는 수작들이 들려왔다.

발소리를 죽이고 아무도 없는 곳을 걷는 것처럼 윤극사는 꼿꼿이 걸어서 삼층으로 올라갔다. 소변을 보러 나오던 기녀 하나가 윤극사를 봤지만 취기 때문인지 고개를 꾸벅 하고 지나친다.

'하나, 둘, 셋, 넷……'

윤극사는 발자국을 헤아렸다. 거문고 소리 뚱땅거리고 피리 소리 짠한 방 앞에서 생각했던 만큼의 발자국 숫자가 나왔다.

다섯 사람이 있다고 찬청의 찬모(饌母)가 손가락으로 일러줬던 그 방이다.

거문고 소리와 피리 소리가 동시에 그치고 안에서 호탕한 웃음소리가 들렸다.

"하하하! 소리가 들을 만하구나. 옜다. 특별히 세 냥을 더 얹어주마."

귀에 익은 음성이다.

윤극사는 문을 열고 들어갔다.

갑작스런 그의 등장에 한 여자가 돌아보며 신경질적인 음성으로 말했다.

"부를 때까지 아무도 들어오지 말라고 하지 않았느냐?"

녹색 옷을 입고 쪽 찌은 머리에 분단장을 한 기녀(妓女)였다. 병풍이 좌우로 벌려 있었는데 둥글고 큰 상을 가운데 두고 다섯 사람이 둘러

앉았으며 그들 사이에 기녀가 한 명씩 끼어 앉아 있었다. 맞은편 병풍 앞에는 거문고와 피리를 하나씩 든 창기(唱妓:전문적으로 노래하는 기녀)가 숙였던 허리를 들고 있었다.

윤극사는 다섯 사람의 면면을 알아볼 수 있었다. 세월이 여러 해 지났지만 성인(成人)들의 모습은 크게 바뀐 것이 없었다.

그들 중 가장 나이가 많은 사람은 오십이 막 넘었을 곡우택(曲優澤)이며 배가 약간 나왔고, 두 번째 사람은 장성완(張星完)으로 어깨가 금강역사처럼 딱 벌어진 사람이다. 안진오(顔津傲), 유수정(柳守貞)은 삼십이 넘었고 제일 마지막에 있는 나종보(羅宗寶)는 윤극사가 제세원으로 가면서 백초곡으로 돌아갔던 선임자라고 할 수 있었다.

모두 윤극사에게는 사형(師兄)이 된다.

나종보가 윤극사를 알아보았다.

"너! 너!"

윤극사는 며칠 동안 마차 안에서 살다시피 했다. 수염이 시꺼멓게 자라 있었지만 그곳에 있는 사람들은 의원이었다. 모습이 아니라 골격만으로도 알아볼 수 있을 만큼 눈이 뛰어난 사람들이다.

윤극사를 알아보자마자 모두 자리에서 벌떡 일어섰다.

우당탕! 탕!

탁자가 흔들리며 탁자 위의 그릇이 바닥으로 떨어졌다.

곡우택이 윤극사를 삿대질하면서 소리쳤다.

"네가 아직 살아 있다니!"

모두 귀신을 본 듯한 표정이었다. 기녀들이 놀라서 방 한쪽 구석으로 피한다.

윤극사는 방 안을 천천히 둘러보았다.

탁자를 꽉 잡고 있는 나종보의 손이 떨리면서 그릇들이 함께 달달 소리를 냈다.

안진오가 술잔을 입에 털어 넣으며 내뱉었다.

"빌어먹을! 머저리 같은 것들은 아무짝에도 쓸모가 없어!"

팡!

안진오가 던진 술잔이 윤극사의 얼굴로 날아왔다. 팍 하고 이마에 부딪쳐 술잔이 깨어지며 사기 조각이 옆으로 튀었다.

연이어 안진오가 윤극사의 가슴으로 뛰어들며 어깨로 받았다. 날렵하고 재빠른 솜씨였다. 윤극사는 문을 부수고 튕겨 나갔다.

어느 틈에 소도를 뽑아 든 안진호가 뒤따라 붙으며 쓰러진 윤극사의 가슴을 내리찍었다. 독을 바른 듯 소도에서 푸른 빛이 번득였다. 그러나 소도는 윤극사의 가슴에 닿지 못했다. 안진호가 갑자기 목석처럼 굳어버렸다.

"당했군!"

곡우택이 탁자를 내려치며 외쳤다.

윤극사는 몸을 옆으로 굴려 일어나며 안진호의 품속을 더듬어 세 개의 약낭을 손에 넣었다. 안진호는 살기를 머금고 일그러뜨린 얼굴 그대로 자세를 유지하고 있었다.

나종보가 떨면서 말했다.

"우릴 죽이려 왔느냐?"

"바보 같은 소리!"

유수정이 버럭 고함치면서 입 안에 엽전만한 알약을 물고 훅 불었다. 하얀 알약은 가운데가 정말 엽전처럼 뚫려 있었는데 삑 하는 날카로운 소리와 함께 흰 연기를 확 뿜어냈다.

윤극사는 소매 속에 감춘 손을 뽑지 않고 그냥 걸어갔다. 흰 연기가 그의 몸 근처에서 더 이상 다가오지 못하고 맴돌았다.

쿵!

유수정이 별안간 약을 문 채 뒤로 쓰러졌다. 역시 몸이 목석처럼 굳은 상태였다. 윤극사는 유수정에게 걸어가서 그의 품에 있는 약낭 세 개를 꺼냈다. 길가의 돌을 줍는 듯 아무도 의식하지 않는 행동이었다.

나종보와 장성완은 곡우택의 뒤로 몸을 피했다.

윤극사는 이어 곡우택의 앞으로 다가갔다. 곡우택이 눈을 부릅뜨고 윤극사를 쏘아보았다. 윤극사가 나직한 음성으로 불렀다.

"곡 사형."

곡우택이 큰 소리로 웃음을 터뜨렸다.

"으하하하하! 얼뜨기 녀석이 많이 컸구나! 하하하! 감히 나를 죽이러 오다니!"

웃음소리는 '빌어먹을 개자식' 이라는 욕으로 끝났다.

윤극사는 그가 그치기를 기다려서 말했다.

"의원은 칼을 쓰더라도 활인(活人)의 칼을 쓰며 독을 쓰는 경우가 있어도 활인의 독을 쓴다고 배웠습니다."

곡우택이 가소롭다는 듯이 피식 웃었다.

윤극사는 여섯 개의 약 주머니를 탁자에 놓으며 말했다.

"이 중에 약은 둘이고 독은 넷입니다. 한데 두 가지 다 의원의 물건은 아닙니다. 독은 병을 물리치는 독이 아니라 사람을 해치는 독이고 약은 사람을 살리는 약이 아니라 병을 살리는 약입니다."

곡우택의 안색이 미미하게 변했다. 곡우택은 속으로 생각했다.

'이놈이 혼돈석유로 만든 약의 성질을 한 번에 꿰뚫어 보는구나. 이

놈까지 약을 알아보니 제세원 늙은이들의 혼돈석유가 어쩌면 우리 백
초곡을 앞지르고 있었을지도 모른다던 곡주님 말씀은 기우가 아니었구
나.'

소란을 알아채고 다른 방에 있던 사람들과 가희원의 사람들이 몰려
왔다.

"무슨 일이야?"

곡우택과 윤극사 모두 사람들에게는 신경도 쓰지 않았다.

윤극사가 말했다.

"의술을 배울 때 만 사람을 위해서 쓸 것이며 사욕을 위해서 써서는
안 된다고 들었습니다."

곡우택이 묵묵히 고개를 끄덕였다.

윤극사가 물었다.

"곡 사형, 이 독은 만 사람을 위한 것입니까, 사욕을 위한 것입니
까?"

장성완와 나종보가 곡우택의 표정을 살핀다.

곡우택이 무거운 음성으로 말했다.

"만 사람을 위한 것이다."

윤극사가 슬픈 눈으로 곡우택을 보며 물었다.

"만원성에서 오씨 일가를 죽이려 한 것도 만 사람을 위한 것이었어
요?"

"그렇다."

곡우택이 단호하게 말했다.

윤극사가 고함쳤다.

"의원이 사람을 죽여 사람을 위하는 자입니까?"

곡우택의 안색이 벌겋게 달아올랐다. 윤극사의 물음이 끝난 뒤에도 귓속에서 윙 소리가 났다.

윤극사가 또 소리쳐 물었다.

"사람을 죽여 사람을 위하는 건 사람이 사람을 먹는 것과 무엇이 다릅니까?"

곡우택의 입이 실룩거렸다.

윤극사가 음성을 가다듬어 말했다.

"저는… 아니, 제게 펑 사숙께서 이렇게 말씀하셨습니다. '너희들은 훗날 재주를 잘못 쓰는 자를 보거든 반드시 죽여라. 사람을 살리는 것만이 의술은 아니다. 때로는 죽이는 것으로 의도(醫道)를 바르게 할 수 있다는 것을 명심해라. 그러나 의원이 아닌 자에 대해서는 관여하지 마라. 그렇게까지 하는 것은 주제를 넘은 짓이다' 하고요."

곡우택과 장성완, 나종보가 몸을 부르르 떨었다. 윤극사가 사사로운 잘잘못을 말하는 것이 아니라 의술의 대도를 말하고 있기 때문이었다. 의원으로 이름을 걸고 있는 한 무슨 일을 하든 마음마저 의원의 직분을 완전히 떠나 있을 수는 없다.

윤극사가 침통한 어조로 말했다.

"곡 사형은 재주를 잘못 쓰고 있습니다."

곡우택이 냉소를 지었다.

"네가 뭘 알겠느냐? 네 눈에 보이고 네 생각대로 판단하는 것뿐이지. 제세원의 늙은이들은 정말 만민을 위하는 길이 무엇인지도 몰랐으니 너한테 가르쳤을 리도 없지."

방 안에서는 아직도 유수정이 뿜어냈던 독 연기가 남아 있었다. 몰려왔던 사람들 중에는 무림인들도 있었지만 방 안의 사람들이 독을 마음대로 다룬다는 사실을 알고는 감히 누구도 간섭하지 못했다.

곡우택이 말했다.

"우리도 한마음으로 어려서부터 의술을 배웠는데 네가 말하는 것 같은 도리를 모를 줄 아느냐? 그 도리들이 다였다면 세상에 무슨 어려움이 있을까?"

윤극사가 머리를 저었다.

"수천 명을 죽인 것으로 모자란다면 얼마나 더 죽여야 합니까? 얼마나 더 죽어야 만인이 위해지는 것입니까?"

곡우택이 입을 다물었다.

장성완이 말했다.

"극사, 네 말에 도리가 없는 것은 아니다. 그러나 곡 사형이 대답하지 않는 데도 도리가 있다. 하여간 우리가 지금 서로 이치를 따지는 것은 의미가 없다. 우리는 너를 죽여야 하고 너도 우리를 죽이는 것이 옳다고 생각하니 싸움은 피하지 못한다."

장성완의 눈이 반짝거렸다. 백초곡에서 어릴 때부터 윤극사가 봐왔지만 장성완은 많은 경우에 눈을 반짝거렸다. 남들은 장성완이 꾀가 많다고 말하곤 했다.

장성완이 말했다.

"뜻이 아무리 강해도 재주가 따라주지 않으면 소용없는 일이지. 너도 독을 알고 우리도 독을 아니 독을 다루는 재간으로 서로의 뜻을 관철하는 것이 어떻느냐?"

윤극사는 오른손을 펴 보였다. 머리카락보다 가느다란 은침 세 개가 놓여 있었다.

장성완이 미간을 찌푸리며 말했다.

"침으로 겨루자는 거냐? 너는 침이 통하지 않으니 이건 정당하지 못하다."

윤극사의 은침이 미치는 거리는 오 척(五尺)이 한계다. 삼 척(三尺) 안에 있는 것은 조약돌도 뚫지만 그후로는 급격히 약해져 오 척이 되면 겨우 살갗을 한 치쯤 파고들 수 있을 정도였다. 그러나 장성완은 지금 오 척 안에 있었다.

윤극사는 엄지와 검지로 세 개의 은침 중 하나를 문질렀다. 은침은 사라지고 장성완이 말하던 입 모양 그대로 굳어졌다.

나종보가 부르짖었다.

"너, 넌 무공도 익혔구나?"

두 번째 은침이 사라지고 나자 나종보가 목상처럼 굳어버렸다.

윤극사가 암울한 음성으로 말했다.

"사형들의 독약과 손을 가져가겠습니다."

손을 거둔다는 것은 자르겠다는 것과 같은 말이다. 의원이 손을 잘리고 나면 입만 의원일 뿐이다. 손으로 치료하지 않는 의원은 아무도 신뢰하지 않는다. 의원은 자기가 직접 손을 댐으로써 그만큼 책임도 지게 되기 때문이다.

곡우택이 얼굴을 실룩거리며 손을 들었다.

"대단한 재주군. 나도 피할 수가 없겠어. 해볼 것도 없이 극사 네가 이겼다, 이 머저리 변절자(變節者)야!"

순간 펑 하는 소리와 함께 앞이 하얗게 변했다. 윤극사는 눈을 가렸다. 옷에서 불길이 확 치솟았다.

"으하하하하! 우린 바보 멍텅구린 줄 아느냐?"

곡우택이 웃음을 터뜨리며 소리쳤다.

"가자!"

순간 문밖에 있던 몇 사람이 바람처럼 달려들어 와 곡우택과 나머지 네 사람을 붙잡고 창문 밖으로 나아갔다.

거의 동시에 한쪽 구석에 몰려 있던 기녀들이 뛰쳐나와 창문을 막아섰다.

지지지지직!

윤극사는 앞이 하얗게 되어 아무것도 볼 수가 없었다. 윤극사의 옷에 붙은 불은 기름 타는 소리를 냈다. 숨을 멈추고 품에 있던 청동검을 꺼내서 옷을 찢어벗었다. 그때 휘잉 하는 소리와 함께 무엇인가 윤극사를 향해 날아들었다. 얼떨결에 손에 들었던 청동검을 소리가 난 곳으로 휘둘렀다.

"으악!"

귀두도를 든 한 사람이 비명을 지르며 물러섰다. 윤극사의 청동검이 귀두도의 자루 부근을 베어버렸던 것이다.

시력은 이내 돌아왔다. 백초곡의 다섯 사형들이 있던 방은 사면에 불이 붙었다. 탁자 위의 독약들도 불타고 있었고 사람들은 보이지 않는데 윤극사는 알몸이었다.

손을 불속에 집어넣어 아직 타지 않은 약들을 꺼내 손에 쥐고 밖으로 뛰어나갔다. 실오라기 하나 걸치지 않은 그의 몸은 불그스름한 갈색을 띠었고 가슴에 붙어 있는 채미충은 불빛 속에서 꿈틀대는 듯이 보였다.

오른손에는 짧은 검을, 왼팔에는 소도와 약낭, 그리고 침통을 안고 뛰쳐나오는 윤극사의 모습을 보고 사람들이 기겁하며 피했다.

불이 난 기루는 아비규환의 지옥으로 변했다.

비명 소리와 '불이야' 하는 소리가 연이었으며 벌거벗은 채 누각 밖으로 달려나가는 사람은 윤극사뿐만이 아니었다.

마당으로 뛰쳐나왔을 때 마차가 가희원의 문을 부수며 밖으로 달려나갔다.

"불이야! 불이야!"

불길에 놀란 사람들이 소리를 지르고 불에 비친 그림자들은 망령처럼 주위를 일렁거렸다. 쏟아지는 비로 불은 크게 번지지 않고 누각 안만 태우고 있었다.

그들이 달아나고 있다. 말을 타고 쫓아가야겠다는 생각에 윤극사는 마구간으로 달려갔다. 마차가 있던 곳 옆의 마구간에서는 곡우택 등이 말을 꺼내고 문을 닫지 않았다. 뒤에서 '불이야' 하는 소리 속에 '도둑이야' 하는 소리가 들렸다.

윤극사가 마구간에 이르렀을 때는 말들이 미친 듯이 울부짖으며 피를 뿜고 쓰러지고 있었다. 곡우택은 떠나면서 윤극사가 쫓아오지 못하도록 남아 있던 말에도 독을 썼던 것이다.

윤극사는 속이 타서 발을 굴렀다.

마차는 폭우와 어둠 속으로 사라졌다.

윤극사의 패배였다.

은침으로 다섯 사람 중 네 사람을 제압했지만 그들은 정광조가 사용했던 것과 비슷한 독으로 근처에 모여든 사람들을 수족처럼 부렸고 윤극사를 불길에 휩싸이게 만들었다.

처음부터 그들이 전혀 손을 쓰지 못하도록 제압하려 하지 않았던 것은 아니지만 은침은 가까운 곳에서만 쓸 수 있었다. 남을 제압하는 수법은 윤극사에게 오직 그 은침술 하나뿐이었기 때문이다. 윤극사는 자기를 지킬 수 있고 혼돈석유로 만든 것이 아닌 한 대부분의 독을 해독할 수 있었지만 용독(用毒)의 재주는 없는 것이나 마찬가지였다.

서툴어도 너무 서툴렀다. 환자를 치료하는 것이 의서로 하는 게 아니듯이 싸우는 것도 생각으로 하는 게 아니었다. 결국 그들을 놓쳐 버리고 말았다.

이제 도망친 그들은 여태까지처럼 드러내 놓고 움직이진 않을 것 같았다.

쏟아지는 비를 고스란히 맞으면서 윤극사는 막막함을 느꼈다.

그들은 한 사람이 혼돈석유로 만든 약낭을 세 개씩 가지고 있었다. 그렇게 많은 독약을 가지고 벌일 일이 대체 어떤 일일지 생각하면 속이 떨렸다.

누가 '저놈이다!' 하고 외치는 소리가 들렸다.

돌아보니 한 여자가 윤극사를 가리키며 고함치고 있었다.

"저놈이 불을 질렀다!"

불은 빗줄기 때문에 거의 잡혔다. 화가 난 사람들이 윤극사를 에워싸고 몰려들었다. 가희원에서 일하는 사람들이었다. 그들의 손에는 닥치는 대로 연장이 들려 있었다. 불에 놀라고 흥분하여 두려움도 없어진 듯 보였다.

윤극사는 부끄러움으로 얼굴이 확 달아올랐다. 약낭으로 앞을 가리고 오른손의 청동검으로 가슴을 가렸다.

윤극사의 검을 보고 사람들이 함부로 달려들진 못했다. 그러나 뒤에서 한 사람이 먼저 달려들자 다른 사람들이 동시에 덮쳐서 윤극사를 꽁꽁 묶어버렸다.

청동검도 빼앗기고 소도와 약낭도 다 빼앗긴 채 윤극사는 광에 갇혔다. 사람들이 윤극사를 묶은 후에 그의 가슴에 있는 채미충을 발견하고 징그러운 모습에 치를 떨며 가까이 하려 하지 않았기 때문이다.

손과 발이 꽁꽁 묶였는데 아무리 힘을 써도 풀 수가 없었다. 어두운 광에서 윤극사는 좌우로 뒹굴면서 속에서 불이 나는 듯했다.

너무 한심해서 웃음이 나왔다. 잡아야 할 사람들은 잡지 못하고 오히려 자기만 발가벗고 꽁꽁 묶여 광에 던져진 신세였다.

가만히 누워서 어떻게 벗어나야 할까를 생각하고 있는 중에 광의 문이 열렸다. 횃불을 든 두 사람 사이에 이영이 서 있었다.

"영!"

윤극사는 놀라서 소리쳤다. 이영도 붙잡혀 왔구나 싶었던 것이다. 하지만 그렇진 않았다. 이영은 혼자 횃불을 가지고 들어와 윤극사를 묶은 줄을 끊고 옷을 건넸다. 이영의 옷이 비에 흠뻑 젖어 있다.

"어떻게 된 거예요?"

여러 가지가 궁금하여 윤극사가 옷을 입으며 물으니 이영이 작은 소리로 말했다.

"소신의가 무사해서 다행이에요. 빨리 나가요."

광 앞에는 기녀원의 사람들이 많이 모여 있었다. 그들 중 한 사람이 윤극사의 청동검과 소도, 은침, 약낭을 들고 있다가 건네주고 문밖까지 배웅해 주었다.

밤거리에 안개가 자욱했지만 비는 이제 그쳤다.

윤극사는 이영에게 어찌 된 영문이냐고 다시 물었다.

이영이 말했다.

"팔백 냥을 물어줬어요. 그 사람들이 피해액이 삼백 냥이고 한동안 영업을 못할 테니 오백 냥을 더 달라고 하더군요."

이영은 전낭에 남아 있던 돈과 자기가 지니고 있던 패옥으로 팔백 냥을 맞췄다고 했다.

이영이 웃으며 말했다.

"패옥은 돌 조각이니 쓸 데도 없는 것이지만 이제 우린 한 푼도 없는 알거지군요."

흥정의 결과야 원만하게 이뤄졌을지라도 과정이 쉬웠을 리 없다. 윤극사는 이영이 기녀원 사람들과 아주 피곤하게 입씨름을 했을 거라는 걸 알 수 있었다.

기어들어 가는 소리로 말했다.

"미안해요."

이영이 활짝 웃는다.

윤극사가 아주 진지한 표정을 지으며 이영에게 말했다.

"불 내면 안 되겠어요."

"풋!"

이영이 웃음을 터뜨렸다.

윤극사와 이영은 다시 화교를 건너갔다. 날이 희끄무레한데 맞은편에서 커다란 사두마차가 달려오고 있었다. 만원성에서 두 사람에게 내주었던 마차였다.

제10장 죽여야 한다.

대업을 위해서는 반드시 그를 죽여야 한다

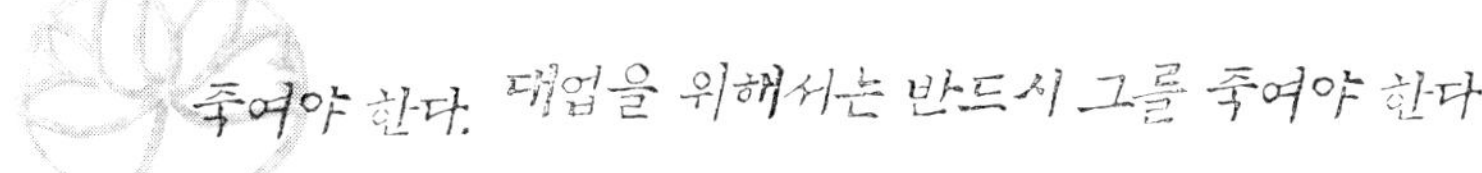


곡우택은 네 명의 무림인이 마차를 호위하며 달리게 했다. 윤극사에게 홍린홍백사(紅燐興白沙)를 뿌려서 불붙게 했지만 마음을 놓을 수가 없었다.

믿기지 않는 이야기지만 중악 백초곡에서 도망친 사람들의 말에 의하면 윤극사는 도검이 불침할 뿐만 아니라 어떤 독으로도 죽일 수 없다고 했다.

이청무가 백초곡에서 입김 한 번으로 수백 명을 죽였다는 말은 이미 전설이 되어 있다. 그 이청무가 뿜어낸 독을 해독한 것도 윤극사라고 했다.

곡우택은 자꾸 뒤를 살폈지만 윤극사가 쫓아오는 기색은 없었다. 홍린홍백사는 불이 붙은 채 사람이나 짐승의 몸에 닿으면 다 탈 때까지 절대로 꺼지지 않는 성질을 가지고 있었다.

"재가 되었을 거야."

곡우택은 윤극사가 그렇게 되었기를 바라면서 중얼거렸다. 윤극사가 살아서 직접 쫓아올 줄은 생각지도 못했던 일이다.

목석처럼 굳어 있는 네 사제들은 모두 지린내를 풍기고 있다. 급박한 중에 자기도 모르게 오줌을 쌌던 것이다.

곡우택은 아직도 입에 백령단(白靈丹)을 물고 있는 유수정의 손목을 잡고 맥을 살폈다. 그가 백령단을 교묘하게 사용했기 때문에 탈출할 수 있었다. 원래 유수정은 윤극사를 제압하여 부릴려고 백령단을 썼으나 실패했다. 그러나 백령단의 독기는 사방으로 퍼져서 오히려 그 방안에 있던 기녀들과 문밖으로 달려왔던 사람들을 모두 제압할 수 있었던 것이다.

백령단은 유수정이 썼으나 사람들을 제압한 것은 곡우택 뒤에 숨었던 꾀보 장성완이었다. 그가 은밀히 전음을 펼쳐서 사람들을 조종할 수 있게 했었다.

유수정의 몸에 박혀 있는 은침의 위치는 어렵지 않게 찾을 수 있었다. 곡우택은 소도로 상처를 내어 피와 함께 은침이 빠져나오게 했다.

"휘이요!"

막힌 혈도가 풀리자 유수정이 긴 한숨을 쉬면서 축 늘어졌다. 입에 물었던 백령단 때문에 숨소리가 이상했다.

곡우택은 기녀 한 명을 시켜서 유수정의 팔다리를 주무르게 한 후 장성완의 몸에서 은침을 뽑아냈다.

장성완은 유수정만큼 지치지 않아서 나종보의 혈도를 풀어주었고 그사이에 곡우택은 안진오를 회복시켰다.

모두가 살아 있었지만 놀란 가슴을 금방 가누지 못했다.

나종보가 물었다.

“사형, 극사 그놈은…….”

곡우택이 말했다.

“홍린홍백사에 맞았다. 타 죽었을 것이다.”

“우린 큰 공을 세운 것이오, 곡 사형!”

유수정이 기뻐하며 말했다.

“가까이 가지도 말라던 놈을 죽였으니 곡주님께서 가만히 계시진 않을 거요. 돌아가서 그놈 타 죽은 걸 확인합시다.”

곡우택도 고개를 끄덕이며 말했다.

“좋다. 하지만 그놈이 죽으면서 독을 뿜었다면 우리도 살아남지 못한다. 일단은 먼 곳으로 피해 있다가 한 사람만 돌아가서 확인해 보자.”

장성완이 눈을 힐끔거리며 말했다.

“오황신침이 그놈한테 있을지도 모르오.”

안진오가 언짢은 기색으로 말했다.

“장 사형, 극사 녀석은 바보라서 거짓말을 하지 않습니다. 그 녀석이 갖고 있지 않다고 했으니 없을 것입니다.”

장성완이 화를 내며 말했다.

“진오 너는 내가 오황신침에 욕심이라도 생긴 것처럼 말하는구나. 나는 오황신침을 가져가면 더 큰 공을 세우게 된다는 말을 하려던 참이야.”

안진오가 입을 다물었다.

장성완이 말했다.

“혹시 네 녀석은 그놈이 지껄인 소리에 마음이 동한 게 아니냐?”

“쓸데없는 소리 마라!”

곡우택이 버럭 소리쳤다.

"그놈 말은 틀린 게 없다. 다만 우리는 대업을 위해서 일시 그것들을 챙길 수가 없을 뿐이다. 함부로 말해서 곡주님의 원대한 꿈을 부끄럽게 만들지 마라."

"알겠소."

장성완이 볼멘소리를 냈다.

곡우택이 부드러운 음성으로 말했다.

"이번에 우리가 성공한다면 대업에 크게 기여하는 것이 된다. 큰일인만큼 위험도 많고 생각도 많을 것이다. 그러나 서로 조심하고 마음을 다스려 일을 그르치는 경우가 없도록 해야 한다. 진오는 옳은 말을 했지만 장 사제에게 조금 무례했다. 감정을 상하게 했으니 먼저 사과해라. 더구나 장 사제가 사람들을 조종해 놓지 않았더라면 우린 살아서 나오지도 못했을 거다."

안진오가 장성완에게 머리를 숙였다.

"제가 잘못했습니다."

장성완은 곡우택이 자기를 꾸짖은 후에 다시 치켜세우기까지 하자 마지못해서 안진오에게는 자기가 속이 좁았다고 말하고 곡우택에게는 경솔한 말을 했다고 사과했다.

곡우택이 한숨을 쉬고 말했다.

"모두 쉬어라. 여기서 십 리 안에 우리 명령을 듣는 양가보(楊家堡)가 있으니 그곳으로 가겠다. 극사 녀석의 일은 날이 밝은 후에 알아보자."

양가보로 가는 도중에 비가 그쳤다. 두 개의 야산 사이에 자리 잡은 양가보는 생석회(生石灰:산화칼슘. 석회석을 태워서 얻음)를 생산해서 중원 도처에 파는 것을 업으로 하고 있는 곳이었다. 양가보가 가까워지면서 석회 타는 냄새가 바람에 묻어났다.

마차가 많이 흔들렸다. 길이 젖어 물러진 곳이 많아졌기 때문이다.

윤극사가 이영에게 물었다.

"피곤하지 않아요?"

"괜찮아요."

이영이 말하며 생긋 웃는다.

윤극사가 힘없이 말했다.

"그들을 놓쳤어요."

이영은 대답 대신 또 방긋 웃었다. 마차가 기우뚱하며 윤극사의 까칠한 수염이 이영의 뺨에 닿았다.

이영이 윤극사의 귀에 대고 작은 소리로 말했다.

"소신의가 무사해서 다행이에요. 하지만 다시는 그러지 마요."

이영은 수혈을 눌러서 재운 후 찬청 구석방에 처박아놓은 일을 말하고 있었다. 윤극사는 아주 부끄러웠다.

"미안해요."

이영이 입술을 오므리며 눈으로 웃었다.

땅에는 어둠이 남아 있었지만 하늘이 밝았다. 마차는 관도를 가고 있는데 양쪽으로 들판 가운데 솟아 있는 산들과 언덕들이 보였다.

문득 이영이 윤극사에게 물었다.

"소신의, 그들이 어디로 도망쳤는지 알고 싶지 않으세요?"

"알고 싶어요."

윤극사가 있는 그대로 알아듣고 말했다.

이영이 작은 소리로 말했다.

"그럼 약속해 주세요. 다시는 찬청 구석방 같은 곳에 절 혼자 버려

두고 가지 않겠다고요. 그럼 말해 드릴게요."

"약속해요."

윤극사는 그녀를 혼자 버려두었다가 돌아가지도 못하고 오히려 광에 갇혔던 것이 미안하고 부끄러워서 빨리 대답했다.

그러자 이영은 마차의 오른편 앞쪽으로 다가오는 야산을 가리키고 웃으며 말했다.

"저 산 뒤에 숨어 있어요."

윤극사가 긴가민가하여 소처럼 눈을 끔벅인다.

이영이 또 말했다.

"저 산 뒤에는 산이 하나 더 있어요. 그 사이에 양가보라는 곳이 있는데 그들은 양가보 안에 숨었어요."

"영."

윤극사는 이영이 자기를 놀리는지 정말을 말하는지 분간이 되지 않았다. 이영의 얼굴에 장난기가 어려 있는 것 같아서 더 종잡을 수 없었다.

이영이 장난스럽게 물었다.

"정말 그들이 양가보에 있다면 어떻게 하시겠어요? 양가보에 불을 지르고 그들이 도망쳐 나오면 붙잡을 건가요?"

윤극사의 얼굴이 붉어졌다.

"불은 지르지 않아요."

가회원에서도 자기가 불을 낸 것이 아니라 하고 싶었지만 그렇게 말하는 것도 부끄러운 일이었다. 가회원에서 불이 난 데는 그도 기여한 바가 없다고 할 수 없었다.

마차가 조금 더 가자 야산 뒤에 겹쳐 있던 다른 야산이 보이고 그 사이에 웅대한 장원이 어둠 속의 짐승처럼 웅크리고 있는 것이 보였다.

최소한 양가보가 그곳에 있다는 이영의 말은 사실이었다. 윤극사는 가슴이 급하게 뛰었다.

"영, 영은 아까……."

이영이 살며시 웃었다.

"맞아요. 찬청 곁방에 잠들어 있었어요. 한데 편히 자기엔 너무 소란스럽더군요. 밖으로 나와보니 불이 났고 놀란 말은 날뛰는데 여러 사람이 마차를 타고 달아나는 게 보였어요. 그래서 따라갔어요."

윤극사가 화난 표정을 지었다. 안전한 곳에 있으라고 수혈을 눌러 재워뒀는데 오히려 더 위험한 일을 했다.

백초곡의 다섯 의원이 얼마나 위험한 사람들인지를 생각하면 화도 나고 가슴도 떨렸다.

이영이 윤극사의 눈치를 살피며 조그맣게 말했다.

"멀리서 말발굽 소리만 듣고 따라갔어요. 화내지 말아요."

윤극사는 그녀가 고마웠으나 고맙다는 말을 할 수가 없었고 화가 났으나 화를 낼 수도 없었다. 달아난 곡우택 등의 행방을 알았으니 반가웠지만 반가워하지도 못했다.

"휴~"

윤극사는 나직하게 한숨을 내쉬었다.

이영이 마차를 세우고 약 상자와 옷을 싼 보자기를 내린 후 윤극사의 옷 한 벌을 꺼내 관원에게 감사를 표하고 돌아가게 했다.

옷은 비싸다. 입에 풀칠하고 사는 사람들 중에서도 옷을 여러 벌 가지고 있는 사람은 드물다. 대부분 하급 관원도 많아야 두 벌이었다. 여자들의 경우에는 십수 년 동안 같은 옷만 입어서 치마가 무릎까지 올라간 경우도 적지 않다.

관원이 황송하여 어쩔 줄 몰라 하며 받아서 돌아갔다.

관도에서 양가보까지는 곧은 길이 나 있었지만 윤극사와 이영은 먼저 양가보 오른쪽에 있는 야산으로 갔다.

산에서 양가보를 내려다보니 불이 밝혀진 곳이 여러 군데였다. 하인들이 일어나 움직이기 시작한 것 같았다.

이영은 윤극사에게 그들을 어떻게 할 거냐고 물었다.

윤극사가 대답했다.

"그들은 재주를 나쁘게 썼어요. 독약과 재주를 모두 빼앗아 없애야 해요."

"재주를 빼앗아요?"

이영이 물었다.

윤극사가 '그래요' 하고 대답했다.

윤극사는 이영을 데리고 산을 내려가 양가보에서 산으로 나 있는 작은 문 앞으로 갔다. 이영이 작은 소리로 말했다.

"개가 있어요."

돌연 담장 안쪽에서 왕왕 하고 개 짖는 소리가 들렸다.

윤극사는 나직하게 휘파람을 불었다. 이내 개 짖는 소리가 낮아지더니 잠잠해졌다.

이영이 신기한 표정을 지으며 물었다.

"소신의, 휘파람 소리로 개를 재울 수도 있는가요?"

"그럴지도 몰라요."

윤극사가 작게 대답했다.

"하지만 내가 개들을 재운 건 약이었어요."

이영은 윤극사가 독을 쓰거나 할 때마다 휘파람을 불었던 것을 기억해 내고는 고개를 끄덕였다.

양가보의 담은 높고 담장에는 쇠못이 박혀 있었으며 잠겨진 쪽문은 두꺼웠다. 윤극사는 품에서 청동검을 꺼냈다.

이영은 속으로 윤극사가 무공을 몰라도 참으로 모르는구나 하고 생각하며 말했다.

"소신의, 그렇게 무딘 검으로는 문을 부술 수가 없어요."

"있어요."

윤극사는 낮은 음성으로 속삭이듯 대답하면서 청동검을 두터운 문에 대고 밀었다. 그러자 소리도 없이 청동검이 문으로 스며들어 갔다.

이영은 깜짝 놀랐다. 윤극사는 힘을 쓰는 것처럼 보이지도 않았는데 두께가 한 자나 됨 직한 문을 청동검이 관통해 버린 것이었다. 은침이 조약돌을 뚫던 것과 달라 보이지 않았다.

그러나 은침은 털끝보다 가는 것이라 윤극사의 말처럼 기운의 흐름을 잡고 찌르면 그럴 수도 있지만 검을 찔러 넣기 위해서는 큰 기운이 필요하다.

아이가 돌은 집어 던질 수 있지만 바위를 던질 수 없는 것과 마찬가지 이치다.

윤극사가 검을 다시 뽑아 품에 간직했다. 그때 자세히 보았지만 칼집도 필요없을 만큼 무딘 날을 가진 청동검일 뿐이었다. 하지만 그 청동검은 한 자 두께의 문 뒤에 걸려 있던 쇠로 된 빗장까지 소리없이 잘라놓았다.

윤극사에게 무슨 힘이 있어서 그렇게 할 수 있는지가 놀라웠다.

윤극사는 문을 밀고 들어갔다. 양가보 뒤쪽 구석진 곳이라서 그런지 근처에 개집은 보였지만 사람은 없었다.

윤극사는 마치 제집 안마당을 걷듯이 성큼성큼 걸어갔다.

이영이 따라가며 소리를 낮추고 물었다.

"어떻게 그들을 잡을 작정이세요, 소신의? 양가보엔 무사들도 적지 않답니다."

윤극사가 말했다.

"영이 도와줘요."

윤극사와 이영은 일하는 하인을 붙잡아서 곡우택 등이 머물고 있는 귀빈각(貴賓閣)의 위치를 알아냈다.

하인들만 보이고 무사들은 보이지 않는다 싶었는데 양가보의 모든 무사들이 귀빈각을 삼중 사중으로 에워싸고 있었다.

어림짐작으로도 이백 명이 넘었다.

윤극사는 개를 재웠던 것과 같은 수법으로 휘파람을 불었다. 구소술로 십독십이약을 펼친 것이다.

나직한 휘파람 소리가 땅에 깔리듯이 흐르자 귀빈각을 호위하던 사람들이 하나둘 잠이 들었다. 개가 짖던 소리를 그치고 잠든 것과 같았다.

귀빈각 주위는 일각도 되지 않아 쥐 죽은 듯 고요해졌다.

이영은 제세원의 제일 신의 이청무가 혼자서 독을 뿜어 백초곡의 사람들을 모두 죽이려 했다는 그 말이 피부에 와 닿았다.

백초곡이든 제세원이든 그곳의 의원들은 사람을 살릴 때는 한 번에 한 사람씩밖에는 못 살리지만 죽이려 할 때는 한 번에 수백, 수천 명도 죽일 수 있을 거라는 생각이 들었다.

윤극사는 잠들어 버린 무사들 사이로 빠르게 걸었다. 낮게 흐르는 새벽 공기에 사람을 재울 수 있는 기운을 실어서 보냈지만 윤극사는 아직도 원하는 곳에 그 기운을 집중시킬 능력은 없었다.

그 기운을 귀빈각 안으로 많이 보내려고 애는 썼지만 얼마나 그곳에 닿았을지 윤극사는 알지 못했다.

손에 침통을 들고 귀빈각 안으로 들어갔다. 복도에 쓰러져 있는 기녀의 모습이 보였다. 유수정의 백령단에 제압되어 가희원에서 그곳까지 따라온 기녀였다.

윤극사는 안도했다.

기녀가 잠이 들었으면 귀빈각 내의 다른 사람들도 잠이 들었을 가능성이 많았다. 여러 개의 방 중 하나의 문을 열었다.

이불을 목까지 올려 덮고 잠들어 있는 나종보가 보였다.

윤극사는 나종보의 곁으로 가서 그의 기억을 씻어버리는 침술을 머리에 펼쳤다. 처음 그가 그 수법을 보았을 때 그 수법은 길어야 두세 시간의 기억을 씻을 수 있는 것이었지만 윤극사는 똑같은 수법으로 침이 꽂히는 깊이와 기운을 조절하여 모든 기억을 지워 버릴 수도 있게 되었다.

시술을 받은 사람은 자기가 기억을 잃어버렸다는 사실조차 모른다. 다만 뭔가를 기억하려고 하면 건망중에 걸린 사람처럼 꼭 그것만 기억나지 않게 되는 것이다.

윤극사는 나종보에게 시술한 후 옆방으로 갔다. 유수정 역시 머리만 내놓고 잠들어 있었다. 유수정에게도 똑같은 시술을 했다. 세 번째 방에는 안진오가 이불을 목까지 당긴 채 자고 있었다.

윤극사는 뭔가 잘못되었다고 생각 들었지만 뭐가 잘못되었는지 알 수 없었다.

이영이 윤극사에게 물었다.

"소신의, 백초곡 의원들은 잘 때 반드시 이불을 목까지 덮는가요?"

“아니에요.”

윤극사는 머리를 저었다. 그리고 불현듯 스치는 생각에 안진오의 이불을 확 잡아당겼다. 윤극사가 지그시 입술을 깨물며 말했다.

“속았어요, 영. 이 사람들은 가짜예요.”

윤극사는 안진오의 목 밑으로 손을 넣어서 얼굴로 끌어 올렸다. 인피면구가 벗겨지며 낯선 사람의 얼굴이 나타났다.

이불로 몸을 가리지 않았더라면 얼굴 생김이 어떻든 한눈에 알아보았을 것이다.

윤극사는 밖으로 달려나갔다. 쓰러져 있는 무사들을 뛰어넘어서 무작정 달렸다. 양가장의 하인들이 윤극사를 보고 누구냐고 고함치며 달려들었다.

윤극사를 뒤따라오던 이영이 앞으로 나서며 그의 발을 걸어서 위로 당겼다. 그자가 윤극사의 발 앞에 코를 찍으며 엎어졌다.

“아코!”

다른 사람들이 멈칫했다.

“곡 사형! 장 사형! 안 사형! 유 사형! 나 사형!”

윤극사는 쓰러진 사람을 껑충 뛰어넘고 달리며 고함쳤다.

“피해도 소용없어요! 전 끝까지 따라가겠어요! 사형들이 하려는 못된 짓을 막고야 말겠어요!”

근처에 있던 사람들이 귀를 막았다. 윤극사의 고함 소리는 두 야산이 만든 골짜기를 가득 메우고 메아리쳤다. 한 무리의 사람들이 동시에 지른 함성 같았다.

곡우택과 장성완 등은 야산을 넘어서 도주하다가 윤극사의 고함 소리를 들었다. 끝까지 따라오겠다는 말에 다들 모골이 송연했다. 아무도 입을 열어 말하지 못했다.

윤극사가 홍린홍화사에도 불타 죽지 않았다는 사실이 놀라웠고 폭우 속을 도망쳐서 숨은 양가보까지 쫓아왔다는 사실도 놀라웠다.

그들은 대임을 앞두고 만에 하나의 차질도 방지하기 위해서 가짜에게 인피면구를 쓰고 귀빈각에 자게 했으며 또한 잠들기 전 코밑에 제향금장액(除香禁障液)을 바르고 잤다.

제향금장액은 자는 도중에도 미혼산을 비롯한 온갖 종류의 독분에 당하지 않게 해주는 물약이었다.

독이나 꽃 향기 같은 복잡한 성분의 냄새가 제향금장액에 닿으면 강한 자극성을 가지게 되어 사람이 깨어나게 된다.

장성완의 그런 준비가 그들을 살렸다고 해도 과언이 아니었다.

윤극사가 들어갔던 제일 귀빈각 바로 뒤에 있는 제이 귀빈각에서 자던 그들은 코밑이 따가워서 잠이 깼고 낌새를 알아채자마자 즉시 달아날 수 있었던 것이다.

곡우택은 마차를 두고 간다는 사실에 속이 쓰렸지만 그것에 집착할 수만은 없다고 생각했다. 양가보의 보주(堡主)에게 마차 속의 물건들을 보내라는 내용의 편지를 적은 전서구를 보내는 편이 나을 것 같았다.

'지독한 놈!'

곡우택은 윤극사가 두려우면서도 반드시 그를 죽여야겠다고 결심했다. 지금까지도 그놈을 죽이려 하지 않았던 것은 아니었다. 그러나 방법을 바꾸고 강도를 바꿔서라도 반드시 그놈을 죽여야 한다. 반드시 죽여야 한다고 곡우택은 속으로 부르짖었다.

변했다는 것은 들어서 알고 있었지만 아직까지도 백초곡 사람들의 마음속에서 윤극사는 계집애같이 순하고 마음 약한 어린아이였다.

'죽여야 한다. 대업을 위해서는 그 녀석을 죽여야 한다.'

곡우택은 죽여야 한다고 입속으로 되뇌이면서도 어릴 적 윤극사가 물가에서 가재를 잡던 모습을 떠올렸다.

손가락을 물려 앙앙 울면서도 윤극사는 가재를 떼내지 못했다. 가재가 집게발이 끊어져 죽을까 싶어서 못 떼던 그런 녀석이었다.

그때 한창 때였던 곡우택은 제세원에서 공부를 마치고 돌아와 다른 곳으로 떠나기 전까지 윤극사에게 가재를 잡아주기도 하고 심심풀이로 놀리기도 하며 무료함을 달랬었다.

윤극사는 놀리고 때리면 울기는 해도 미워할 줄 모르는 녀석이었다. 손을 내밀면 금방 웃으며 마주 손을 내밀었다.

끝까지 따라오겠다는 지금 같은 모습이 아니었다. 오히려 지금은 눈빛조차 두려움에 떠는 나종보가 그때의 윤극사 같아 보였다.

곡우택은 네 사람을 거느리고 경신술을 펼쳐 관도를 피해 구릉 지대로 들어가 두 통의 편지를 써서 전서구에 달아 날려 보냈다.

한 통은 양가보에 보내는 것이었고 한 통은 곡주에게 보내는 것이었다. 곡주에게 보내는 편지에는 윤극사를 죽이지 않으면 젊은 사람들과 어린것들이 동요할 것이라고 썼다. 하지만 동요하는 것은 그들뿐 아니라 늙은 사람들과 백초곡에서 살아서 도망친 중년층까지 포함될 것임에 틀림없었다.

곡우택 등은 바람 소리만 들려도 윤극사가 뒤쫓아오는 게 아닌가 싶어서 움찔움찔 돌아보곤 하면서 아침 해를 등지고 달려갔다.

제11장 내 마음은 이것입니다

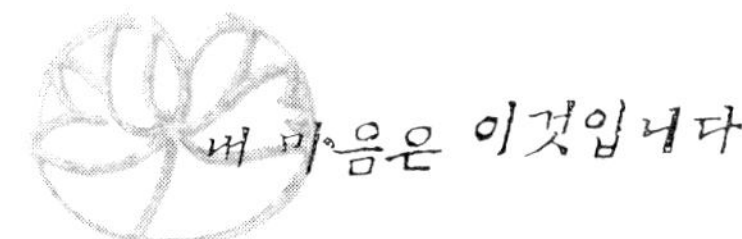



담장 아래로 길을 따라서 흰 국화가 피어 있었다. 동쪽 하늘이 벌겋게 달아오르고 서쪽 하늘은 꼭대기가 밝았다.

선선한 가을바람이 불었다.

윤극사는 백초곡의 다섯 사형들이 이미 멀리 사라지고 있을 것이라는 생각과 함께 자기가 선 곳이 어딘가를 알았다.

해가 뜨려는 시간, 양가보라는 낯선 곳, 국화가 피기 시작하는 계절, 쫓다가 길을 잃어버린 장소, 그리고 갈 곳을 잃어버린 윤극사 자신이 있었다.

껍질만 남고 속이 녹아서 어디론지 함몰되어 버린 것 같았다. 윤극사는 껍질만 남아서 공기처럼 가벼웠다.

"비켜요."

소리도 바람 소리처럼 새어 나왔다.

막아섰던 사람들이 작은 소리에도 참새처럼 화들짝 놀라며 길을 열었다.

윤극사는 아무것도 보지 않고 휘적휘적 걸어서 양가보를 나왔다. 그가 아무것도 보지 않은 것처럼 다른 사람들도 윤극사를 보이지 않는 존재처럼 대하며 길을 비키고 문을 열어주었다.

자기 속에 빠진 듯, 또는 자기를 빼버린 듯한 윤극사의 모습은 초췌했지만 탈속(脫俗)했다. 울고 나서 물로 얼굴을 씻은 아이 같은 표정으로 윤극사는 걸어갔고 이영은 바늘에 묶인 실처럼 따라갔다.


윤극사와 이영은 서로 논의한 바는 없었지만 곡우택 등이 왔던 행로의 연장을 따라갔다. 막연하게나마 그 길로 가다 보면 다시 마주칠 것이라 생각했다.

그렇게 사천성의 큰 도시인 남충(南充)까지 관도를 따라왔다.

오는 도중에 윤극사는 백초곡 의원들의 일은 잊어버린 것처럼 입 밖에 내지 않았다. 두 사람은 무작정 걸었고 걷다가 마을을 만나면 환자를 수소문했다.

미덥지 않은 떠돌이 의원에게 환자를 보이지 않으려는 사람들도 없진 않았으나 대체로 먼 데 의원이 용하다는 말이 있는 만큼 혹시나 하고 보게 해주었다.

의원이라는 깃발을 세우고 약장수 같은 행각을 했던 처음에 비하면 장족의 발전이었다.

환자를 한 사람만 찾아가면 대개 숙식을 해결할 수 있었고 다른 환자들이 그 집 앞으로 몰렸다. 한곳에서 머무르는 기간은 대파산을 넘어오기 전과 똑같았다. 대부분의 경우 하루를 머물고 다른 마을로 갔다.

길가에 아무렇게 자라난 풀들을 뽑아서 물가에 앉아 돌로 찧어 약을 만드는 경우도 있었고 어떤 곳에서는 흙을 입에 넣고 한참을 씹기도 하는 돌팔이나 다름없는 짓도 했다.

참으로 이상한 일이었다.

화교에서 남충까지 사백 리 길을 한 달이나 걸려서 가며 날마다 환자들을 돌봤지만 돈은 모이지 않았다.

객점에 들지 않고 환자의 집에서 침식을 해결했으니 마땅히 쓸 데도 없었는데 수중에 돈은 없었다.

짐을 싣고 이영을 태울 나귀 한 마리 살 만큼도 되지 않았다.

사람들이 조금씩 놓고 간 돈은 아이들이 밀전병 하나둘 사 먹을 정도밖에 되지 않았기 때문이다.

가난한 사람들은 말할 것도 없고 옷을 잘 차려입은 사람도 비슷하거나 조금 낫게 놓을 뿐이었다.

사람들은 떠돌이 의원이 와서 오래된 병을 치료해 주더라도 자기의 행운으로 생각하는 것 같았다. 행운에 대해서 대가를 지불하려는 사람은 거의 없다.

이영은 그마마 조금씩이라도 사람들이 놓고 가는 것이 손이 부끄러워서라는 걸 알았다. 사천 사람들은 다른 데 사람들과 다른가 싶기도 했다. 등봉현에서와는 비교조차 할 수 없고 대파산 너머의 산서성(山西省)에서와도 아주 달랐다.

푼돈들이 쌓여서 조금 모였다 싶을 때는 준비했던 약재들이 거의 다 떨어져서 사야만 했다.

의원이 돈을 모으기 위해 일하는 직업은 아니다. 더구나 윤극사와 같은 제세원의 의원은 두말할 나위도 없다.

하지만 이상해도 너무 이상했다. 윤극사는 생명이 경각에 달려 죽어 가는 사람들도 여럿 구했다. 그들도 이영의 눈치를 보며 내놓은 돈은 밀가루 꿀떡 한두 개 값이었다. 약속이나 한 것 같았다.

이영은 의술의 값이 헐한 것인지 사람의 목숨과 건강의 값이 헐한 것인지를 알 수 없었다. 약재를 살 수 없어서 풀을 찧어 만든 약을 줄 때면 무엇이 옳은지에 대해서 혼동되었다.

그러던 어느 날 이영은 환자에게 약을 건네주고 잠시 소피(小避) 보러 나갔을 때 담장 밖에서 주고받는 말소리를 들었다.

"얼마면 돼?"

"아, 알아서 줘. 내가 이걸로 장사하나?"

"의원한테는 얼마를 줘야 하지?"

"맘대로 놓고 나와. 보통 두 푼을 주는 것 같더라고."

묻는 사람은 이영이 누군지 모르는 사람이고 대답하는 사람은 그들이 지난밤에 머문 그 집의 여주인이었다.

바깥 주인이 산에서 굴렀는데 상처는 나았지만 힘을 쓰지 못하고 병신처럼 누워 있는 걸 윤극사가 지난밤에 치료했었다.

경저(經低:경맥 아래)에 피가 고여 있었기 때문에 옛 침법으로 경(經)을 찔러 피를 뽑아내는 수법을 썼었다.

여주인은 그 집으로 찾아오는 환자들에게 돈을 받고 있었다. 집을 빌려주고 의원에게 밥을 주기 때문이라는 말이 포함되어 있었다.

이영은 그들이 주고받는 말에서 윤극사가 의원이 아닌 점쟁이로 그들에게 인식되고 있음을 알았다.

속에서 분노가 치밀었다. 오는 도중 어디서나 비슷한 상황이었던 것 같았다.

환자들과 환자의 보호자들은 윤극사 앞에서 제발 낫게 해주십사 하고 애원했으나 돌아서서는 나으면 다행이고 하는 식으로 윤극사를 하찮게 보고 이죽거렸다.

점쟁이를 대하는 것과 다름없다.

이영은 한숨을 내쉬었다. 사천을 빨리 떠나고 싶었다.

방 안에서 들려오는 윤극사의 말은 심혈(心血)이 휴손(虧損)하여 심계(心悸:가슴이 심하게 두근거림)하고 이경(易驚)하니 양혈안신(養血安信)의 법(法)을 써야 한다는 소리다.

처음으로 윤극사의 말이 점쟁이가 주절주절 늘어놓는 말처럼 들렸다. 예, 예 하며 대답하는 환자와 보호자의 소리도 점쟁이 앞에 앉은 사람들 같다.

무슨 말을 하든 점쟁이 앞에서 사람들은 예, 예 하며 굽신굽신한다. 참으로 한심하고 불쌍했다. 큰 뜻을 지니고 의술을 펴는 사람을 천하게 대하는 사람들은 얼마나 천한 사람들인가 하고 생각했다.

그렇게 천한 사람들의 상처에 든 고름을 짜고 입으로 빨아내며 고약을 붙여주는 윤극사의 천한 행동은 아주 고귀하거나 몹시 어리석거나 둘 중의 하나, 아니, 어쩌면 둘 다일지도 몰랐다.

“바보 같은 사람……”

이영은 그렇게 말한 후 참으려고 했지만 참지 못하고 결국 눈물을 조금 흘리고 말았다.

큰 남자는 여자를 지키고 더 큰 남자는 여자가 지켜야 한다던 두 분 어머니의 말씀이 가슴에서 들려왔다.

이영은 자기가 아니면 바보 같은 윤극사를 지켜줄 사람이 세상에 아무도 없을 것 같았다. 아무도 몰라주는 사람을 여자 혼자서라도 알아주고 보듬어주지 않으면 안 된다. 산천에 이름없이 묻혀서 흙이 될지라도 세상에 오직 한 사람, 그를 알아주는 사람이 되어야 한다.

큰 남자는 여자가 지켜야 한다고 하는 말의 의미가 이런 것이구나 하고 생각하니 뼈가 저렸다.

그것이 닷새 전의 일이었다.

"소신의!"

남충의 성문을 들어서면서 이영이 윤극사에게 말했다.

윤극사는 등에 진 약 상자를 추스르며 물었다.

"영, 힘들어요?"

"예."

이영이 대답했다.

윤극사는 힘드냐고 묻기는 했지만 처음으로 이영에게서 힘들다는 대답을 들었다. 다른 사람의 이목에 아랑곳 않고 이영의 손을 잡았다.

이영은 긴 여행에 지치고 힘도 들었지만 무엇보다도 사람들에게서 떨어져 윤극사와 함께 쉬고 싶었다.

만원성을 떠난 후 처음으로 객점을 찾았다. 그동안은 곡식이 한 켠을 차지하고 있던 농가의 구석진 방에서도 잤고 침상이 아닌 의자에 몸을 기대서 자기도 했다.

이영은 물을 데워 자기가 먼저 씻은 후 윤극사가 목욕을 하게 하고 오후라 한적해진 객점의 주방 한 켠에서 윤극사가 먹을 음식을 직접 만들었다.

다니면서 얻어먹는 음식이 입에 맞았을 턱이 없다. 나무껍질에 소금 뿌려 먹는 양 습관적으로 씹어서 삼켰을 따름이다.

고기를 볶고 탕을 끓이고 전을 부쳤다.

"인물 고운 색씨가 요리 솜씨도 아주 좋구면."

주방 한 켠에 퍼질러 앉아 늦가을 햇살을 쬐던 주방장이 농지거리를 걸어왔다. 힘없이 산다는 게 이런 것이다. 야릇한 눈길로 보는 젊은 사람이나 음험한 눈빛을 비치는 늙은이들도 적지 않게 봤다.

가슴에 맺히는 쌍소리를 하는 자들이 세상에는 그렇지 않은 자들보다 많았고 젠 체하는 선비들 중에서도 부채 뒤로 눈을 힐금거리는 자들이 적지 않았다.

윤극사가 곁에 버티고 있지 않았고 자신에게 스스로를 지킬 만한 힘이 없었더라면 얼마나 더 험한 꼴을 보고 험한 삶을 살고 있을지 모른다.

이영은 전을 뒤집던 주걱을 칼로 착각한 것처럼 휘둘러 쇠의 다리뼈와 고기를 한꺼번에 잘랐다.

탁탁 하고 주걱이 도마에 부딪치는 소리와 함께 잘려진 소뼈가 옆으로 튀었다.

주방장의 안색이 하얗게 질렸다.

이영은 윤극사와 함께 여행하며 살아오는 동안 몸과 마음이 자란 것보다 훨씬 더 억세지고 강해졌다.

이영은 뼈를 갈아서 고기와 섞어 전을 몇 개 더 부친 후 주방장에게 머리를 숙이고 밖으로 나왔다.

점원에게 음식들을 술과 함께 방으로 가져다 달라고 했다. 올라오면서 전낭을 열어 확인해 보니 사흘은 견딜 수 있을 것 같았다.

윤극사는 그사이에 몸을 씻고 책에 뭐라고 적고 있는 중이었다.

윤극사는 이영을 뒤따라온 점원들이 차려놓는 음식을 보고 오히려 불안한 기색이다.

돈이 거의 없다는 것을 윤극사도 알고 있는 때문이었다.

점원이 나간 후 이영은 윤극사에게 술을 따라주었다.

"영, 왜 이래요?"

윤극사가 불안한 표정으로 물었다.

이영은 미소를 지었다.

"소신의가 그토록 애를 썼지만 이곳 사천 땅에서는 알아주는 사람도 없고 위로해 주는 사람도 없었어요. 그래서 제가 소신의를 위로하려고 해요."

윤극사가 얼굴이 빨개졌다.

"난 위로받을 일이 없어요."

이영이 두 손으로 잔을 건네며 미소를 짓고 말했다.

"아버지께서 말씀하셨어요, 대장부는 술을 마셔야 한다고."

윤극사가 웃었다.

"난 대장부가 아니에요. 심약한 졸부(拙夫:졸장부)죠."

이영이 웃었다.

"이곳에 도읍을 틀었던 촉한(蜀漢)의 소열황제(昭烈皇帝:삼국지의 유비)도 심약하여 통곡하고 우는 데 명수였지만 삼국의 영웅으로 꼽지요. 거칠고 투박한 자만 대장부라 일컬을 수 있다면 송태조(宋太祖:조광윤) 같은 이들도 대장부라 말할 수 없지요."

윤극사는 풍류와 거리가 멀고 멋이 없는 사람이다. 이영이 평소 하지 않던 짓을 하자 술잔을 받고도 불안해한다.

그러나 자기를 위하려는 이영의 마음을 알아차리고는 바보같이 눈에 눈물을 글썽였다.

이영이 말했다.

"대장부는 슬픈 일이 있어도 한잔 술로 털어버리고 기쁜 일이 있어도 한잔 술로 기뻐할 뿐 오래토록 마음에 담아놓지 않는다는군요.”

“술을 마시면 감정과 생각이 빨리 달아나요.”

윤극사가 말하며 이영의 빈 잔에 술을 따랐다. 이영이 살포시 웃었다. 술잔을 주거니 받거니 하는 것을 윤극사도 보긴 봤구나 싶었다.

이영은 그가 준 잔을 손바닥에 받치고 말했다.

“지켜야 할 만큼 소중한 감정과 생각이라면 술에 날아가지는 않겠지요.”

“명정(酩酊:술에 취함)은 오래가지 않아요. 길어도 이틀이면 원래대로 돌아와요.”

윤극사가 말했다.

이영은 술잔을 입가에 대고 웃으며 말했다.

“그럼 술은 보밴가 봐요. 지켜야 할 것은 남겨놓고 쓸데없는 것은 비워서 사람이 변하지 않고 한마음으로 살게 해주는군요.”

윤극사가 잠시 생각하다가 말했다.

“영의 말이 맞아요. 지키려 하는 사람은 술을 마셔야 하고 바꾸고 변해야 할 사람은 마시지 않는 게 좋겠어요.”

이영은 술을 입술에 머금었다. 술이 입 안을 데우고 속을 뜨겁게 했다. 얼굴이 화끈거렸다. 윤극사도 잔을 비운다. 얼굴을 찡그린다. 술이 쓰다. 이영은 윤극사의 잔에 술을 채웠고 윤극사는 이영의 잔을 채웠다.

서로 마주 보며 빨개진 얼굴로 연거푸 세 잔을 비웠다.

이영이 발그스레한 볼을 두 손으로 감싸고 말했다.

“세 잔이나 마셨으니 이제 제 마음은 영원히 변치 않겠어요, 소신의. 그들이 아무리 천하게 굴더라도 참고 견딜 수 있을 거예요.”

윤극사는 한숨을 쉬며 말했다.

“영은 너무 고생했어요.”

이영이 고운 이를 드러내고 웃었다. 윤극사 앞에서 입을 가리지 않고 웃는 것도 처음이다. 다시 술을 두 잔이나 비웠다.

윤극사가 좌우로 흔들렸다. 바로잡아 주려고 손을 뻗어도 잡기가 쉽지 않았다. 벽과 바닥도 윤극사와 함께 흔들렸기 때문이다.

겨우 윤극사의 어깨에 손이 닿았다. 윤극사가 두 팔로 감싸고 있었다. 볼이 윤극사의 턱에 닿았다. 온몸에 힘이 빠져서 일어날 수가 없었다. 그대로 가만히 있었다.

윤극사는 이영을 감싼 채 술을 마셨다. 마실 줄 알아서 마시는 것도 아니었다. 입에도 썼지만 그 쓴맛이 세파에 시달린 몸에서 시름을 덜어내는 것 같았다.

이영이 윤극사를 올려다보면서 붉은 입술로 미소 지으며 중얼거렸다.

“세상엔 나쁜 것 천지예요.”

윤극사가 웃었다.

이영이 또 말했다.

“좋은 것들은 보이지 않는 데 감춰져 있대요.”

이영의 새근거리는 숨소리가 턱 밑에 닿는다. 입을 거쳐서 전해오는 술 냄새가 향기로웠다.

이영은 윤극사의 품을 벗어나며 말했다.

“소신의, 변치 않는 제 마음이 어떤 것인지 아세요?”

“몰라요.”

윤극사는 미안한 표정을 지으며 말했다.

이영은 귓속말을 하려는 듯 손을 입가에 댔다. 윤극사가 귀를 가져갔다.

이영이 말했다.

"제 마음은 이것입니다."

이영은 윤극사의 뺨에 입을 맞추었다. 윤극사는 가슴이 뜨거워져 이영을 안으려 했다. 순간 이영이 참새처럼 폴짝 뛰어 물러섰다.

이영이 취하여 발그스레한 얼굴에 완강한 미소를 지었다. 이영이나 윤극사나 남녀의 일을 모를 나이가 아니었다.

윤극사는 숨을 들이쉬고 내쉬어 마음을 가라앉혔다. 이영이 분홍색 얼굴을 흔들면서 다가와 윤극사와 나란히 앉았다.

창문으로 늦가을 해에 영근 선선한 바람이 들어왔다. 함께 앉아서 바람을 맞고 노을 속에 잠기는 가을을 맞았다. 잔을 채우고 비우면서 밤을 맞았다.

쉰다는 것은 멈추어서 자기 뒤에 있는 시간을 앞에 세우는 일. 냇가에 서서 흐르는 물을 관조하는 것과 같은 것. 윤극사와 이영은 뜨거운 물속에 녹아드는 평화(平和)를 느꼈다. 그들만의 평화였다.

가을 하늘은 밤에도 높은데 둥그런 달이 창밖 회나무 가지 위에 걸려 있었다.

윤극사는 곡우택과 장성완, 안진오, 유수정, 그리고 나종보를 떠올렸다. 그들이 어디서 무슨 일을 꾸밀 것인지 불안했지만 다시 찾는다는 것은 불가능할 거라 생각했다.

'청동봉 여우가 이렇게… 간 빼먹는다, 간!' 하며 옛날 윤극사를 놀려댔던 안진오의 음성이 귀에 들리는 듯했다. 안진오는 윤극사에게 청동봉 여우 이야기와 여의주 이야기를 자주 해주곤 했었다.


"청동봉에 사는 백 년 묵은 여우는 꼬리가 세 갠데 살구씨를 보고 앞으로 가지도 못하고 뒤로 가지도 못하고 뱅뱅 돌다가 마침내 품고 말았어. 여우는 살구씨로 여의주를 만들거든. 여의주를 가지면 둔갑해서 사람도 되고 하늘로 올라가 선녀도 될 수 있어."

"그럼 살구씨가 많으면 좋겠네요?"

"이런 바보 녀석아, 여의주는 하나만 있어도 뜻대로 다 되는데 무엇하러 힘들게 여러 개 만들겠어? 여러 개가 필요해도 하나만 만들어서 여러 개가 되라고 하면 여러 개로 될 텐데."

'바보 녀석아!' 할 때는 으레 머리에 꿀밤이 뒤따랐다.

무공을 익힌다고 걸핏하면 가부좌를 틀고 앉아 있던 안진오는 몸도 여우처럼 재빨라서 윤극사에게 토끼를 잡아다 준 적도 있었다.

그때 윤극사는 혹시 청동봉 여우가 안진오로 둔갑한 것은 아닌지 걱정했다.

"살구씨가 여우를 꼬드기는데… 넌 살구꽃이 왜 밤에 그렇게 예쁘게 피는지 아니?"

"달 보려고요."

"맞아. 잊어버리지 않았구나. 살구꽃은 전부 월궁 항아의 시녀들이야. 항아가 달로 도망친 후에 시녀들은 벌을 받아서 땅에 떨어져 살구꽃이 되었거든. 예쁜 건 원래 선녀들이라서 그렇고 달 보고 피는 건 자기들이 모시던 항아가 잘 있나 보려고 그러는 거야. 하여간 그들은 하늘나라로 돌아가고 싶어해. 그래서 항아의 시녀들은 살구꽃이 떨어지고 나면 살구씨가 되어 살구 안에 숨어 있다가 여우를 꼬드기지. 살구씨는 여의주가 되고 여우는 선녀가 되어 하늘로 가자고 말이야."

"우리는 살구씨를 가지고 여의주를 만들 수 없어요?"

"바보야, 한번 생각해 봐. 여의주를 만들려면 공중에서 세 번 맴돌

수 있어야 돼. 또 달이 뜨는 밤마다 잠도 못 자고 놀러도 못 가고 산꼭대기에 올라가서 입에 여의주를 물고 있어야 한단 말이야. 그래야 항아가 달에서 보내는 힘을 받을 수 있는데 재수없으면 그때 호랑이가 와서 넙죽 물어갈 수도 있어. 너 같으면 그런 짓을 하고 싶니?"

"아니."

"사람을 하나 잡아먹을 때마다 꼬리가 하나씩 늘어나는데 꼬리가 열 개가 되어야 여의주가 완성되는 거야. 넌 사람을 그만큼 잡아먹을 자신이 있어? 죽여서 해골 바가지를 발톱으로 박박 긁어서 얼굴에 맞추고 쓸 자신 있어?"


다시 만나기 이전의 안진오를 본 것은 십 년이 훨씬 넘었다.

어쩌다가 그들이 그렇게 되었는지, 자기가 이렇게 되었는지는 몰랐다. 청동봉 암여우의 여의주를 탐내던 안진오는 추억으로만 남아 있었다. 안진오에게도 윤극사는 자기가 추억으로 남았을 거라 생각했다.

백초곡 사람들의 면면마다 어려 있는 추억이 봄밤의 살구꽃만큼 아름다웠지만 가을밤 달만큼이나 아득하게 느껴졌다.

지금 윤극사에게는 배꽃같이 하얀 얼굴을 어깨에 기댄 이영이 있을 뿐이었다.

끝까지 그들을 쫓아가겠다고 외쳤지만 윤극사는 바람이 바뀌면 북으로 올라가야겠다고 생각했다. 그들을 찾아야 하지만 그들을 찾기 위해서 코를 벌름거리는 사냥개가 될 수는 없었다.

윤극사는 의원이었다. 수천 환자의 죽음과 제세원의 아홉 신의 열여덟 의원, 의생들의 죽음을 어깨에 올려놓고 하루하루를 사명(使命) 속에서 살아가는 의원이었다.

눈이 가물거리는 이영을 안아서 침대에 옮겼다. 이영이 풀어진 미소를 짓는다. 이불을 끌어 올려 얼굴을 가린다. 윤극사는 이불을 움켜쥔 이영의 손을 잡았다. 그녀의 마음을 짐작하지 못할 바는 아니지만 지금의 길이 윤극사의 길이었다. 비록 그 길에 수모와 고통과 후회와 또 무엇이 기다리고 있을지라도.

윤극사는 자기의 침대로 돌아왔다.

성루(城樓)에서 오경(五更:밤을 오 등분했을 때의 제일 마지막)을 치는 북소리가 들렸다. 달이 차갑게 보이더니 그날 새벽에 서리가 내렸다.


객점이 사람들로 들끓었다.

그것은 너무 갑작스럽게 닥친 일이라서 누구도 예상치 못했었다. 성문이 열리자마자 들어온 한 무리의 사람들이 객점마다 누비고 다녔고 일찍 거리에 나온 사람들의 소매를 붙잡고 이러저러한 사람을 못 봤냐고 물었다.

객점을 누비던 패거리들 중 하나가 점원에게 물어본 후 '여기다!' 하고 소리치자 소문이 퍼지기 시작하여 객점은 해가 뜨기 전에 이미 만원을 이루었다.

어린아이들 보채고 우는 소리와 달래다가 답답해서 볼기짝을 때리며 함께 우는 젊은 아낙의 울음소리는 윤극사가 있는 방까지 들렸다.

아낙을 욕하는 사람, 아이를 꾸짖는 사람, 웅성거리는 소리, 그 속에 섞여 있는 신음 소리, 어른이 우는 소리. 일백 수십 명이나 되는 환자들이 이름도 모르는 의원인 윤극사를 찾아 객점으로 몰려들었고 그 뒤로도 이삼십 명, 많게는 오십 명에 가까운 사람들이 무리를 지어 객점으로 몰려왔다.

윤극사는 어린아이의 울음소리를 듣는 순간 벌떡 일어났다. 탑시종
(搭顋:볼거리. 유행성 이하선염)을 앓는 아이의 울음소리였다.

윤극사는 아이의 울음소리를 따라서 내려갔다가 벌레 떼처럼 몰려
있는 사람들을 보았다.

"저 사람이다!"

누가 원수를 지목하듯 가리키고 소리쳤다. 점원이 진땀을 흘리며 사
람들을 막았다. 윤극사를 찾는 듯한 사람들이 몰려와 물었을 때 그런
내외가 어제 객점에 들었다는 말을 한 대가로 그들이 윤극사의 방에
몰려가지 못하도록 막고 있는 중이었던 것이다.

점원은 윤극사를 보고 두려워했다. 어제 오후에 식당에서 일하던 사
람들과 점원들 사이에는 윤극사와 이영이 절기를 가진 무림인이라는
소문이 돌았다.

무림인을 노엽게·했다가는 어느 틈에 목이 달아나게 될지 모른다는
걸 알지 못하는 점원들은 없었다.

"이 사람들이 갑자기 몰려와서……."

점원이 사색이 되어 변명했다. 간곡하게 묻길래 거드름을 피우며 한
마디 한 것이 이런 엄청난 결과를 불러올 줄은 꿈에도 생각지 못했다.

자고 있던 다른 점원들과 주방의 식구들까지 다 뛰쳐나와 상황이 돌
아가는 꼴을 지켜보는 중이었다. 그나마 주인이 안 보이는 게 다행이
라면 다행이었다.

"치료를 해주시오!"

누가 소리쳤다.

연이어 사람들은 윤극사에게 애걸하거나 고함을 치거나 혹은 점잔
을 떨며 정중히 치료를 부탁하기 시작했다.

윤극사는 우르르 몰려온 그 사람들에 밀려 넘어질 뻔했다. 밀고 밀치면서 소동이 나고 환자들이 그 사이에서 죽는다고 비명을 질렀다.

윤극사를 뒤쫓아 내려오던 이영이 질겁했다.

윤극사가 그 사람들 모두를 합한 것보다 더 큰 소리로 한바탕 외친 후에야 소동은 가라앉았다. 등봉현에서 했던 것처럼 사람들에게 순서를 정해주고 방으로 올라오게 해서 치료를 했다.

눈코 뜰 새가 없다는 말은 그런 것을 두고 하는 말이었다. 윤극사와 이영은 하루가 어떻게 가는지도 모르고 저녁을 맞았다.

환자들은 무리를 이루어 객점으로 들이닥쳤고 윤극사가 치료할 수 있는 사람의 숫자에는 한계가 있었다.

보통 환자를 보는 중에도 급한 환자가 들이닥쳤고 어떨 때는 두세 명의 급한 환자가 동시에 닥치기도 했다.

환자의 보호자들 중에 이상조(李相照)라고 하는 노인이 있었는데 글을 할 줄 아는 사람이었다. 손이 급한 것을 보고 그가 서기(書記)를 자청하여 윤극사가 부르는 대로 약방문을 적었다.

저녁때가 되어 급한 환자는 없었기에 잠시 환자들을 물리고 심한 허기 속에서 윤극사와 이영은 저녁을 먹었다. 아침과 점심을 거른 후에 먹는 저녁이었다.

이상조가 사람들에게 이러다가는 의원님이 먼저 죽겠다고 소리쳤지만 저녁을 먹은 후로도 밤늦게까지 환자들을 봐야만 했다.

축시(丑時:열시 전후) 말에 그날의 마지막 환자와 이상조를 돌려보냈다. 윤극사와 이영은 그때 서로 말할 수 있는 여유를 가졌다. 꼭 등봉현에 있을 때 같았다.

환자들이 두고 간 것을 확인해 보니 육십 냥의 돈과 은반지가 네 개,

금비녀가 하나, 닭이 세 마리, 입었던 옷이지만 깨끗이 빨아서 가져온 헌옷이 한 벌, 감이 한 바구니, 그리고 가죽신이 한 켤레였다.

한 달 동안 화교에서 남충까지 오면서 받았던 돈을 모두 합쳐도 그날 하루에 들어온 수입의 오 분지 일 정도였다. 더구나 환자가 너무 밀려서 약은 따로 주지도 못하고 약방문을 주었으니 약값도 들지 않았다.

윤극사도 이영도 갑자기 이렇게 환자들이 찾아든 이유를 알 수가 없었다. 그 이유는 다음날 여러 환자들을 치료하면서 점차로 알게 되었다.

화교에서 남충까지 오면서 윤극사가 사람들을 치료했을 때 어느 곳이나 하룻밤을 묵었을 뿐 이틀을 넘긴 곳이 없었다.

그가 환자를 찾아서 치료할 때는 조금 아는 떠돌이 의원이었으나 그가 떠난 후에 나은 환자들에게는 신통한 의원이었다.

십수 년을 앓아서 저리던 다리가 멀쩡해졌는가 하면 밤마다 악몽으로 잠을 설치던 사람은 단잠을 잘 수 있었다.

속앓이를 하거나 가슴이 두근거리는 병을 갖고 있던 사람도 멀쩡해졌다.

아프다는 소문만큼이나 나았다는 소문도 빨리 퍼졌다. 떠돌이 의원이 왔다는 말을 듣고 호기심 반 기대 반으로 찾아갔던 사람들은 대부분 낫거나 좋아지고 있었고 또 '그놈이 그놈이지' 하거나 '내 병은 약도 없어. 내 병은 내가 알아' 하던 사람들은 누가누가 나았다는 소리에 뒤늦게 후회하며 부랴부랴 윤극사를 찾았다.

그러나 윤극사는 이미 떠난 후고 발 달린 사람의 일이라 어디로 갔는지는 물어보지 않은 이상 알 수 없었다.

그러는 중에 젊은 의원 내외가 다녀갔다는 마을에 이르면 그 마을이 동요했다. 이미 그 마을에서도 윤극사를 찾아 떠난 사람이 있기 일쑤

였지만 먼 데서 찾아오는 환자들을 보고 그 마을에 있던 사람들은 그 의원이 정말 용한 의원이었구나 하게 된 것이다.

사람들의 입이란 서로 모이면 좋은 것은 너무 좋다 하고 나쁜 것은 너무 나쁘다 하기 마련이다. 윤극사에게 치료받기를 원하는 사람들이 무리를 이루고 이야기를 주고받는 가운데 윤극사는 신선과 같은 의술을 지닌 사람이 되었고 자기들을 기다리며 치료해 주지 않고 가버린 야박한 사람이 되었다.

야박한 사람이고 또 치료하지 않고 도망가 버릴지도 모를 사람이지만 사람들은 윤극사를 대할 때 조심하고 어려워했으며 공손했다.

소문이 소문을 만들어 남충성 안팎 인근의 환자들도 몰려왔고 윤극사와 이영은 객점에서 몸을 뺄 수도 없는 처지가 되었다.

객점 입장에서는 시끄럽고 번잡스럽긴 했지만 몰려온 사람들의 음식을 해대고 멀리서 온 환자들을 방마다 받게 되니 쾌재를 부를 일이었다.

그러나 윤극사는 계속 그곳에 있을 수만은 없었다.

예부터 의원의 다정(多情)은 환자를 의원에 가깝게 하고 의원의 빼어난 솜씨는 환자가 오히려 병에 약해지게 하는 법이다. 윤극사는 다정한 태도를 짓지는 않았지만 날마다 환자가 모여드는 남충은 윤극사가 그곳에 머물기 때문에 병이 창궐하는 것이나 다름없는 형국이었다.

윤극사는 그곳에서 육 일 동안 머물고 칠 일째 새벽 안개 속을 이영과 함께 걸어 박정(薄情)한 이름을 남기고 남충을 떠났다.

바람은 아직도 남서쪽에서 오고 있었다.

제12장 길에서 선 사람은 길을 갈 뿐

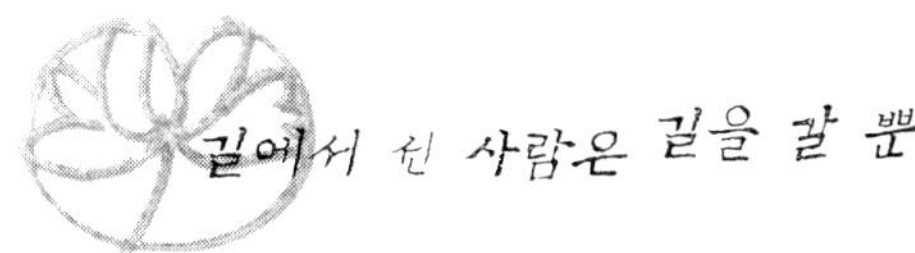

어느 곳에 가든지 손에 물을 적셔서 바람을 만져 보고 흙을 입에 넣어서 씹어보기도 하던 윤극사는 그곳의 음식들을 먹어보기도 하고 농부들에게 어떻게 기르는지 등등을 물어보기도 했다.

화교에서부터 해왔던 것처럼 마을을 만나면 환자를 찾아서 치료하기도 하고 때로 어떤 곳들은 그냥 지나치면서 성도(成都)에 이르렀을 때는 바람이 북에서 불고 있었다.

겨울이 시작되고 있었다. 그러나 윤극사는 처음 예정했던 대로 바람의 방향이 바뀌었는데도 북으로 올라가지 않았다.

사천은 촉(蜀)이라고 불려왔으며 이 촉 땅에는 촉산(蜀山)이라 불리는 아미산(蛾眉山)이 있었다. 중원의 서남쪽 귀퉁이에 있는 아미산은 중원의 중심에서 멀었기 때문인지는 알 수 없지만 무수한 신화와 전설이 잠들어 있다.

윤극사는 중악 백초곡을 나와서 등봉현에 머물 때 이미 사람은 그가 속한 곳의 땅과 물에 크게 영향을 받는다는 것을 느꼈고 그 이후 바람 역시 중요한 요소라는 걸 깨닫고 서남쪽으로 내려왔다.

바람이 왔던 길을 따라오면서 그 땅과 그 땅의 사람을 접하며 깊이 궁구하여 윤극사는 어렴풋이나마 자기의 관(觀)과 논(論)을 세우고 천지인풍절(天地人風節)이란 다섯 글자로 말할 수 있었다.

그중에서 땅의 중요성은 사람에게 있어서 가장 컸다. 그리고 그 땅은 다시 들여다보면 산과 강과 들판이었다.

윤극사는 큰 산과 큰 강, 너른 들판을 고루 보지 않으면 이 땅의 사람을 진정으로 알 수 없다고 생각했다. 중악에서 태어났고 자랐으니 중악 숭산(嵩山)만큼은 안다고 할 수 있지만 지척에 두고 있는 아미산이 그가 봐야 할 산의 시작이라 할 수 있었다.

바람도 바뀌었고 종남산 제세원으로 돌아가 혼돈석유를 연구해야 할 일도 급한 일이었지만 돌아가지 않는 이유가 바로 이 아미산 때문이었다.

아미산은 천하에 유명한 명산 중의 하나이다. 지척까지 왔다가 보지 않고 돌아간다면 어느 세월에 다시 볼지 기약할 수 없었다. 윤극사는 자기 일생이 아미산을 두 번 찾아볼 만큼 한가하지 못할 거라는 것을 알고 있었다.

기회는 이번 한 번뿐이었다.

이미 겨울이 시작되었다. 밤에 조금 차가운 정도일 뿐이지만 겨울은 겨울이었다. 성도에서 윤극사와 이영은 여러 날 머물면서 겨울 채비를 갖추었다.

이영은 시장에서 토끼털 가죽으로 만든 조끼와 모자를 사면서 말했다.

"여긴 이래도 산에 올라가면 많이 춥대요."

"누가 보면 우리가 사냥꾼인 줄 알겠어요."

윤극사가 웃으며 대답했다.

그 말에 이영은 진짜로 활과 창과 올가미를 만드는 쇠줄과 가죽을 무두질할 때 쓰는 기구까지 샀다.

윤극사는 살림살이, 가재도구 따위에는 완전히 전병(煎餠:젬병. 형편 없음)이었다. 할 줄 아는 거라고는 진맥하고 침 놓고 약 쓰는 것뿐이니 이영이 골고루 챙기지 않는다면 죽기까지는 않더라도 산에서 심한 고생을 할 것임은 말할 것도 없었다.

아미산은 곤륜산맥(崑崙山脈)에서 뻗어온 지맥이라 무수한 봉우리와 골짜기가 있으며 불교의 사대성지(四大聖地) 가운데 하나라 곳곳에 사찰(寺刹)과 암자(庵子), 그리고 도관(道觀:도교의 사원)들까지 있지만 깊은 곳으로 들어가면 겨우내 사람을 보지 못할 수도 있었다.

겨우내 사람을 보지 못하면 겨울이 끝나도 사람들이 그들을 보지 못할 경우도 많다. 산에서 굶주리거나 얼어 죽거나 배고픈 짐승들의 습격을 받아서 죽는 예가 많기 때문이다.

이영은 아미산에 온갖 진기한 초목과 동물이 많다는 것을 들어서 알고 있었다. 겨울이라 하더라도 산 아래의 낮은 온화하고 여름이라 하더라도 산정은 차가운 한대(寒帶)가 형성되어 있는 곳이 바로 아미산이었다.

추운 데 사는 짐승과 초목부터 더운 데 사는 것들, 그 사이를 넘나드는 것에 이르기까지 아미산은 골고루 갖추고 있다.

아미산에서 윤극사가 약을 채집하지 않을 리 없고, 한다면 겨울에서 늦은 봄까지 아미산에 머물러야 할 가능성이 많았다.

윤극사는 생각은 뚜렷하지만 말이 별로 없고 무턱대고 곰처럼 하는 경우가 많기 때문에 이영이 미리 예상하고 준비할 것은 다 준비해야만 한다.

이영은 돈을 많이 들여서 말 두 마리에 노새 한 마리를 샀고 노새에 짐을 가득 실은 후에 객점으로 돌아왔다.

윤극사가 시장에서 구입한 것이라고는 약을 가는 약공이(약 방망이)와 가위, 호미, 병 같은 것들뿐이었다.

이영은 조금 들떠 있었다. 부모님과 같이 유람하며 남북으로 다닌 것이 불과 이 년 전이었다. 이름난 고적(古蹟)과 명승(名勝)을 구경하던 그때의 기분이 되었다.

조끼를 입고, 목도리를 걸치고, 모자를 쓰고, 토시를 끼고, 치마 아래의 바지에 행전(行纏:각반)을 차보았다.

행전은 치마에 가려서 보이지 않았지만 보이는 모습은 마치 북쪽의 호녀(胡女)들을 연상시켰다. 옷차림이 어떻거나 윤극사는 그런 데 신경을 쓰지도 관심을 보이지도 않는 사람이다. 이영은 거울에 이리저리 비춰본 후에 아무래도 호녀 같다는 결론을 내리고 윤극사에게 넌지시 물어보았다.

"소신의, 제 옷이 어색하지 않은가요?"

"괜찮아요."

하고 윤극사가 먼저 말을 한 후에 쳐다보다가 다시 말했다.

"조금도 춥지 않겠어요. 꼭 추운 데 사는 호녀들 같아요."

이영은 '풋' 하고 웃었다.

기대를 한 것은 아니지만 빈말이라도 곱다는 말은 안 나온다. 곰살 맞은 말이라도 좀 해주면 좋으련만 도무지 윤극사는 여자를 모른다.

아미산에 들뜨고 하얀 토끼털 옷과 모자, 여우털 목도리와 까만 양가죽 토시로 윤극사 앞에 이쁘게 보이고 싶어했던 마음이 풀이 죽었다.

은근히 부화가 났다. 자기도 호녀 같다는 생각이 들었는데 차림새에는 아무 관심도 없는 윤극사조차 호녀 같다니 기분이 말이 아니었다. 거울을 다시 봐도 호녀 같았다.

이영은 윤극사가 천지인풍절후를 쓰고 있는 동안에 다시 나가서 잘 무두질된 쇠가죽을 사 왔다. 두꺼운 치마를 꺼낸 후 쇠가죽을 적당한 크기로 잘라 안감으로 댔다. 치마에 바람도 통하지 않고 바람에 펄럭이지도 않았으며 다리에 감기지도 않게 되었다.

토끼털 조끼는 뒤집어서 기다란 활의(闊衣:궁중에서 공주가 입는 예복. 혼례 때 신부가 입는 옷과 비슷함) 아래에 대고 바느질을 했다. 하얀 토끼털이 밖으로 조금 삐져 나와서 옷이 아주 예쁘게 보였다.

모자도 안으로 좁고 파란 띠를 넣고 바느질한 후에 끝은 뒤로 뽑아 내어 옷고름처럼 묶을 수 있게 만들었다.

한참을 걸려 끝마친 후 침대를 가리는 휘장 뒤에서 갈아입고 나와 거울을 보니 눈에 확 들면서도 낯선 느낌은 없었다. 아주 마음에 들었다. 다만 궁장은 소매가 넓어서 토시가 안으로 숨어버린 것이 조금 아쉬웠다.

소매를 반 뼘 정도 줄이고 다시 입어보니 까만 토시가 손목까지 채우고 있어서 산뜻한 느낌을 주었다.

토시에 은사(銀絲)를 넣어서 수를 놓으면 아주 예쁠 것 같았다. 그래도 그 정도로 그치고 윤극사의 주위를 어슬렁거리며 몇 바퀴 맴돌았다.

곰 같은 윤극사는 붓에 먹을 새로 적시며 말했다.

"영, 어두워요."

이영이 창문을 가려 막 해가 떨어진 창밖으로부터 빛이 잘 들지 않았던 것이다. 이영은 오기가 발동했다. 옷을 갈아입은 후에 은사를 사러 나갔다.

수예점(手藝店)에 들러 여러 가지 색실들과 수바늘, 그리고 수를 놓을 때 천을 고정시키는 대나무 수틀을 사서 나왔다.

옆에 있는 침구점(寢具店)에서 천산호학도(天山虎鶴圖:천산의 범과 학이 그려진 그림)가 수놓인 황색 비단 이불과 여산일송도(盧山逸松圖)가 수놓인 자주색 침(枕:베개)이 눈을 잡아매었지만 겨우 발길을 돌려 객점으로 돌아왔다.

한데 방으로 들어가려는데 안에서 어린아이 말소리가 들려왔다.

"네 재주가 제법이더구나!"

이영은 등에 소름이 돋으며 전신의 피가 싸늘하게 식는 기분이었다.

'도주(島主)! 도주다! 그가 왜 여기에 있을까?'

마등곡으로 간다던 도주의 음성이었다. 방금 했던 말로 봐서 주위를 맴돌고 있었던 것이 하루 이틀의 일은 아니라는 느낌이 들었다.

윤극사가 대답하는 소리가 들렸다.

"배움이 얕습니다."

"흥! 그런 놈이 무지렁이들을 앞에 놓고 행세하기는 다 아는 것처럼 행세해?"

"들을 때는 몰라도 후에 깨우치는 이들도 있어서 아는 바를 다 말했을 뿐입니다."

윤극사의 말이다.

이영은 두 자루의 태극인을 손으로 한 번씩 만져 본 후 문을 열고 들

어갔다. 윤극사가 서 있고 도주가 맞은편 의자에 거만하게 앉은 것이
보였다. 이영이 들어왔지만 밖에 있을 때부터 이미 알고 있은 듯 눈도
돌리지 않았다.

이영은 도주에게 허리를 숙여서 인사했다. 도주가 그래도 못 본 척
한다. 방 안에는 윤극사와 도주의 경직된 분위기 때문에 이미 찬공기
가 감돌고 있었다.

도주가 말했다.

"본 도주가 수병곡에서 했던 말을 기억하느냐?"

도주는 윤극사와 다투고 수병곡을 떠날 때 윤극사의 재주가 얼마나
되는지 보겠다고 했었다. 윤극사가 말한 것의 반만 되어도 그냥 두겠
지만 그렇지 않을 경우에는 가장 잔인한 방법으로 윤극사가 자기를 도
부(屠夫:백정)라고 불렀으니 백정처럼 뼈와 근육과 핏줄을 뽑아내고 오
장을 따로 떼내어 죽이겠다는 말을 했었다.

윤극사가 대답했다.

"잊지 않았습니다."

"네 재주를 보겠다."

도주가 차갑게 웃더니 창밖을 향해 고함쳤다.

"들어와라!"

순간 창문 밖에서 검은 그림자가 대붕처럼 날아들었다. 대단한 경신
술이었다. 검은 옷을 입은 장대한 체구의 중년인이었는데 들어오자마
자 두려운 듯 도주 앞에 두 무릎을 꿇고 엎드렸다.

도주는 흑의중년인은 쳐다보지도 않고 다리를 끌어 의자 위에서 가
부좌를 틀면서 말했다.

"이놈은 도둑놈이다. 무림의 하오잡배들이 야응신(夜鷹神)이라고 부

르며 두려워하는 놈이지."

야웅신이라면 이영도 들은 적이 있다. 도주는 도둑이라 했지만 실제로는 흉악한 강도다. 표물을 빼앗기도 하고 남의 집이나 문파에 침입해서 훔쳐 가기도 하는데 살인을 서슴지 않는 자다. 그러나 비조(飛爪)라는 악독한 무기를 사용하기 때문에 아직까지 남들에게 잡히지도 않았으며 두려움의 대상이었다.

그런 자가 도주의 한마디에 삶을 체념한 듯 복종하고 있는 것이었다.

도주는 윤극사가 기록하고 있던 책들 중 한 권을 집어서 야웅신 이복(李福)의 머리를 툭툭 쳤다. 야웅신의 머리가 조금 바닥에서 들렸던 것이다. 야웅신 이복이 이마를 바닥에 붙인다.

도주가 야웅신에게 물었다.

"네가 죽인 놈의 숫자는 몇이냐? 상세히 말해라."

야웅신 이복이 떨리는 음성으로 말했다.

"소인은 오늘 오후에 죽인 자까지 해서 삼백삼십 명을 죽였습니다. 그중에서 무공을 모르는 사람이 일백구십둘이며 여자는 예순셋입니다."

도주가 코웃음을 치며 말했다.

"아이는 죽이지 않았단 말이냐?"

야웅신 이복이 부르르 진저리를 치며 말했다.

"죽였습니다. 스물한 명입니다."

살귀가 따로 없었다. 이영은 속에서 노기가 끓어오르는 것을 억지로 눌렀다.

도주가 말했다.

"다른 죄는 없느냐?"

야웅신 이복이 대답했다.

"있습니다. 처녀와 유부녀를 간살한 것이 마흔여섯 건이며 강간하고 팔아넘긴 것은 일백팔십 명 정도입니다."

야웅신은 말을 끝내고도 움츠린 채 덜덜 떨고 있었다. 도주가 그만하면 됐다는 듯이 만족한 미소를 지으며 윤극사에게 물었다.

"이놈의 죄가 어떻느냐?"

윤극사는 한숨을 쉬며 대답했다.

"악독합니다."

순간 도주가 손바닥으로 야웅신의 등을 내려쳤다.

"악!"

야웅신 이복이 비명을 지르며 바닥에 팍 엎어졌다. 이영은 도주가 단번에 야웅신을 때려죽일 줄은 생각도 못했기 때문에 놀랐다. 발을 바닥에 붙인 채 미끌어지듯 걸어가 윤극사의 옆에 섰다.

도주처럼 종잡을 수 없는 사람이 언제 또 윤극사에게 벼락같이 일장을 가할지 알 수 없는 일이었다.

윤극사도 눈을 부릅뜨고 도주를 쏘아보고 있었다.

그때 엎어진 야웅신의 몸에서 이상한 소리가 나기 시작했다.

뚝! 뚜두두둑! 뚝뚝!

뼈가 부러지는 소리였다. 야웅신 이복의 전신에서 뼈가 부러지면서 온몸이 마치 바닷가의 해삼처럼 오그라들었다.

고개를 윤극사와 이영 쪽으로 돌린 야웅신의 얼굴에서는 비명조차 지르지 못하는 극한 고통과 공포가 떠올라 있었다. 갈비뼈도 모조리 부러진 것이다.

뚝뚝 소리를 내며 뼈는 계속 부러지고 있었다. 야옹신이 마침내 눈을 까뒤집고 졸도했다. 뼈가 부러졌지만 근육은 멀쩡한 야옹신의 몸은 근육이 오그라들면서 온몸이 이상한 형태로 변하고 있었다. 손가락마저 부러져 공처럼 말려들었다.

단 한 번 장력을 내려쳐서 사지의 뼈를 모조리 부러뜨린다는 것은 격산타우(擊山打牛)와 비슷한 종류의 수법이지만 비할 바 없이 교묘하지 않으면 불가능한 것이다. 이영은 방금 도주가 펼친 것 같은 해괴한 장법은 듣도 보도 못했다.

야옹신 이복의 뼈는 맞은 자리에서 시작하여 나란히 세워놓은 벽돌이 차례대로 무너지는 것처럼 부러져 전신의 뼈를 다 부러뜨린 것이었다.

도주가 의자에서 한 발을 내려서 야옹신의 머리를 밟았다. 야옹신의 두개골과 턱뼈만은 그의 발 받침을 하기 위해서인지 신통하게도 부러지지 않고 있었다.

"의술에서 가장 먼저 시작된 것이 무엇이냐?"

도주가 윤극사에게 물었다.

윤극사가 경직된 음성으로 대답했다.

"타박(打撲)과 골절(骨折)에 대한 것입니다."

도주가 야옹신의 머리를 밟은 발을 흔들면서 물었다.

"이런 놈도 살려야 한다고 생각하느냐?"

윤극사는 목이 칼칼해져 '음' 하고 한 번 뱉는 소리를 한 후 완곡하게 말했다.

"살 수 있는 사람은 다 살아야 합니다."

"껄껄껄!"

도주가 조롱하는 듯이 웃었다.

"네 계집을 강간하고 죽여서 발가벗긴 채로 거리에 던졌다고 해도 말이냐?"

"예, 그렇습니다."

윤극사가 도주의 눈을 빤히 쳐다보며 말했다.

도주가 입매를 꿈틀거렸다. 살기가 얼굴에 번진다. 눈에서 날카로운 광채가 폭발하듯 뿜어져 나왔다.

그러나 윤극사는 그의 눈에서 눈을 떼지 않고 마주 보며 말했다.

"그래서 이 세상이 슬픕니다."

그 순간 윤극사의 표정은 세상에서 가장 슬픈 사람의 표정이었다. 이영은 윤극사의 얼굴에서 자기들의 가슴을 짓누르는 어떤 것을 느꼈다. 슬픔에 대한 공감이었다.

도주가 입을 열다가 멈추고 손가락으로 윤극사를 가리키더니 우물쭈물했다. 말이 나오지 않았던 것이다.

도주의 어린아이같이 붉던 얼굴이 더 시뻘겋게 변했다.

윤극사가 나직하게 말했다.

"저도 그런 사람은 죽고 없었으면 좋겠습니다. 죽이고 싶은 마음도 들끓습니다."

"이런 위선자!"

도주가 주먹을 불끈 쥐며 말했다.

"네놈은 그렇게 하고 싶으면서도 내게 대항하기 위해서……."

"하지만 제가 배운 의술의 재주는 제 것이 아닙니다."

하고 윤극사가 말했다.

도주가 버럭 소리쳤다.

“무슨 궤변이냐?”

윤극사가 마주 고함쳤다.

“수천 년을 내려온 의술이 제 것일 리 있습니까?”

방에서 왕 하는 소리가 나며 울리는 것 같았다. 윤극사는 의술만큼이나 목청이 빼어났다.

도주가 습관적으로 일장을 날리려고 손을 번쩍 들어 올렸다가 천천히 내렸다. 이영도 양손에 하나씩 태극인의 자루를 꽉 잡았다가 힘을 풀었다. 도주는 모를 리 없지만 이영의 행동은 안중에 두지도 않는다.

윤극사가 격앙된 음성을 가라앉히고 말했다.

“수천 년을 전해온 의술, 수천 년을 전해온 의원의 소명이 저에게 전해져 있습니다. 그런 것을 어떻게 이제 고작 스무 살 먹은 제가 제 마음대로 할 수가 있겠어요? 제 것이 아닌 것을요. 기분이 나빠도 치료해야 하고 죽이고 싶은 사람이 있어도 죽이고 싶은 마음을 죽이고 그 사람을 돌봐야 합니다. 그 사람을 살릴 수도 있고 죽일 수도 있는 의술이 제 것이 아니기 때문에요.”

슬프다. 슬프다. 이영은 속으로 그 말을 되새겨 보았다. 자기를 슬퍼하지 않고 남을 슬퍼하는 마음으로 의술이란 생사를 다루는 재주를 자기 것으로 하지 않으며 자기를 위하여 쓰지 않는 마음으로 윤극사는 살고 있었다.

이영은 고개를 떨구었다. 윤극사가 의술을 펼쳐 받은 돈으로 천산호학도와 여산일송도가 그려진 금침을 부러워하고 금실, 은실, 청실, 홍실을 사서 수놓아 아름답게 보이려 했던 자기 자신이 부끄러워 얼굴을 들 수 없었다.

“앉아라!”

도주가 윤극사에게 딱딱한 음성으로 말했다. 큰 키로 위에서 도주를 내려다보던 윤극사는 그제야 앉았다.

"네놈 말대로라면 이놈도 제 것은 없구나. 몸뚱어리는 제 어미 아비가 만든 것이고 가진 것은 모두 훔치고 빼앗은 것이니 말이다. 지은 죄마저 이놈 것이 아니라 할 거냐?"

도주는 말을 하면서도 윤극사의 대답이 잘못 나오면 금방이라도 일장을 내칠 것 같은 모습이었다.

"그는 불쌍한 사람입니다."

윤극사가 말했다.

"생명이 시작되고 자기에 이르기까지 헤아릴 수 없이 많은 대를 전하여 왔는데 그것도 모르고 자기의 대를 죄로써 더럽히고 말았습니다."

도주가 입을 꽉 다물고 수염을 부르르 떤다.

"네놈은 무서운 말들을 잘도 입에 담는구나."

윤극사는 입을 다물었다.

도주가 의자 위에 벌떡 일어서며 말했다.

"재주를 보겠다. 저놈을 살려야 한다면 의술의 첫 번째인 타박과 골절을 어떻게 다루는가 보여라. 내일 찾아와 보고 저놈이 죽었다면 너를 죽이겠다. 고얀 놈, 감히 본 도주에게 고함을 치다니……."

뒷말이 나직하게 귀에 들어올 때 도주는 이미 방 안에서 흔적도 없이 사라지고 없었다. 그가 앉았던 의자 옆에는 벌레처럼 꿈틀거리며 입에 거품을 문 야응신 이복의 오그라든 몸이 남아 있었다.

이영은 앞이 캄캄했다.

야응신의 꼬락서니로 볼 때 두 치가 넘는 뼈가 없을 정도로 고르게 부러졌을 것이다. 손이나 발, 다리가 부러져도 뼈가 복잡하고 튀는 것이 많아서 원래대로 치료하기가 여간 어렵지 않다. 그래서 다시 붙일 수 없는 것은 아예 잘라내어 버리는 것이다.

한데 야응신 이웅은 전신이 박살났으니 잘라내려면 전신을 잘라야 할 판이다. 얼굴빛이 검푸른 회색인 것이 조금만 더 두면 저절로 심장이 멎어버릴 게 틀림없다. 뼈가 부러지면 뼈 속에 있는 성분이 피 속으로 흐르다 심장으로 많이 몰려들면 심장이 멎게 되는 법이다.

뼈가 부러진지라 야응신의 몸이 화로처럼 뜨거운 열을 뿜어낸다.

"어떻게 하지요?"

이영이 윤극사에게 물었다.

윤극사는 야응신의 목 뒤에 침을 놓아 신경과 기운의 전달을 끊은 후 소도를 꺼내어 야응신의 옷을 잘라내며 말했다.

"피를 받을 수 있는 큰 그릇을 가져와요."

이영이 달려가 세수할 때 쓰는 큰 대야를 가지고 왔다. 야응신은 알몸이었지만 고기 뭉치처럼 둥그스름하게 변해 있었다.

윤극사는 소도로 야응신의 공처럼 변한 손끝을 베어서 피가 대야에 흐르게 했다. 거무스름한 피가 손끝에서 분수처럼 쏟아졌다.

이영의 치맛자락이 피에 젖었고 윤극사의 상체에도 피가 튀었다. 야응신의 몸이 오그라들기 때문에 피는 작은 상처로도 뿜어져 나오며 안개처럼 퍼졌다. 이영이 수건으로 야응신의 손을 감아서 넣은 다음에야 피는 대야에 고이기 시작했다.

윤극사는 대야에 입을 대고 혀끝으로 피 맛을 보았다. 쓰고 진하다. 피가 조금 더 흘러나오도록 그냥 두었다. 뼈에서 나온 성분 중에서 심장을 멎게 하는 것이 피와 함께 밖으로 빠져나오게 하는 것이었다.

피는 적어도 살 수 있지만 회분(灰分)과 비슷한 그 성분이 많아지면 사람은 죽고 만다. 윤극사는 그것 때문에 야응신이 죽지 않을 것이란 확신이 들었을 때 상처를 지혈했다.

야응신의 안색이 회색이긴 했지만 검푸른빛이 돌지는 않았다.

이영은 윤극사가 하는 것을 보고 그동안 의술을 적지 않게 깨우쳤지만 이런 경우에는 어찌할지 전혀 아는 바가 없었다. 뼈가 산산조각난 야응신의 몸은 잘못 건드리기만 해도 엉망이 되고 말 것이기 때문이었다. 더구나 이미 몸이 둥그스름하게 변해 버려서 혈도조차 짚을 수 없는 상황이었다.

자기가 거들 만한 것을 한 가지 거들고 나면 윤극사의 표정을 살피고 그래서 윤극사가 한 가지를 시키면 또 그것을 하고 표정을 살피기를 반복했다.

윤극사가 약 상자를 가져와 옆에 놓더니 그중에 어떤 병을 꺼냈다. 이상야릇한 냄새를 가진 고약처럼 끈적거리는 약이 든 병이었다.

윤극사는 침 끝에 그 약을 묻혀 야응신의 동그랗게 변한 발가락 끝에서부터 목까지 올라오며 찌르고 다시 손가락 끝에서 목까지 찔렀다. 그 사이사이에 피를 내어서 맛을 보는 일을 하곤 했다. 옷과 입가와 이빨에 피가 묻어서 마치 악귀처럼 보였다.

이영은 윤극사가 시키는 대로 찬물을 가져와 어쩌면 도주가 밟아서 깨뜨려 버렸을지도 모를 야응신의 머리를 식혔다. 숨결이 미약하면서도 마치 피리 소리처럼 쉬쉬거렸다.

윤극사가 약이 묻은 침을 놓는 것을 두 번 반복했을때 야응신의 몸에서 눈에 띄는 반응이 나타나기 시작했다.

그의 오그라들어 공처럼 변해가던 몸이 느슨해지면서 풀어지고 있었다. 윤극사가 골격을 이루는 근육을 이완(弛緩:느슨하게 함. 늘어남)시키는 약을 침과 함께 쓴 때문이었다.

윤극사가 길게 숨을 내쉬며 말했다.

"영, 이제 영은 쉬어도 돼요."

이영은 긴장이 풀어지며 몸에서 힘이 쭉 빠졌다. 동안의 키 작은 노인의 모습임에도 불구하고 도주는 대할 때마다 이상하게도 얼어붙는 것 같은 두려움을 주는 사람이었다.

겨우 일어난 후 찬물에 수건을 씻어와 윤극사의 얼굴과 목을 닦아주었다. 윤극사는 야응신의 몸에 뜸을 놓으려고 준비하는 중이었다. 야응신은 뭉쳤던 다리가 다시 쭉 뻗었고 팔도 형체는 이상했지만 길게 늘어나 있었다.

이영이 보기에도 이제 괴물 같지는 않았고 죽을 것처럼 보이지도 않았다. 눈을 까뒤집고 있는 것이 마음에 걸리긴 했지만 혈색도 많이 좋아졌다.

윤극사는 기다란 향(香)에 불을 붙여 혈마다 놓아 뜸에 불을 옮겼다. 연기가 모락모락 피어올랐다.

뜸이 야응신의 몸에서 생명의 기운을 길어 올릴 것이었다. 윤극사도 뜸에 불을 붙인 후에는 잠시 쉬었다. 그사이에도 야응신의 몸은 쉴 새 없이 조금씩 꿈틀거렸다.

바깥을 보니 하늘에 별이 총총했다.

야응신의 몸은 열을 많이 내지만 심하게 떨었다. 화로(火爐)가 방에 하나 있었지만 윤극사가 나가서 두 개를 더 얻어와 불을 피웠다. 그 불 위에 탕기(湯器)를 얹고 약을 달였다.

약을 달일 때 윤극사는 한눈 한 번 팔지 않고 불과 탕기를 바라본다.

급한 중이라 물도 고르지 못했고 불도 제대로 만들 수가 없었다. 정성마저 부족할까 봐 온 마음을 다한다.

약을 다 달인 후에는 야응신의 입에 누두(漏斗:깔때기)를 물리고 약을 흘러 넣었다.

윤극사는 야응신의 기력이 많이 회복된 것을 확인하고 다시 침에 근육을 팽창시키는 약을 묻혀서 그의 팔 안쪽과 다리 안쪽의 신장근(伸長筋:늘어나는 근육. 관절 양쪽에 있는 뼈 사이의 각도를 늘어나게 하는 근육)에 침을 놓았다.

윤극사가 사용한 근육을 늘어나게 하는 약이나 팽창시키는 약은 모두 독약에 속하는 것인지라 환자의 몸이 기력을 갖지 못할 때는 쓸 수 없다. 야응신이 기력을 어느 정도 회복했지만 그 독을 견딜 수 있게 하기 위해서는 다시 탕약을 조제해 먹여야 했다.

원래 근육은 뼈에 붙어서 강해지고 모습을 갖추는 것이지만 이미 다 자란 근육은 오히려 뼈를 보조하게 된다. 윤극사는 그런 원리를 이용했다.

야응신의 신장근이 팽창되면 그것 자체로 정교한 부목(副木:골절이나 염좌 따위가 있을 때 뼈를 고정하기 위하여 일시적으로 대는 나무나 기타)을 댄 것이나 마찬가지 결과가 되는 셈이었다.

새벽이 되었을 때 야응신의 몸은 쭉 뻗은 채 엎드려 있었는데 벌써 겉모습만은 정상과 별다름이 없어 보였다.

이영은 감탄했다.

"절묘해요. 목숨을 건지는 정도가 아니라 완전히 낫겠어요."

윤극사가 이마의 땀을 훔치며 웃었다.

"처치만 되었어요. 나으려면 사십오 일 동안은 움직이지 않아야 하고 육십 일까지는 조심해야 해요."

근처에서 낙엽이 바스락거리는 소리가 들렸다.

이영이 작은 소리로 말했다.

"무림인들은 더 빨리 나아요. 하지만 저 사람은 살 수 없을 거예요."

윤극사가 의아한 표정을 지었다.

"날마다 약을 먹고 조리하면 완쾌할 수 있어요. 도주 노인이 뼈만 부러뜨렸지 내상을 입히진 않았으니까요."

이영이 웃었다.

"저는 무림의 생리를 말하는 거예요. 저 사람은 나쁜 짓을 너무 많이 했어요. 원수가 많아요. 중상을 입고 움직일 수 없게 되었다는 소문이 금방 퍼지게 될 거예요. 어린아이가 오더라도 죽음을 면하지 못할 거예요."

바로 그때였다. 창밖에서 음산한 소리가 들려왔다.

"알긴 아는구나. 천하에 철부지 같은 것들이 아무짝에도 쓸데없는 야옹신 이복 같은 놈을 살려내다니."

이영은 윤극사를 자기의 뒤로 끌어당기며 차분한 음성으로 말했다.

"왔으면 모습을 드러내세요."

순간 바람이 휙 불더니 창문 위에 마치 고양이 같은 사람이 웅크리고 있었다. 몸이 자그마한 노파(老婆)였는데 야옹신처럼 검은 옷을 입었고 하얗게 센 머리는 은비녀로 쪽을 찌었다. 주름으로 쪼글쪼글한 얼굴이 손바닥만했고 눈은 고양이의 눈알처럼 반짝거렸다.

이영이 나직한 소리로 말했다.

"야묘파파(夜猫婆婆)군요."

고양이 같은 노파가 이상한 소리를 내며 웃었다.

“파파를 알아보는구나. 계집애야, 본 파파가 뒤쫓는 줄 알면서도 저 놈을 빼돌렸느냐? 덕분에 밤새 이 파파께서는 이슬을 맞으며 지붕을 넘어다녀야 하지 않았느냐?”

“잘못 아셨어요.”

이영이 웃으며 말했다.

“저 같은 애가 무슨 힘이 있어서 야응신을 잡아오겠어요? 우리도 여기서 야응신 때문에 혼만 났는걸요.”

야묘파파가 코웃음을 쳤다.

“네 말은 저놈이 제 발로 걸어왔다는 소리로 들리는구나.”

“사실이 그런 걸요.”

이영은 대답을 하면서 주변의 동정을 살폈다. 야묘파파 외에는 다른 사람의 기척이 없었다. 야묘파파는 야응신과 마찬가지로 밤에 움직이는 도둑이다. 그러나 야응신보다 훨씬 오래전부터 이름을 날렸으며 무공도 더 강하다고 알려져 있었다.

다 살려놓은 야응신을 야묘파파가 죽어 버리면 말짱 도로묵이 되어 버린다. 이영은 아침이면 도주가 찾아와서 자기와 윤극사를 죽일 것이라는 걸 알고 있었기에 겉으로는 웃었지만 속으로는 불을 먹은 것처럼 급한 마음이었다.

“야아아하하하하!”

야묘파파가 말도 안 되는 소릴 들었다는 듯 깔깔 웃었다. 웃는 소리가 높지는 않았지만 마치 고양이의 울음소리 같아서 머리카락을 쭈뼛하게 했다.

윤극사가 얼굴을 찌푸리며 말했다.

“웃지 말아요.”

야묘파파가 웃음을 뚝 그치고 윤극사를 쏘아보며 말했다.

"내놔라."

"뭘 말인가요?"

이영이 싸늘하게 물었다.

야묘파파가 코웃음 쳤다.

"야응신이 가지고 있던 것! 너 같은 아이가 욕심 낼 물건이 아니다."

윤극사가 머리를 저었다.

"우린 아무것도 취하지 않았습니다. 그가 당신 물건을 훔쳤다면 찾아서 가져가십시오."

야묘파파가 뜻밖이라는 표정을 지었다.

이영이 재빨리 말했다.

"하지만 그의 몸에는 손을 댈 수 없어요. 그는 손가락 하나도 제 힘으로 못 움직이는 환자니까 우리가 떠난 후 다른 기회를 찾으세요."

야묘파파가 고개를 갸우뚱하며 이영과 윤극사를 보았다. 담장에 올라앉은 고양이가 머리를 갸우뚱거리는 것과 똑같았다.

야묘파파가 갑자기 살벌한 표정을 짓고 덮쳐들 것처럼 하며 물었다.

"야응신과 네 연놈들은 무슨 관계냐?"

이영이 화난 음성으로 말했다.

"의원과 환자 관계지 무슨 관계겠어요?"

이영은 의심 많은 고양이 같은 할망구라고 욕을 해주고 싶었지만 참았다.

야묘파파는 훌쩍 날아서 발소리도 없이 야응신의 옆에 내려섰다. 허리가 구부정하여 손이 바닥에 닿을 듯했기 때문에 영락없는 고양이의 모습이었다.

야응신은 벌거벗고 바닥에 엎드린 상태고 보기에 과히 좋은 모습이
아니었다. 잘려진 야응신의 옷 조각은 근처에 흩어져 있고 가슴 쪽의
옷은 그대로 몸에 눌려 있었다.

야묘파파는 야응신이 정말 병신이 되었는지를 상세히 살펴보더니
가까이 가서 몸을 뒤집으려고 했다.

이영이 소리쳤다.

"안 돼!"

순간 야응신의 입에서 '풋' 하는 소리가 나고 야묘파파가 비명을 지
르고 물러섰다.

"악! 내 눈!"

야묘파파의 고양이 같던 한쪽 눈에서 피가 쏟아졌다. 야응신이 공력
과 턱뼈는 온전했던지라 자기 이빨을 부러뜨려서 불었던 것이다.

눈을 잃은 야묘파파가 괴상한 소리를 지르며 야응신을 향해 달려들
었다. 신법이 워낙 빨라서 이영이 막을 수가 없었다. 급한 김에 태극인
을 자루도 뽑지 않은 채 던졌다.

야묘파파는 빙글 돌며 날아온 태극인에 목을 맞고 다시 비명을 지르
며 펄쩍 뛰었다. 이영의 태극인이 돌아왔다. 공력이 높았다면 야묘파
파의 목은 끊어지고 말았을 것이다.

이영은 태극인을 손에 쥐고 소리쳤다.

"함부로……!"

그런데 펄쩍 뛰었던 야묘파파가 공중에서 축 늘어져 버렸다. 그 뒤
로 야묘파파보다 작은 도주가 보였다.

도주는 야묘파파의 목덜미를 잡고 내려선 후 손에 들었던 물건을 팽
개치듯 한쪽으로 던졌다.

야묘파파가 도르르 굴러서 발딱 일어섰다.

"감히!"

하고 소리치던 야묘파파는 도주를 보고 귀신을 본 것처럼 덜덜 떨기 시작했다. 터져 버린 한쪽 눈을 막을 생각도 못하고 있었다.

"흥!"

도주가 차갑게 코웃음 쳤다.

그제야 야묘파파가 도주의 발치에 엎드렸다. 도주가 성가신 고양이를 발로 차듯이 야묘파파를 툭 차버렸다.

"까악!"

야묘파파는 비명을 지르며 벽까지 날려가 부딪쳤다가 다시 엎드렸다.

이영과 윤극사는 가슴이 서늘하여 보고만 있었다. 자기들이 도주라고만 알고 있는 동안의 키 작은 노인이 어떤 사람이길래 보는 사람들마다 두려워하고 고개조차 들지 못하는가 싶었다.

도주가 야응신의 곁에서 윤극사를 손으로 불렀다.

"경락(經絡)이 먼저 자리를 잡으면 신경과 핏줄도 따라간다. 신경과 핏줄이 자리 잡으면 오장육부와 근육과 뼈는 상조(相助)하여 모습을 갖춘다. 이 이치를 따랐느냐?"

윤극사가 가지 않고 그 자리에서 대답했다.

"대개는 그렇습니다."

"대개는?"

도주가 눈썹을 꿈틀거렸다.

윤극사가 말했다.

"올바른 변화와 확장의 중간에 생기는 정(正)과 부(副)의 산물을 다스리는 법을 함께 썼습니다. 이 법을 쓰지 않으면 환자가 살아나더라도 몸을 크게 상합니다.”

도주가 코웃음 친다.

“죽을 놈이 살았으면 되었지 그런 것까지 따져?”

윤극사는 입을 다물었다.

도주가 또 코웃음을 치며 말했다.

“꼬락서니가 좋더구나, 사내놈이 계집 뒤에 숨는 꼴이라니.”

야묘파파가 나타났을 때 이영이 윤극사의 앞을 막아선 것을 두고 하는 말이었다. 윤극사가 숨은 것은 아니었지만 마찬가지였다.

윤극사는 고개를 숙였다.

도주가 의자에 앉아서 야응신의 머리에 발을 올려놓으며 말했다.

“흥, 타박과 골절은 조금 하는구나.”

윤극사를 인정하는 완곡한 표현이다. 그러나 이영은 마음이 당겨진 시위처럼 팽팽하게 긴장되었다.

도주가 의술을 알고 있다.

운심노인이 말하기를 도주는 만 가지 재주에 통달한 사람이라고 했다. 또 누구에게도 지지 않는 사람이라는 말을 한 것도 같았다.

이영은 도주가 의술로 윤극사를 시험하면서 경쟁을 하고 있다는 것을 느꼈다. 고집으로 꽉 찬 것 같은 노인이 얼마나 집요하게 윤극사를 괴롭힐지 짐작할 수가 없었다.

“이놈을 살려놨으니 앞으로 네 녀석이 얼마나 쓸데없는 짓을 했는지 보여주마.”

도주는 품에서 단약을 하나 꺼내더니 밀납을 벗긴 후 야응신의 피 묻은 입을 벌리고 집어넣었다. 야응신의 눈에 두려움이 떠올랐다. 윤극사를 애원하듯 보았다.

윤극사는 가슴이 텅 비고 찬바람이 감도는 것을 느꼈다.

야웅신의 몸에서 하얀 김이 피어올랐다.

도주가 야웅신의 들리려는 머리를 발로 쿡 밟아 낮추고 말했다.

"네가 살려놓은 이놈은 내가 너를 죽이는 걸 대신해서 저 못된 고양이를 잡을 것이다. 뼈와 근육과 핏줄을 뽑아내고 오장육부를 따로 떼 낼 게야."

"끼양!"

야묘파파가 괴상한 비명을 지른 후 무릎으로 기어와 도주의 발에 머리를 갖다 댔다. 말도 하지 못하고 두려움 반 애원 반의 애꾸눈으로 도주를 바라본다.

도주가 들고 있던 통소로 머리를 내려치자 야묘파파는 캑캑거리며 엎어져 바르르 떤다.

야웅신의 몸에서 뿜어진 김은 더욱 짙어져 방 안이 흐릴 정도였다.

갑자기 야웅신이 괴물 같은 소리를 지르며 일어났다. 야웅신의 머리를 밟고 섰던 도주의 몸은 여전히 그의 머리를 밟고 있었고 나머지 한 발조차 야웅신의 어깨를 밟고 있다. 커다란 목상 위에 어린아이가 올라선 것 같았다.

야웅신은 백치가 되어버렸다. 도주가 먹인 지독한 약은 야웅신의 뼈를 금세 다시 붙게 만들었지만 그를 백치로 만들어 버린 것이다.

"잡아라!"

도주가 야멸찬 음성으로 말했다.

야웅신이 팔을 뻗어서 야묘파파의 머리를 거머쥐었다. 야묘파파가 비명을 지른다.

"그만 하세요."

윤극사가 도주를 올려다보며 말했다. 나직하고 차분했다. 어떤 두려움도, 분노도, 염려도 윤극사에겐 없었다. 이영은 윤극사가 어린아이의 장난을 꾸짖는 어른처럼 느껴졌다.

난장판 같던 방 안에 물을 끼얹은 듯 적막이 감돌았다. 손끝만 닿아도 부서질 살얼음판 같기도 했고 공기가 무릎 아래로만 흐르는 이상한 진공 같은 느낌도 들었다.

방 안에 있는 사람들 모두에게서 어떤 종류의 감정을 빼내 버린 것 같은 이상한 상태가 짧은 순간에 아주 길게 지속되었다.

이윽고 도주가 야응신의 머리를 차고 훌쩍 날아오르며 말했다.

"좋다. 오늘은 본 도주가 졌다. 지고도 억지를 부리는 꼴이로군. 이 놈은 네가 살렸으니 너에게 주겠다. 건방지고 이상한 놈아!"

도주는 나타났을 때처럼 기척도 없이 사라져 버렸다. 야응신의 손에 잡혀 있던 야묘파파도 사라지고 없었다.

이영은 그가 사라진 후에도 숨을 제대로 쉴 수 없었다. 여전히 방 안을 내리누르는 기묘한 정적에 사로잡혀 있었다.

윤극사는 걸어가서 베어진 천 조각으로 야응신의 앞을 가려주고 도주가 앉았던 의자에 앉으며 이영을 불렀다.

"영."

이영은 그제야 숨이 트여서 '예' 하고 대답했다.

윤극사가 환한 표정으로 미소를 지었다. 가시밭길을 걸으면서도 고통을 안으로 삼킨, 자기를 이겨낸 사람의 해처럼 빛나는 얼굴이었다.


윤극사와 이영은 그날 오전에 객점을 나왔다.

　노새에 짐을 싣고 말을 한 마리씩 나누어 타고 두 사람만 아미산으로 가려 했지만 백치가 되어버린 야웅신은 생존에 대한 본능인 양 윤극사를 따라다녔다. 어쩔 수 없이 그를 데려갈 수밖에 없었다.

　아미산으로 가는 길에 네 밤을 객점에서 보냈고 그때마다 도주가 찾아와 억지로 만들어놓은 환자를 윤극사 앞에 던졌다. 윤극사는 그들을 말없이 치료했고 도주도 윤극사와 마주치고 싶지는 않은 듯 확인하고는 그들을 데리고 이내 사라지곤 했다.

　온갖 방법으로 환자를 만들어 시험하는 도주로 인해 윤극사는 알고 있는 모든 의술과 적용할 수 있는 더 나은 방법을 골고루 생각해 볼 수 있는 기회를 가졌다.

　그중에서도 특히 화상(火傷)과 설리(泄痢:설사병)와 선인취(仙人臭:액취. 몸에서 나는 고약한 냄새)가 큰 의미를 주었다.


『윤극사전기』 3권에 계속…

참고 자료

1. 참조


　　두병신지(讀病神指)：백초곡의 네 가지 궁극 의술 중 첫째. 손가락으로 몸 속의 어떤 병이든 바로 읽어낼 수 있는 신기한 재주.

　　심병혜안(尋病慧眼)：백초곡의 네 가지 궁극 의술 중 두 번째. 기운의 흐름을 눈으로 보고 병을 알 수 있음. 이때부터 천지간에 가득한 기운을 눈으로 보고 느낄 수 있다.

　　생사조수(生死助手)：삶과 죽음을 관장할 수 있는 손. 기운을 손으로 조작하여 원하는 결과를 만들어낸다. 역시 백초곡 궁극의 의술 중 세 번째.

　　지극간심(至極看心)：백초곡 궁극의 의술 중 네 번째이며 가장 중요한 것. 모든 의술의 근본이 됨.

　　삼득삼성공(三得三成功)：정기신(精氣神)에 눈뜨고 더 높은 의술을 깨닫기 위해서 백초곡과 제세원의 제자들이 행하는 수련법. 기본적으로는 환자의 혈과 맥을 정확하게 짚는 것이고 차후에는 기운 그 자체를 만질 수 있게 된다.

　　혼돈석유：탄화수소를 주성분으로 하는 가연성 액체. 검은 갈색. 새로운 문명을 창출할 수 있는 물질.

　　신농씨(神農氏)：옛 전설 속의 제왕으로 삼황(三皇)의 한 사람. 농업과 의술의 신으로 추앙됨.

　　약사유리광여래(藥師琉璃光如來)：약사여래. 왼손에는 약병을 들고 오른손으로는 시무외인을 맺고 있으며 동방정유리의 왕. 십이서원(十二誓願)을 세워서 중생을 구제하고 깨달음을 얻게 해주는 부처.

　　황제내경(黃帝內經)：중국 고대의 제왕인 황제(黃帝) 공손헌원(公孫軒轅)

의 책. 불로장생과 신선술, 그리고 의술의 공통된 뿌리가 된다.

진맥(診脈): 한의학에서 병을 진찰하기 위해서 환자 손목의 맥을 짚어보는 것. 환자가 신분이 높은 여자일 경우에는 손목에 실을 감아서 쥐고 그 진동으로 알아보기도 했다. 맥진(脈診), 절맥(切脈), 지맥(持脈)이라고도 하며 연세가 많은 분들은 보통 지맥으로 부른다.

양기(陽氣): 음양론적 시각으로 봤을 때 몸 안에 있는 음양의 기운 중 양의 기운. 또는 남자 몸 안의 정기를 말하며 스테미너 또는 정력을 뜻하기도 한다.

내열(內熱): 몸 안의 열을 일컬으며 인체에서 말할 때는 주로 밖으로 빠지지 않는 악성(惡性)의 열을 말한다.

부인병(婦人病): 여성의 성(性)과 관련된 질병으로 생식기의 질환이나 여성 호르몬 이상으로 유발된 방을 통틀은 말이다. 선천적인 부인병으로는 생식기의 결여, 발육 부전, 중복 질, 중복 자궁, 반음양(半陰陽) 등이 있고, 후천적인 부인병의 예로는 자궁 위치의 이상, 자궁 내막염, 자궁 종양, 난소질환 등이 있다.

간신휴손(肝腎虧損): 간과 신장에 손실이 있음. 증세로 이명(耳鳴)과 불면증, 여자인 경우 생리 불순이 있을 수 있다.

계당주(桂當酒): 계피와 당귀를 소주에 넣어서 만든 술. 땀이 많이 나는 것과 두통을 치료하고 소화를 촉진시키며 간장과 신장의 기능을 강화해 주는 효과가 크다.

백병개생어기(百病皆生於氣): 모든 병은 기(氣)가 잘못 움직이거나 조화되지 못함에서 생겨난다는 뜻.

백박풍(白駁風): 박(駁)은 얼룩말을 뜻하는 글자. 백박풍은 피부에 얼룩말 같은 반점이 생기는 것을 말한다.

풍사(風邪): 풍(風), 한(寒), 서(暑), 습(濕), 조(燥), 화(火)와 같이 병을 일

으키는 여섯 가지 원인인 육음(六淫) 중의 하나로 바람이 원인으로 작용한 것을 말한다.

여음(女陰): 여자의 음부를 직접적으로 일컫는 말.

고치(叩齒): 이 뿌리를 튼튼하게 하기 위해서 윗니와 아랫니를 마주치거나 주먹으로 가볍게 두드리는 일. 고대부터 신선술을 수행하던 사람이나 의원들이 많이 행해왔다.

보사법(補瀉法): 한의학에서 쓰는 중요한 원칙의 하나. 허증(虛症)을 치료할 때는 보(補)를, 실증(實症)을 치료할 때는 사(瀉)를 쓴다. 모자람은 채우고 넘치는 것은 빼내어 조화를 줌. 주로 침술에 사용하는 것이 일반적임.

부술(剖術): 현대 의학에서의 수술(手術)과 같음. 의술을 좁게 말할 때는 부술만을 가리킬 수도 있음. 고대 중국에서도 부술이 행해졌음.

마혈(痲穴): 인체의 혈(穴) 중에서 신경이나 근육이 형태의 변화 없이 기능을 잃게 하는 성질을 가진 혈(穴)들을 말함.

구피고(狗皮膏): 원래는 개의 가죽으로 만든 고약으로 신경통 등에 사용했으며 현대에서는 파스류를 말함.

채미충(蠆尾蟲): 전갈. 채충이라고도 함. 꼬리 끝에 독침을 가지고 있음. 열대 지방에 주로 있지만 한국과 북미에도 서식함.

중기(中氣): 중초(中焦) 비위(脾胃)의 기(氣), 음식물을 소화하고 운송하는 기능과 관련됨.

독약공사(毒藥攻邪): 독으로 병을 치료하는 것.

본초학(本草學): 약재나 약학에 대하여 연구하는 학문으로 주로 식물을 대상으로 함.

중악(中嶽) 백초곡: 중악은 숭산(嵩山)을 오악(五嶽)의 중심으로 보고 부르는 다른 이름. 백초곡은 천산 백초곡에서 중악 백초곡으로 옮겨왔으며, 그 후로 동서남북의 나머지 사악(四嶽)에도 백초곡이 세워졌다. 오악에 모두 백초곡이 있다는 사실은 제세원 사람들조차 모르는 비밀이다.

골패(骨牌):납작하고 네모진 작은 나뭇조각 서른두 개에 흰 뼈를 붙이고 여러 가지 수효의 구멍을 파서 만든 유희 도구 또는 그것으로 노는 놀음.

선천진기(先天眞氣):태어날 때부터 몸에 가지고 있는 순수한 기운.


2. 부록


◎ 천축 안마술:바라문의 법

1) 양손을 꼭 맞잡고 손을 씻는 것처럼 힘을 넣어 잡아 튼다.

2) 양손에 힘을 주지 않은 채 깍지를 끼고 번갈아 가슴 쪽으로 향한다.

3) 양손을 꼭 맞잡고 좌우의 다리를 번갈아가며 누른다.

4) 양손을 겹쳐서 위부를 누르고 몸을 천천히 좌우로 튼다.

5) 손을 활의 시위를 당기듯 힘을 주어 좌우로 당긴다.

6) 주먹을 쥐고 좌우를 번갈아가며 앞으로 내민다.

7) 좌우의 손을 번갈아가며 손바닥으로 바위를 밀듯 앞으로 내민다.

8) 주먹으로 가슴을 번갈아가며 두드린다(이것은 가슴을 연다).

9) 다리를 뻗고 앉아 몸을 엇비슷하게 하여 큰 산을 밀어젖히듯 좌우로 흔든다.

10) 양손으로 머리를 감싸고 팔꿈치를 위장 쪽으로 밀어젖힌다(옆구리 운동).

11) 양손이 땅에 닿게 허리를 굽혔다가 위로 뻗치는 것을 세 번 한다.

12) 손으로 등의 좌우를 번갈아 두드린다.

13) 앉아서 양다리를 뻗고 한쪽 다리를 번갈아가며 앞으로 올렸다가 구부린다.

14) 양손을 땅에 대고 머리를 좌우로 돌려 뒤를 돌아본다. 이것은 호시법(虎視法)이다.

15) 서서 몸을 뒤로 세 번 젖힌다.

16) 양손을 깍지 끼고 발로 좌우를 번갈아가며 손의 복판을 밟는다.

17) 일어서서 발로 전후를 밟는다.

18) 앉아서 양쪽 다리를 뻗고 양손으로 다리를 오그려 손으로 무릎을 누르기를 좌우 번갈아가며 거듭한다.

이 열여덟 가지는 노인도 하루에 세 번만 하면 일 개월 뒤에는 백병이 없어지고 말이 달리듯 하며 보강장수하고, 식욕이 증진되며, 눈이 밝아지고, 몸이 가벼워져서 건강해지고 피로를 모르게 된다.

(중국인의 과장을 명심하시길. 그럭저럭 효과는 괜찮음.)

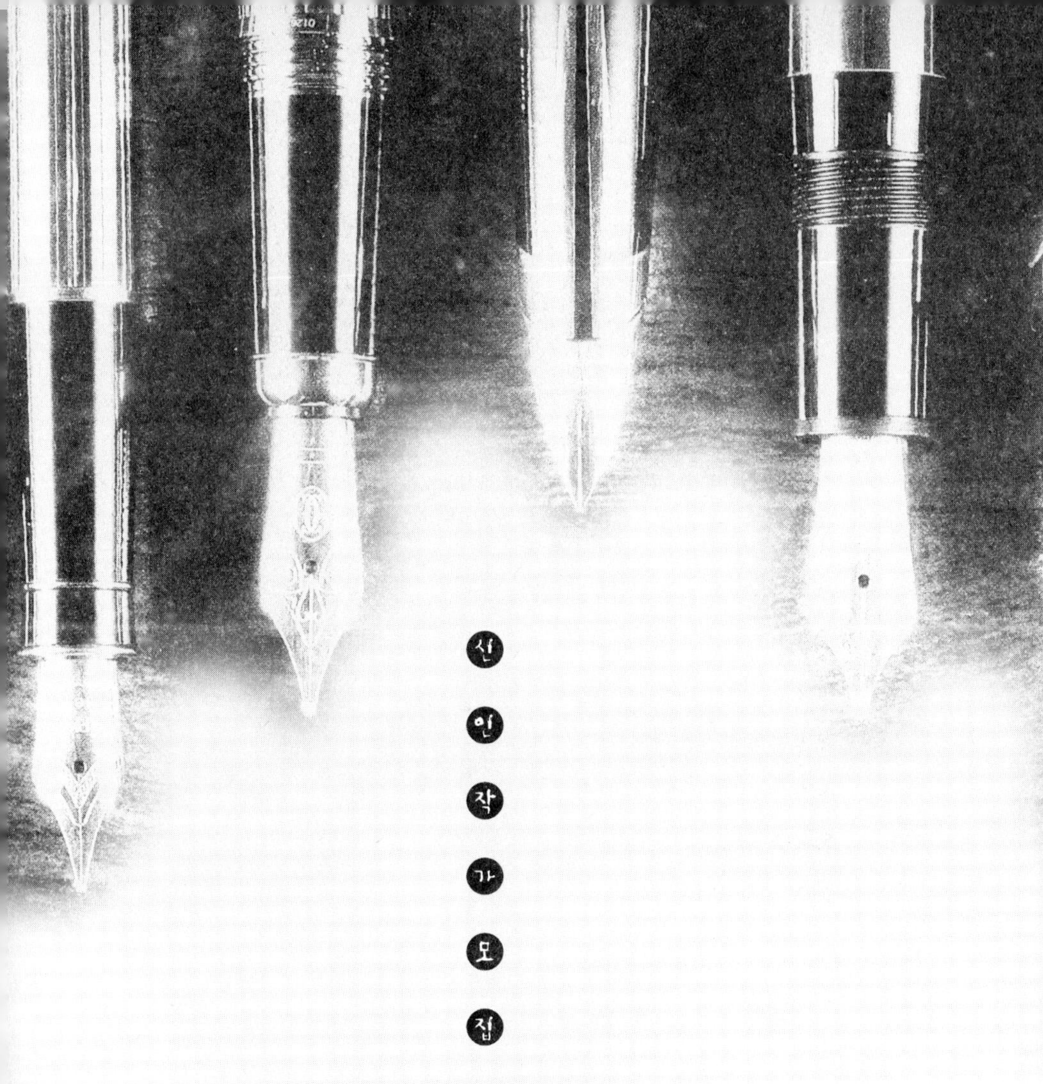